BAIXO ESPLENDOR

MARÇAL AQUINO

Baixo esplendor

1ª reimpressão

COMPANHIA DAS LETRAS

Grafia atualizada segundo o Acordo Ortográfico da Língua Portuguesa de 1990, que entrou em vigor no Brasil em 2009.

Capa
Alceu Chiesorin Nunes

Imagem de capa
Sem título, de Marcelo Tolentino. Acrílica sobre papel, 20 x 29,7 cm

Preparação
Ciça Caropreso

Revisão
Clara Diament
Camila Saraiva

"Eram dois sujos que se amavam com pureza", citado na página 131, é o título de uma história em quadrinhos de Claudio Seto e Kazuko (Editora Edrel, SP, 1970).

Os personagens e as situações desta obra são reais apenas no universo da ficção; não se referem a pessoas e fatos concretos, e não emitem opinião sobre eles.

Dados Internacionais de Catalogação na Publicação (CIP)
(Câmara Brasileira do Livro, SP, Brasil)

Aquino, Marçal, 1958-
Baixo esplendor / Marçal Aquino. — 1ª ed. — São Paulo : Companhia das Letras, 2021.

ISBN 978-65-5921-029-9

1. Ficção brasileira I. Título.

21-56177 CDD-B869.3

Índice para catálogo sistemático:
1. Ficção : Literatura brasileira B869.3

Aline Graziele Benitez – Bibliotecária – CRB-1/3129

[2021]

EDITORA SCHWARCZ S.A.
Rua Bandeira Paulista, 702, cj. 32
04532-002 — São Paulo — SP
Telefone: (11) 3707-3500
www.companhiadasletras.com.br
www.blogdacompanhia.com.br
facebook.com/companhiadasletras
instagram.com/companhiadasletras
twitter.com/cialetras

Para Daniela

Aún te quedan cosas por perder.
No desesperes.
Horacio Castellanos Moya,
Cuaderno de Iowa

SUOR

1.

Uma vez, os dois estavam na cama, nus, ainda fumegantes depois do sexo, tentando aproveitar ao máximo a brisa que mal conseguia mexer as cortinas da janela. Nádia virou-se para ele e disse:

Se a minha buceta falasse, ela diria o seu nome.

Ele riu. Não apenas por ter achado graça. Riu porque, até aquele momento, Nádia não sabia o seu nome verdadeiro.

2.

Numa das operações em que atuou como infiltrado, o alvo era uma quadrilha de ladrões de carga que agia em diversos lugares do país. Um esquema profissional, planejado em minúcia de uma ponta a outra: os ladrões mantinham uma rede própria de receptadores, pagavam bem por informações privilegiadas, sabiam de antemão o que iriam roubar.

Ele levou quase três meses para conseguir entrar. Começou frequentando um salão de bilhar na parte velha da cidade, onde, de acordo com a dica de seu informante, integrantes do bando costumavam aparecer. Demorou, ele teve paciência, bebeu litros de rabo de galo, pagou inúmeras rodadas de cerveja e houve tempo ainda para recuperar a velha forma no jogo de sinuca, paixão de juventude. Até a noite em que se viu compartilhando o feltro verde de uma mesa com dois desses homens, Ingo e Moraes.

Usava nessa operação o codinome *Miguel*, homenagem a um amigo que ladrões tinham matado ao descobrir que assaltavam um policial. Ele, às vezes, investia na composição de um personagem: chegou a adotar óculos, bigode e costeletas, raspou a cabeça numa ocasião, em outra criou barriga, engordou quase dez quilos. Nesse caso, contentou-se com a aparência descuidada — barba por fazer, cabelos em desalinho, camisa aberta no peito peludo. Ficou parecendo um taxista de frota, na opinião do delegado Olsen, que chefiava a operação.

Aos novos amigos, Miguel forneceu fragmentos de uma biografia da qual constavam contrariedades com a lei por roubo de carro e porte ilegal de arma, além de uma tentativa de homicídio — tinha baleado um comparsa com quem se desentendeu na hora de dividir o produto de um roubo.

Atirei primeiro, antes que ele atirasse em mim, explicou aos dois.

Moraes riu da façanha, expôs dentes de cavalo sujos de nicotina. Ingo quis saber o que havia acontecido com o homem.

Perdeu o baço, mas sobreviveu, Miguel contou.

Curvando o tórax sobre a mesa, Ingo tentou uma jogada de efeito, errou e a bola acabou parando na boca da caçapa.

E você não tem medo que ele apareça atrás de vingança?

Não vai acontecer, Miguel disse. A polícia matou esse sujeito.

Era sua vez de jogar. Enquanto passava o giz azul na ponta do taco, estudou a disposição das bolas que ainda restavam na mesa. Com um pouco de capricho, poderia liquidar a partida em meia dúzia de tacadas. E foi o que aconteceu. Aborrecido, Ingo depôs o taco na lateral da mesa.

Pra mim, deu. Vamos beber que a gente ganha mais.

Miguel recolheu o dinheiro das apostas e alinhou as notas, antes de abrigá-las na carteira. Jogavam fazia horas e ele levava ampla vantagem. Reclamou:

Logo hoje que estou com sorte?

Sorte?

Moraes também se livrou do taco, fixando-o no suporte preso à parede.

Sabe o que eu acho, Miguel? Você deve estar pensando que encontrou dois patos e fica aí fingindo que não sabe jogar, pra tomar a nossa grana…

Os três ocuparam banquetas junto ao balcão do bar e pediram cervejas e mortadela de tira-gosto. Ingo e Moraes se distraíram acompanhando o jogo disputado numa mesa próxima. Miguel aproveitou para observá-los.

Ingo era alto, largo, mais para pesado. Tinha sotaque do Sul, olhos claros e a pele avermelhada pelo sol. O cabelo, loiro, começava a rarear no alto da cabeça. Bem mais baixo, atarracado, de pele escura, o dentuço Moraes mantinha o cabelo crespo contido por um rabo de cavalo. Parecia um músico de vanguarda. Sempre retesado por um tipo de tensão.

Eram, ambos, homens desconfiados, lacônicos, cheios de reserva. Miguel calculou que não iriam baixar a guarda com facilidade. E foi surpreendido quando Ingo perguntou se ele não estaria interessado em participar de um serviço com uns amigos.

Que tipo de serviço?

Daqueles que dão uma boa grana, Moraes falou.

É coisa ilegal?

Ingo balançou a cabeça, divertido.

Que é isso, ladrão? Daqui a pouco, você vai querer trabalhar com carteira assinada.

Os três riram, o clima entre eles se distendeu. Exceto por aquela tensão que fazia Moraes trincar a mandíbula. Era o mais nervoso da dupla, o que Miguel já havia detectado durante as partidas.

Tinha percebido também, numa das vezes em que Ingo se inclinou sobre a mesa para dar uma tacada, que ele carregava uma pistola — viu, de relance, o cabo da arma no cinto, às costas dele. Moraes vestia um agasalho esportivo escuro, com o zíper puxado até o pescoço, forte indício de que também estava armado. Miguel levava um 38 de cano curto no coldre preso ao tornozelo.

Na mesa à frente, os dois jogadores começaram a discutir. Miguel espetou um cubo de mortadela e o exibiu diante do focinho da Baronesa, uma gata rajada, a mascote da casa, que continuou deitada sobre o balcão, sem nenhum interesse pela oferta.

Qual é o serviço, afinal?

Os dois homens se entreolharam antes de Ingo dizer:

Na hora certa, você vai saber.

Miguel pôs na boca a mortadela recusada pela gata e mastigou. Ergueu a cabeça:

Nessa hora eu digo se topo, combinado?

A frase desagradou a dupla. Moraes suspirou, deu para ouvir os dentes rilhando. Ingo reagiu:

Não pode ser assim, Miguel. Você tem que dizer sim ou não agora, na confiança.

Ele não falou nada por um tempo, que gastou mastigando e acompanhando o desenrolar da discussão entre os jogadores na mesa de bilhar vizinha — ambos brandiam seus tacos para enfatizar o que falavam, e riam, estava claro que não ia dar em nada. Miguel corria um risco calculado com Ingo e Moraes, imaginava que ter aceitado de imediato o convite poderia soar suspeito. Prolongou o silêncio ao limite. Num gesto estudado, digno da época do curso de teatro, ainda bebeu um gole de cerveja antes de falar.

Tá bom, disse, por fim. Estou dentro.

E ergueu o copo. Ingo e Moraes brindaram, satisfeitos. Baronesa saltou para o chão e, em seu passo aristocrático, desapareceu entre as mesas de bilhar.

Nesse momento, Ingo se levantou e avisou que iriam sair. Moraes rabiscou o ar, pedindo a conta ao homem atrás do balcão.

Você tem cerveja em casa, Miguel?

Acho que não, Moraes.

A gente vai pra lá.

Agora?

É, agora.

O balconista sacou a caneta que levava presa à orelha e apontou as despesas num papel pardo, incluindo o período de utilização da mesa de bilhar, que em geral cabia aos perdedores. Moraes informou que iriam levar algumas cervejas.

Miguel não esperava por aquilo, ou não tão rápido. Ele aguardou que o homem concluísse a conta, depois retirou dinheiro da carteira e pagou tudo, sob o olhar satisfeito dos novos amigos. Tinha comentado que vivia sozinho numa casa na zona norte, após uma separação.

Ia começar a fase de averiguação. Na etapa seguinte, de acordo com o informante, ele seria batizado — ou morto, se descobrissem alguma coisa que os desagradasse.

Miguel estava relaxado. Levava na carteira documentos suficientes para comprovar que era quem dizia ser. (Sem esquecer o trezoitão no tornozelo direito.) Isso lhe dava confiança para jogar com os nervos daqueles homens. Ingo permanecia em pé, enquanto Moraes aguardava que o balconista providenciasse as cervejas que iriam levar. Miguel continuava sentado na banqueta, e não se moveu nem quando Moraes recebeu as sacolas com as cervejas. Ingo captou certa hesitação.

Algum problema, Miguel?

Não, Ingo, tudo certo. É que eu não estava esperando receber visita em casa hoje e tá tudo meio bagunçado, sabe como é, casa de homem solteiro...

Ingo o interrompeu. E olhou ao redor — o movimento no salão era grande, quase todas as mesas se viam ocupadas naquele instante.

A gente só precisa de privacidade. E de uns aditivos.

A casa em que Miguel estava morando era um sobrado discreto, com a garagem descoberta e um jardim em estado de feliz abandono na frente, onde crescia até mesmo um tomateiro. Ele abriu a porta e acendeu a luz. Os visitantes se viram numa sala mobiliada com o mínimo: um aparelho de TV preso num suporte, um sofá de couro barato escoltado por um tapete puído e uma mesa de centro; numa placa de cortiça na parede estava espetado um solitário cardápio de pizza por telefone. Na prateleira, dois elefantes, um verde, de porcelana, o outro um elefante indiano, enfeitado, mostravam o traseiro para a porta de entrada. Um lençol escuro fazia as vezes de cortina na ampla janela de vidro. Miguel se apressou em explicar que a ex havia levado a maior parte das coisas.

Acomodaram-se na cozinha, que, acanhada, acabava por tornar-se aconchegante. Abriram as cervejas, Miguel ofereceu uma cachaça paraibana que tirou de um armário, Moraes enrolou um baseado da grossura de um polegar, um fumo forte, impregnante, na avaliação de Miguel, que não usava drogas com frequência e ficou bem baratinado. Tanto que só conseguiu reter de maneira imprecisa o que aconteceu em seguida.

Lembrava que Ingo deu início a um interrogatório. Miguel se postou na defensiva, alerta, respondendo com cuidado as perguntas que foram formuladas. Moraes ficou fumando e bebendo em silêncio. Vez por outra, ajustava o elástico que prendia o rabo de cavalo. Um tique.

Ingo estava interessado, em particular, nas ligações de Miguel com o submundo, que, na realidade, inexistiam, e achou curioso que não tivessem amigos em comum no meio da malandragem, dentro e fora da cadeia. Diversos nomes e apelidos foram mencionados; de alguns, Miguel tinha apenas ouvido falar, outros nem isso — com exceção de um, que ele conhecia bem, mas achou prudente não revelar: seu informante.

A despeito de sua larga experiência no trato com a bandidagem, Ingo enfrentou alguma dificuldade para classificar o homem sentado à sua frente, de aparência desleixada e olhos injetados pelo fumo, que bebia devagar, como se temesse perder o controle. Talvez não passasse mesmo de um malandro pé de chinelo, como aparentava ser. Ou talvez fosse alguém com um enorme potencial ainda não aproveitado.

Escapou à percepção de Miguel, um tanto embotada pela mistura álcool-THC, o sinal que Ingo fez para Moraes, que se ergueu e perguntou onde ficava o banheiro. Miguel indicou a sala iluminada por mais luzes do que seria necessário.

Tem um lavabo embaixo da escada. Fique à vontade.

Ingo reabasteceu os copos, esvaziou a garrafa — Miguel mal tocara em sua cerveja — e levantou-se para colocá-la sobre a pia. Abriu a geladeira, pegou outra cerveja e voltou a sentar-se.

Quanto tempo faz que você está morando sozinho aqui, Miguel?

Não sei, uns cinco, seis meses...

Tem namorada?

Só rolo, nada fixo.

Quer dizer, pode viajar sem dar satisfação pra ninguém?

Miguel confirmou.

Você gosta de aventura?

Quem não gosta, Ingo? Desde que a gente não se foda no final, né?

Ingo jogou a cabeça para trás, riu de mostrar os molares.

Havia simpatizado com Miguel desde o salão de bilhar. Empatia instantânea. Com ele era assim: ou gostava ou detestava logo de cara. E tinha também o fato de que Miguel lembrava o irmão caçula dele, Cornelius, o Lico, que nunca teve ligação com o crime e morreu num acidente besta no dia do aniversário da mãe deles. Ingo não se conformava com esse tipo de ironia da vida.

Nessa altura, começaram os ruídos no andar de cima. Miguel ergueu os olhos para o teto da cozinha.

O Moraes se perdeu...

Ele fez menção de se levantar, porém um gesto de Ingo o deteve.

Deixa o Moraes pra lá. A nossa conversa ainda não acabou.

Miguel pediu desculpas e tornou a sentar. Ouviram, acima deles, de maneira nítida, o barulho da cama sendo arrastada. Moraes vasculhava o quarto — difícil saber o que procurava.

Me diga uma coisa, Miguel: você tem alguma arma...

Ingo fez uma pausa e apontou sob a mesa.

Além do 38 que tá no seu tornozelo?

Por instinto, Miguel recolheu a perna na qual levava o revólver. Admirou a perspicácia de Ingo, de bobo aquele sujeito não tinha nada.

Ingo vinha de uma família de classe média do oeste paranaense. Além do falecido irmão caçula, tinha uma irmã. Era pai ausente de cinco filhos e um homem de múltiplas vocações, que, talvez por falta de empenho, acabou não se realizando em nenhuma delas. Fez um pouco de tudo na vida, deu até aula em cursinho. Mas detestava trabalhar confinado. Enveredou no crime por influência de uns primos: envolveu-se com o contrabando na fronteira e descobriu as delícias da vida ao ar livre que a atividade propiciava. Daí, virou ladrão, operando com mais frequência na região de Foz. Roubava de tudo. Era sério, disciplinado e implacável com as falhas dos homens com quem trabalhava. Nunca havia posto o pé numa cadeia, nem mesmo para visitar algum amigo. Só os mais chegados, muitos de vida torta igual, sabiam das reais ocupações de Ingo. Ele se apresentava como corretor de imóveis, tinha cartão com o nome em relevo e um telefone de contato — e era mesmo um especialista em entrar em propriedades alheias, só que sem o consentimento dos donos.

Vou arrumar um berro melhor pra você, Miguel.

Ingo tomou um gole de cerveja e, em seguida, reacendeu o que restava do baseado, que ficara sobre a mesa num pires improvisado como cinzeiro. Puxou duas, três vezes, para avivar a brasa, antes de tragar. Após uns segundos, soprou a fumaça densa no ar da cozinha. Deu mais um pega demorado, de franzir os olhos, e ofereceu o cigarro incandescente a Miguel, que recusou.

Já estou bem chapado.

Por alguma razão, Ingo achou aquilo hilário. E desandou a rir. Riu até engasgar com a fumaça da maconha, e tossiu de se contorcer e lacrimejar, sem interromper o riso. De repente, do nada, Miguel aderiu — gargalhou. Também sem motivo, por contágio. O que só piorou o quadro: Ingo foi atingido por uma nova onda de risadas. Cacarejava.

No auge do embalo, Miguel se deu conta de como estavam alterados seus sentidos. Mesmo em meio àquele acesso de riso estúpido, conseguia ouvir, à parte, o barulho de uma moto que passava na rua, ao mesmo tempo que registrava o som da descarga do banheiro sendo acionada no andar de cima.

Moraes surgiu de volta na cozinha. Foi a senha para que mais uma rodada de gargalhadas acometesse Miguel e Ingo. Moraes nem se esforçou para entender o que acontecia. Sem dizer nada, pegou o baseado da mão de Ingo e sentou-se à mesa.

E, antes mesmo de fumar, também já estava rindo com seus dentões encardidos.

O nome verdadeiro de Moraes era Jobair dos Santos Antunes. Trazia o apelido da adolescência, por culpa de um jogador de futebol chamado Moraes, com quem diziam que se parecia, um que chegou a passar pelo Bangu. Baixinho e invocado como Jobair. Filho único de um pescador pernambucano, órfão de mãe, Moraes tinha sido criado no subúrbio do Rio, na casa de uma tia, para onde se mudou depois que mataram seu pai numa briga. Qualquer um logo via que se tratava de um tipo nervoso, que não gostava de ser contrariado e nunca conseguia relaxar, nem quando fumava maconha. Assim como Ingo, era um ladrão puro-sangue, disposto a roubar qualquer coisa que pudesse ser roubada, de cargas de cigarros a lotes de vacinas vencidas. E, igual ao parceiro de quadrilha, ainda não havia sido detectado: não possuía ficha criminal até aquele momento.

Quando, na cozinha, cessou o riso e voltou o juízo, ao menos parte dele, Ingo e Moraes trocaram um olhar, coisa muito rápida, um flash, mas, dessa vez, ligado como estava, Miguel conseguiu captar. Achou que existia aprovação no que viu, e não se enganou: Ingo ergueu o copo de cerveja.

Bem-vindo ao time, Miguel.

Brindaram e beberam. Riram, agora de maneira mais comedida. Restou a Miguel, já em curva descendente no torpor provocado pela combinação álcool e maconha, a impressão de que Ingo tinha ficado bem mais satisfeito do que Moraes com sua admissão à quadrilha. Moraes parecia manter um pé atrás. Evitava olhá-lo nos olhos.

Essa impressão se desfez na hora em que os dois homens se levantaram para ir embora, e Moraes convidou Miguel a acompanhá-lo até o carro, estacionado debaixo de uma árvore, a alguma distância da casa. Tinha um presente para ele.

O carro era um Corcel novo, ainda com plástico cobrindo os assentos. Moraes abriu o porta-luvas e retirou dali algo embrulhado num lenço. Um tubo de lança-perfume da marca Universitário. Explicou que tinham roubado uma carga enorme antes do Carnaval e ele havia confiscado um lote para recreação pessoal.

Depois que os homens partiram, Miguel demorou-se ainda mais um pouco na rua. O clarão da manhã começava a despontar lá pelos altos do seminário. Um cachorro latia de um jeito maníaco nas imediações. Passaram os operários da madrugada, a caminho do ponto de ônibus. Ele entrou em casa, sentou-se no boxe do chuveiro decidido a usar o lança-perfume. Achou que merecia. Deu uma *prise*. Duas. Embalou. Daí, cheirou até apagar.

Só voltou ao ar uns quarenta minutos mais tarde. Achou-se deitado no boxe, varrido de dor de cabeça e com um enjoo que não conseguiu converter em vômito, nem mesmo apelando para o dedo na garganta. Ele se despiu, atirou as peças de roupa e os sapatos para fora do boxe e ligou o chuveiro frio.

A despeito do mal-estar, sentia-se eufórico: estava dentro. De uma só tacada, conseguira se infiltrar na quadrilha e obter informações importantes sobre dois de seus homens, ambos da linha de frente. Poderia dar início ao mapeamento do bando. Possuía imagens de Moraes e Ingo conversando na cozinha, o som de suas vozes. O sotaque.

O sobrado era uma "casa de fachada", com câmeras e microfones de escuta ambiental plantados em quase todos os cômodos. Um dos ambientes livres de vigilância era o banheiro, onde, naquele instante, Miguel enxugava, com uma toalha felpuda e movimentos lentos e cuidadosos, a cabeça, que pesava bem mais do que uma tonelada.

3.

Ele não viu, portanto não tem como saber. Resta-lhe apenas imaginar como foi a coisa toda. O horror.

Estavam rompidos, ele e o pai. Por motivo banal, como é comum nesses casos. Fazia semanas que não se viam nem se falavam.

A exemplo do que acontecia todas as manhãs, o velho saiu de casa antes das nove, levando o cão para as contingências matinais. Tinha acabado de completar setenta e um anos, estava com boa saúde, o porte atlético em lento declínio — os anos de moderação pagando agora os dividendos. O cão, na verdade uma cadela vira-lata, com manchas brancas na pelagem preta, atendia pelo nome de Bibi. Era o grande xodó do pai, uma concessão no rígido cotidiano de um delegado aposentado, viúvo, com notável inclinação para a vida solitária. Mal de família.

O velho soltou a guia da coleira. Livre, Bibi pulou para o interior de um canteiro de flores da praça onde desembocava a rua, atendeu ali, agachada, às necessidades de sua fisiologia, farejou fisiologias alheias. Enquanto isso, seu dono distraiu os olhos no entorno da praça: registrou as duas mulheres conversando através da grade de um sobrado; o rapaz de boné e camiseta berrante que fazia uma entrega da floricultura; o homem trêmulo atravessando a praça em passo hesitante, amparado por uma cuidadora vestida de branco — era novo ainda, sofrera um AVC, o ex-delegado sabia, avistava-o com frequência pelo bairro. Trocou a incômoda visão por um colibri, que flutuava entre as flores do canteiro. Bibi afastou-se para o outro lado da praça. Ele assobiou.

Foi nesse instante que reparou na motocicleta que circundava a praça. Mais do que na moto, reparou nos rapazes, o condutor e o garupa, ambos jovens, de bermuda, chinelo e capacete.

Atendendo ao assobio, a cadela voltou para junto do velho e aguardou, sentada obediente nas patas traseiras, que a guia fosse reatada à coleira, o que não aconteceu de imediato. A atenção do dono se mantinha presa à moto, que acabava de estacionar diante da farmácia localizada na esquina.

Ele ainda enxergava bem, precisava de óculos apenas para leitura. Conseguiu ver, mesmo à distância, um detalhe curioso: um pedaço de papelão cobria a placa na traseira da moto. Os dois rapazes apearam e se encaminharam para a entrada da farmácia, sem remover os capacetes, o que ele também considerou suspeito. Não o surpreendeu, afinal, notar que um deles carregava uma pistola junto ao corpo.

A descarga de adrenalina foi enorme, o filho imagina. O pai tinha sido um tira de verdade, orgulhava-se da carreira, o instinto nunca desaparece por completo. O filho gosta de pensar que o velho se abaixou e, sem perder a dupla de vista, recolocou a guia na coleira do cão e, apressado, arrastou o animal rua acima, de volta para casa.

Demorou lá dentro o tempo exato do assalto.

Quando tornou a sair, trazia com ele seu Colt .45, arma na

qual confiava muito. Embora não a utilizasse havia anos, desmontava e lubrificava a pistola com regularidade, deixando-a sempre pronta para uma emergência. Conhecia a alma daquele Colt: sabia que, por um defeito congênito, de fabricação, o impacto do disparo provocava um ligeiro desvio da mira para a esquerda, o que ele, exímio atirador, já corrigia de forma automática.

Alcançou a praça no momento em que os dois assaltantes saíam da farmácia. Consta que gritou. A se acreditar na simulação encenada por um programa policial que a TV exibiu na tarde seguinte, teria dito:

Alto lá! Os dois!

Daí se colocou em posição de tiro, a menos de cinquenta metros dos assaltantes, que se detiveram e se olharam pelo visor dos capacetes, decidindo como iam lidar com aquela intromissão inesperada. De acordo com a TV, ele gritou de novo:

Mão na cabeça!

(O filho assistiu à reconstituição: quem fazia o papel do pai era um ator gordinho, de peruca grisalha, bem mais novo do que o personagem retratado.)

Os assaltantes não obedeceram e voltaram a caminhar em direção à moto. Um deles levou a mão à cintura da bermuda, de onde despontava o cabo da pistola.

Não!, berrou o ator gordinho na TV.

(É razoável pensar que o pai tenha feito isso mesmo, imagina o filho.)

O rapaz ignorou a advertência. O velho abriu fogo. Deu quatro tiros.

Dois atingiram o peito do assaltante que tentou pegar a arma. O crânio do outro rapaz esfacelou junto com o capacete no terceiro disparo. O último projétil perfurou o abdômen definido da loira bonita que anunciava, num display de papelão em tamanho natural, os poderes mágicos de um chá, antes de alojar-se na parede da farmácia.

Não se pode falar em troca de tiros, como fez o programa da TV, nem em bala perdida — pensou-se, de início, que o homem do AVC e sua cuidadora tivessem sido alvejados (ambos caíram na calçada), mas logo se esclareceu que a mulher, com larga experiência em tiroteios na favela onde morava, tratou de se jogar no chão quando começaram os disparos, levando o homem com ela.

O velho delegado ainda permaneceu por mais uns segundos em posição de tiro, como manda o regulamento, apesar de seus alvos estarem inertes — a mão que empunhava o Colt sem o mínimo tremor, mais firme do que a mão de muito recruta no estande de tiro da academia de polícia.

Enfim, ele relaxou — quer dizer, tentou relaxar. O coração permanecia acelerado. Ofegava. O pico da adrenalina refluía devagar. O velho travou a pistola e a prendeu ao cinto, e o calor da arma em contato com sua pele causou um arrepio. Ele se aproximou dos corpos — o sangue dos dois se juntava num fio único, que escorria em direção ao meio-fio. Não havia glória nenhuma naquele tipo de vitória, ele pensou, aborrecido.

Os clientes que se encontravam no interior da farmácia criaram coragem e saíram. E, causando imensa surpresa no velho, passaram a aplaudi-lo. Com entusiasmo. Alguém gritou: “Muito bem!”. Outro pediu licença para abraçá-lo. Um transeunte, ainda sem compreender direito o que acontecia, parou para encorpar a euforia da celebração.

Incomodado, o pai tentou sair dali e voltar para casa, mas se viu rodeado pelos que queriam cumprimentá-lo. Um gaiato pediu para ver a arma. Um rapaz vestido com o jaleco da farmácia curvou-se sobre os cadáveres dos assaltantes e cuspiu neles. O gesto dividiu as opiniões, teve início uma discussão, que logo se converteu num empurra-empurra. Virou um circo.

O carro da reportagem da TV chegou ao local nesse instante. A primeira viatura policial ainda demoraria mais quinze minutos.

Até então ninguém sabia que os mortos eram menores de idade e que a pistola que um deles carregava era uma réplica de brinquedo.

O filho só tomou conhecimento dos fatos por um programa de TV na tarde seguinte. A ocorrência apareceu em destaque no noticiário de pelo menos três emissoras, foi capa de jornais — e o velho cansou de dar entrevistas para rádios. À vontade com toda aquela exposição, falava com desenvoltura, reproduzia os gestos da ação. Estava vivendo seu momento de glória, o filho achou.

Achou também que era uma excelente oportunidade para desfazer o mal-entendido da última briga e resolveu telefonar. Tentou diversas vezes, em horários variados. Ou deu ocupado ou ninguém atendeu.

Na noite em que o pai apareceu na TV, num debate ao vivo com o secretário de Segurança Pública, sobre o aumento da criminalidade no país, o filho achou que a coisa estava passando do limite.

Ele chegou ao distrito policial bem antes do horário combinado. O investigador Oberdã ainda não havia regressado do almoço. Ele avisou que iria esperar e sentou-se no banco de madeira instalado de frente para o balcão. Juntou-se aos outros cidadãos — três homens, uma mulher, todos negros — que, naquela hora, buscavam a mediação da polícia para resolver algum assunto. Deixou os olhos vagarem pelos cartazes e avisos afixados no balcão. Em posição de destaque, em letras garrafais vermelhas, estavam os "Terroristas Procurados". Com exceção de um velho que usava peruca e um bigode falso e de um careca com óculos fundo de garrafa, tudo gente jovem nas fotos. Moças bonitas de olhar feroz. Outros cartazes davam notícia da ralé da bandidagem, das recompensas oferecidas e dos apelidos de cada um. Orelha. Saponga. Marquinho do Fuzil. Bibelô. Urubu, Vesgão, Caruncho, Anal — um tipo magrinho, assustado na foto, o que teria feito para merecer a alcunha?

O homem que ele procurava atendia pelo apelido de Normal. O negro de cabelo platinado. Fazia parte de uma dinastia de bandidos do extremo sul da cidade — o pai estava num presídio federal e um tio e um primo tinham morrido em confrontos com a polícia. Normal. Dava para sentir a ironia latejando por trás do apelido.

Oberdã chegou do almoço escoltando a delegada titular do DP, uma loira madura e bonita de terninho escuro, salto alto e cabelo arrumado, parecia mais uma executiva de multinacional do que uma agente da lei. Foram apresentados. Trocaram um cumprimento que deixou na mão dele uma fragrância agreste. Falou-se do pai dele, com quem ela havia trabalhado no começo da carreira. Oberdã o surpreendeu com um abraço, que ele demorou um pouco a retribuir — fazia tempo que não se viam —, e o conduziu à Sala dos Investigadores, onde ofereceu água e café morno de uma garrafa térmica.

Os dois se conheciam da academia preparatória. Amigos distantes, pode-se dizer. Um esporádico churrasco de final de ano, o aniversário ou o funeral de algum amigo em comum, era como se encontravam. Nunca foram íntimos.

Ele sentou-se num velho sofá, depois que Oberdã abriu espaço empurrando uma pilha de inquéritos para um canto. O investigador apoiou o traseiro do jeans justo na mesa enquanto usava o telefone — pediu que um preso fosse levado da carceragem para a sala de identificação.

Ele sabia que Oberdã andava enrolado num procedimento interno que apurava o sumiço de um lote de drogas do cofre do distrito. Cocaína boliviana com um grau de pureza incomum. Valia uma nota.

Não era o pior de sua ficha. Pesava contra ele a fama de fazer parte de um grupo de extermínio a serviço da ditadura militar que oprimia o país na época. Um esquadrão da morte. Havia várias turmas de policiais operando nesses moldes, nem sempre na clandestinidade. Deixavam cartazes com o desenho de uma caveira sobre os cadáveres. Um pessoal sinistro.

E você, Oberdã quis saber, continua no bem-bom da Inteligência?

Não sei se é tão bem-bom…

Muita campana, pouca ação. Pra mim não serve. Preciso de movimento. Tá trabalhando com quem?

Na equipe do Olsen.

O investigador sorriu, malicioso:

Conheço a peça: bonitão, arrumadinho, perfumado. Gente boa. Ele ainda sai com aquela garota da TV?

Não sei, não acompanho essa parte.

Era público o envolvimento do delegado Olsen com uma apresentadora de televisão, uma loira de origem colombiana, bem mais jovem que ele. Os jornais populares requentavam a fofoca a cada aparição dos dois, à espreita de um escândalo de grande porte. Olsen era casado com a irmã do vice-governador.

Oberdã pegou um molho de chaves sobre a mesa e eles seguiram por um corredor mal iluminado, que fedia a creolina, com o investigador à frente. Entraram na Sala de Reconhecimento. Além do vidro, debaixo da luz, um preto esguio, sem camisa, de bermuda e chinelo, exibia o cabelo descolorido de cabeça baixa.

Foi pego numa blitz com uma moto roubada, o investigador informou. Tentou aplicar um documento falso.

Não é ele.

Certeza?

O cara que eu procuro é gordo.

Oberdã ficou desapontado. Mesmo assim, pressionou um botão no painel e curvou-se para falar ao microfone.

Levanta a cabeça!

O preso obedeceu. Mostrou medo e rancor nos olhos, e hematomas no lado esquerdo do rosto. Oberdã pareceu ler o pensamento dele e antecipou a explicação:

Caiu da moto durante a abordagem. Estava sem capacete.

Não é ele, não. O cabelo pintado é só coincidência. Tem muita gente usando.

Oberdã o encarou.

Gente que não presta, você quer dizer, né?

O investigador falou outra vez ao microfone:

Podem levar de volta pro xadrez.

Boa Vontade. O pedaço em que ele tinha nascido e crescido. A cada quinzena, regressava ao bairro, em geral visitas rápidas. Nunca avistava ninguém das antigas, não dava essa chance, evitava ir aos lugares onde sabia que isso podia acontecer.

A casa do pai permanecia como o velho a deixara. Ele passava para recolher a correspondência, as contas de água e luz, para regar um quintal repleto de vasos com plantas que teimavam em sobreviver. Enquanto não decidia o que fazer com o imóvel — era o único herdeiro.

Numa ocasião, em meio aos folhetos promocionais, emergiu, enrugado pela chuva, um envelope com o logotipo de uma editora de publicações eróticas. Uma cobrança. E não era pouco dinheiro: quase meio salário mínimo. Aquilo o intrigou a ponto de vasculhar a casa em busca não sabia ao certo do quê. Nada encontrou que desabonasse a conduta do velho.

Talvez mereça registro que, na gaveta da mesa de cabeceira,

achou diversas embalagens de camisinhas com o prazo de validade expirado. No guarda-roupa descobriu que o pai conservava os vestidos, a roupa íntima e os sapatos da mulher, morta fazia mais de uma década.

Ainda enfeitavam as paredes do quartinho nos fundos do quintal, seu refúgio preferido na juventude, pôsteres em papel brilhante de artistas de cinema e uma foto da seleção de futebol, tricampeã do mundo três anos antes, desbotada na parte atingida por uma mancha de infiltração.

Perdeu a noção do tempo manuseando jornais velhos e papéis inúteis estocados num armário. Havia recibos, contas antigas, extratos bancários, documentos variados de distritos policiais onde o velho dera o sangue. Parecia que o pai tinha guardado todo e qualquer papel com que teve contato na vida.

Quando saiu para o quintal, na luz inclinada da tarde, deu com a cara rechonchuda espiando por cima do muro. Amélia, a filha abobada do vizinho.

Uma visita ao rosto daquela criatura poderia destacar o equilíbrio dos traços, o frescor da pele, a delicadeza do nariz, os imensos olhos verdes, sempre esbugalhados. Porém teria de mencionar também o vazio que existia ali, um tipo de ausência. E o mais perturbador: os lábios deformados pelo começo de um riso perene.

Pelos cálculos dele, Amélia deveria estar chegando aos trinta anos. Aparentava vinte. Mentalmente, estava bem abaixo disso. Era mãe solteira de uma menina muito parecida com ela, filha de pai desconhecido.

Me dá um cigarro?

Não tenho, Amélia, eu não fumo.

Ela subiu mais um degrau na escada de alumínio que usava como apoio. Esticou o braço roliço na direção do quartinho.

O velho esconde na última gaveta do armário. Pega lá.

Ele obedeceu de maneira automática, voltou ao quarto sem

questionar, impelido pela surpresa. Abriu a gaveta mencionada, que não havia inspecionado antes, e achou vários maços de Continental. Aquilo soou engraçado. Até onde sabia, o pai nunca tinha fumado na vida.

De volta ao quintal, entregou um dos maços a Amélia. Ela abriu e colocou um cigarro entre os lábios untados de saliva.

Tem fogo?

Não fumo, já falei.

Ele apalpou os bolsos para enfatizar. Ela indicou o quartinho de novo.

Tá na mesma gaveta.

Os dois se olharam. Durou pouco. Ele desviou o olhar, perdeu o embate, pode-se dizer, incomodado com o riso na boca que o cigarro tornava vulgar. Voltou ao quartinho.

Encontrou uma caixa de fósforos e também um envelope com uma dúzia de fotografias em que Amélia aparecia apenas de calcinha, tapando os seios miúdos com as mãos. O cenário era o quartinho poeirento onde ele estava agachado naquele instante. Ouviu a impaciência na voz dela lá fora:

Achou?

Ele pôs o envelope de novo na gaveta, fechou-a e foi entregar os fósforos para ela. Amélia acendeu o cigarro, deu três ou quatro baforadas e depois um trago demorado. Chegou a contrair os olhões verdes de satisfação. Fumou em silêncio, olhando para a tarde que terminava. Dava tragos longos, que não demoraram para reduzir o cigarro a uma bituca, que ela descartou, displicente, atrás de si. Acendeu outro. E pareceu dar-se conta de algo crucial:

O velho não vai mais voltar, né?

Você não lembra do que aconteceu?

Um esgar semelhante a uma emoção se esboçou no rosto dela, breve, e logo se dissipou.

Ah, é, ela disse, sem muita convicção.

E, envolta na fumaça do cigarro, assistiu quieta enquanto ele recolhia a mangueira usada para regar as plantas dos vasos e guardava no quartinho. Ele já estava de saída quando Amélia falou, a um só tempo para ninguém e para o cosmos:

O homem levou a Bibi.

O comentário o deteve. Ele voltou a se aproximar do muro e a encarou.

O que você viu, Amélia?

O homem foi embora com a Bibi.

Como ele era?

Preto. Gordo. Cabelo branco...

Um velho?

Amélia agitou a cabeça, frenética.

Não! Não. Cabelo pintado.

Ele esperou, paciente, que ela desse outro trago aflito no cigarro e soprasse a fumaça para o alto. Adoçou a voz:

O que mais você viu, Amélia?

Ela abriu a boca, e assim ficou, sem emitir som algum, dando a impressão de que a lembrança não chegou por inteiro à sua mente complexa e turva. Contudo foi horror suficiente para franzir-lhe o rosto. Amélia começou a descer a escada.

Tenho que entrar.

Ela desapareceu por trás do muro. Ele escutou primeiro o ruído da escada de alumínio sendo arrastada e depois vozes — *Maledetta*! —, o pai censurando a filha por causa do cigarro. Ele permaneceu por mais alguns minutos no quintal, imóvel, pensativo. Um agitado formigueiro se expandia na base do muro a exigir providências.

4.

Do lugar que ocupava no restaurante, uma mesa de canto junto a um amplo janelão de vidro, Miguel conseguia controlar tanto o ambiente interno quanto o movimento do lado de fora, quem chegava ou saía do posto de combustíveis, à margem da rodovia. Ao fundo, na noite de lua clara de agosto, o estacionamento tomado quase só por carretas e caminhões e alguns carros de passeio.

Ele viu quando um jipe do Exército, com a capota de lona fechada, parou na vaga ao lado do Opala e de lá saltaram dois recrutas armados com fuzis FAL. Um deles abriu a porta para um oficial sair do veículo, e depois os recrutas se postaram em guarda na frente do jipe. O oficial, um capitão ainda jovem, mancava de uma perna. Havia mais alguém no veículo do Exército que Miguel não conseguiu divisar, que ali permaneceu. O capitão sumiu de seu campo visual, num passo incerto rumo à área onde ficavam os banheiros.

Ainda que inesperado, ele não imaginou que o surgimento dos militares fosse motivo para preocupação. Um erro, mais um, numa noite em que eles ocorreram em quantidade excessiva.

Miguel jantava um prato feito — arroz, feijão, bife, ovo e salada. Ingo regressou do banheiro e deixou cair o cansaço do corpo sobre a cadeira. Fez sinal para o garçom e pediu um conhaque. Seu estado de irritação chegava a exalar um cheiro ruim.

Você não vai comer?

Tô com azia, Miguel.

O garçom pôs o copo diante de Ingo e serviu o conhaque. Uma dose larga, que ele matou de primeira. Ordenou outra. O garçom obedeceu, e de novo foi generoso.

Aconteceu alguma coisa grave, o Moraes nunca me deixou na mão.

Viu os milicos?

Ingo espiou pelo vidro do janelão. Longe da vista do oficial, os recrutas aproveitavam para relaxar: um deles havia apoiado o fuzil na lateral do Opala e se entregava ao prazer de um cigarro, enquanto o outro, curvado na janela, conversava com o ocupante oculto do jipe.

Não gosto dessa raça, Ingo rosnou. Se pudesse, mandava fuzilar um por um.

O capitão voltou do banheiro e coxeou em direção ao balcão do bar que ficava nos fundos, onde foi atendido menos com gentileza que com receio. Clientes abriram espaço para ele, incomodados, uns até se afastaram. Ingo bufou.

Parasitas.

Num nicho na parede, perto da mesa que dividiam, uma vela artificial dava alento a uma imagem de são Miguel, que, de espada em riste e olhar ausente, pisava na cabeça de uma criatura maligna. Miguel considerou um sinal positivo a presença do xará arcanjo no recinto. Trouxe um pouco de conforto em um momento cheio de presságios — algo estava na iminência de acontecer, ele sentia.

Lá fora, no entanto, a vida seguia seu curso banal: caminhões enormes manobravam para entrar ou sair do estacionamento; mulheres de roupa curta ofereciam sua carne maltratada aos motoristas sonolentos que passavam a caminho dos banheiros; um vira-lata matava a sede na torneira da borracharia; um recruta fumava despreocupado, outro batia papo com quem permanecia no interior do jipe do Exército. E o FAL continuava encostado na lateral do Opala.

Um magnífico Opala azul-noturno, modelo SS, quatro portas, seis canecos de potência, motor envenenado e uma biografia que, considerando tudo o que houve em seguida, merece ser contada.

Um mês antes, durante a etapa de planejamento da operação, num churrasco em uma chácara à beira da represa, que reuniu quase uma dezena de integrantes da gangue, com direito a mulheres e filhos, Miguel foi incumbido de puxar e dirigir o carro que transportaria Ingo.

Ele acabou chegando atrasado ao churrasco. Deu a desculpa de que havia perdido o mapa e rodado um bom tempo pela região, que não conhecia, antes de localizar a chácara. Jamais mencionaria o incidente com o cão, real motivo do atraso.

Estavam nesse evento a ala barra-pesada da quadrilha — o pessoal de formação militar, na maioria ex-policiais, responsável pelo armamento — e uns três ou quatro sujeitos que Miguel já conhecia de encontros anteriores, inclusive Lucas, um mineiro especialista em fabricar bombas. Moraes apareceu acompanhado por uma namorada bem mais jovem e bem mais alta que ele, cuja presença ostensiva não demorou a pôr as outras mulheres inquietas.

Quem também estava na chácara na ocasião era Nádia, a irmã de Ingo. Foi a primeira vez que Miguel a viu. Usava um maiô amarelo e um chapéu de palha amplo, e veio caminhando descalça desde a piscina, quando Ingo a convocou, andando com uma graça que capturou Miguel.

Assim como o irmão, Nádia era alta, encorpada, uma mulher para grandes fomes, ele pensou ao ser apresentado. Havia acabado de ultrapassar a fronteira dos trinta anos, quatro a menos do que ele. Tinha a pele clara afogueada pelo sol e o cabelo alourado — e os mesmos olhos verdes de Ingo, que mudavam de tonalidade conforme a luz ou o estado de espírito da dona.

Miguel e Nádia ficaram conversando apartados dos demais, enquanto ele comia e ela tomava uma caipirinha, a quarta da tarde — o apego de Nádia ao álcool causava apreensão em Ingo. Tinham perdido o pai cedo e, na condição de mais velho, ele assumira o papel de protetor da irmã. E ela bem que precisava. Ingo procurava ficar por perto, de olho. Já a livrara de algumas situações.

Nádia e Miguel descobriram afinidades — ou pelo menos ele afirmou coincidir em várias coisas que a agradavam, ainda que nem sempre fosse verdade. Miguel procurava manter a consciência do personagem que interpretava. Um caso de honestidade com a mentira.

Na realidade, eles eram muito diferentes, e talvez nisso resida parte da graça de tudo que aconteceu depois. Pouquíssima gente alocaria um tostão numa aposta sobre o futuro daqueles dois como *una pareja*. No entanto.

Ela adorava sair para dançar, ele só mexia o corpo se fosse para desviar de bala. Ele gostava de cães, ela dava preferência a gatos, embora nada tivesse contra os caninos. Ela apreciava a vida ao ar livre, ele levava uma rotina mais indoor. Ela ia a festas toda semana, ele, se pudesse, estaria num cinema. Ele era adepto da cerveja, um início de barriga entregava a predileção, ela estimava os destilados em geral, as caipirinhas em particular. Era raro ele se drogar, ela vivia aberta a experiências de alterações de estado de consciência. Ela havia desertado da escola de propaganda na metade do curso, arregaçado as mangas e ido trabalhar; ele concluíra a faculdade de direito antes de entrar na polícia, porém nunca chegou a advogar — nem possuía a carteira da OAB. Nádia não demonstrava grande amor pelos livros, pouco lia, e dava preferência a temas ligados à moda — ganhava a vida como sócia de uma butique de roupas finas na parte nobre da cidade; Miguel, ao contrário, lia bastante, aproveitava qualquer período ocioso para ler. Possuía uma biblioteca até que razoável em seu apartamento, com predomínio das novelas policiais, e era do que mais sentia falta na casa de fachada. Seus livros.

O que não dá para esconder é que ele desejou Nádia desde o princípio. Ficou pensando, enquanto conversava com ela, como seria bom tirar a roupa daquela mulher. Saiu daquele encontro excitado com a sensação de que iria acontecer, era apenas uma questão de oportunidade.

Ingo espreitava a cena de longe, com indisfarçável satisfação. Tinha se afeiçoado a Miguel desde o dia em que apadrinhou seu ingresso na quadrilha, sentia por ele um afeto genuíno, que ajudou a transformar a empatia inicial em camaradagem masculina. Foi o que o levou à ideia de apresentá-lo à irmã. E, a julgar pelo que via, acertara em cheio. Tanto que lamentou ter de se aproximar do casal e interromper o papo, que parecia em avançado estágio de intimidade.

Mas estavam ali para trabalhar, ao menos os homens, que, convocados por Ingo, se encaminharam para o salão de jogos da chácara, onde se fecharam. Às mulheres e às crianças restou a alternativa das brincadeiras na piscina, sob o sol forte do fim de tarde.

Um grupo de mulheres saiu da chácara e se abrigou sob uma quaresmeira frondosa, de frente para a represa. Estaria enganado quem imaginasse que o interesse delas eram as lanchas que circulavam pela água, ruidosas, puxando praticantes de esqui aquático. Na realidade, elas tinham se afastado para fumar maconha longe das crianças.

Nádia imaginava que o irmão estava metido com negócios ilícitos. Não era cega — nem surda. E um rápido exame da turma que andava com Ingo — que Ingo chefiava, melhor dizendo — servia para esclarecer que não se tratava de um encontro de escoteiros. Ela apenas preferia não pensar demais no assunto. Senão, teria que falar também de seu ex, e isso Nádia procurava evitar. Considerava que não era da sua conta o que os homens estavam tramando, trancados no salão de jogos.

Lá dentro, sentados ao redor de uma mesa de carteado, eles ouviam compenetrados os detalhes fornecidos por Ingo, o único em pé, sobre o serviço que iriam pôr em andamento. Envolvia duas carretas recheadas de componentes eletrônicos vindos da Zona Franca de Manaus. O plano era interceptar os veículos na última parada que fariam, num posto de gasolina de beira de estrada, antes de chegarem a seu destino.

A gente nem vai tocar na carga, Ingo salientou. Combinei que vamos entregar as carretas fechadas pro cliente.

Era um dos momentos do ofício que ele mais apreciava, sua capacidade de liderança e a rapidez na tomada de decisões se mostravam por inteiro. Tinha aqueles homens na mão, e uns eram bem experientes, alguns talvez com mais tempo de cadeia do que ele de vida. Sentia um prazer quase físico vendo o grupo em silêncio respeitoso, atento às suas palavras — um magrelo chamado Jonas, sentado ao fundo, chegava a tomar notas numa caderneta. Como alunos ouvindo um professor, dava até saudade da época do cursinho.

Lucas, o especialista em explosivos, o interrompeu, levantando a mão direita, na qual faltavam três dedos, entre eles o polegar; na mão esquerda, a situação era ainda pior: só restava um toco do indicador. Sequelas de uma bomba que estourou antes da hora. Ele perguntou:

Vão estar com escolta?

Ingo poderia ter esclarecido de pronto a dúvida, sabia que os componentes eletrônicos viajariam sem nenhuma proteção especial, no entanto decidiu prestigiar Moraes, que estava sentado numa das extremidades. Ele trouxera o contato que permitia estarem ali planejando o roubo.

O Moraes pode falar melhor do que eu sobre a operação.

Colhido de surpresa pela deferência, Moraes demorou a reagir, até que se ergueu para falar ao grupo de comparsas. A princípio, pareceu um pouco nervoso, gesticulando em excesso e mexendo no rabo de cavalo enquanto falava. Mas logo aqueceu e achou a confiança necessária para se expressar com mais desenvoltura.

Não vai ter escolta, disse com firmeza. Um dos motoristas joga no nosso time. Foi ele quem deu a dica.

A informação provocou murmúrios entre os homens, um riso inclusive, e a palavra moleza, proferida por um sujeito de cabeça branca, foi ouvida no salão de jogos. Moraes o repreendeu:

Nunca é moleza, Elvis, e você devia ser o primeiro a saber.

Elvis, também conhecido como Véio, por conta do cabelo grisalho, era um ex-sargento expulso da polícia por extorsão. Ele não escondia o descontentamento com a posição que passou a ocupar na quadrilha depois de uma temporada na cadeia. Sentia-se injustiçado.

Tinha puxado três anos mais uns meses de cana dura, podia ter entregado muita gente para aliviar a barra, e foi bastante pressionado a delatar. Preferiu se manter em silêncio. E para quê? Para descobrir, quando saiu, que seu lugar havia sido usurpado por Moraes. Antes da prisão, era a ele que Ingo recorria sempre que precisava compartilhar dúvidas, planos e decisões — na prática, dividir a liderança. Agora, aquele baixinho arrogante desfrutava dessa posição e andava para todo lado com Ingo. Elvis não estava feliz com a situação. Se pudesse retroceder no tempo, na certa agiria diferente: ia dedurar meio mundo. Gente ingrata. Durante os anos em que esteve preso, não recebeu a visita de nenhum companheiro. Nem ao menos uma carta.

Ingo resolveu interferir na conversa:

O Moraes tá certo, Véio, não pode ter vacilo. Veja o seu caso.

Elvis se viu obrigado a pedir desculpas na frente de todos aqueles homens. E não gostou. Só que Ingo ainda não estava disposto a largar a carcaça para as hienas:

Lembra como a sua atitude individual prejudicou o grupo?

Elvis baixou a cabeça, tenso e humilhado. Puto. A mão crispou, involuntária. E o maior problema é que Ingo estava com a razão: o único culpado por tudo que havia sucedido era ele mesmo. Se, na noite dos fatos, houvesse se controlado, teria evitado muitos aborrecimentos, inclusive a temporada na cadeia e a queda na hierarquia interna do bando.

Na época, Elvis morava com uma cabeleireira chamada Odete, uma pernambucana baixinha, "quente e esquentada", como ela mesma se definia. Ardida. Era um amor de contato físico, um encontro de alta voltagem sexual. E, apesar das brigas rotineiras — ambos tinham o pavio curtíssimo —, pode-se dizer que viviam bem, instalados numa casa nova e confortável, que era olhada com cobiça e destoava do casario modesto e mais antigo de uma vila operária, no lado leste da cidade.

Difícil dizer por que começou a discussão naquela noite — talvez ciúme, talvez álcool, ou uma combinação de ambos, como de costume. O que importa é que, após a etapa dos gritos, não demorou para os móveis e outros objetos da casa começarem a participar do conflito, que se deu à mesa de jantar. Odete arremessou um copo, do qual Elvis se esquivou e que se espatifou na parede. Ele contra-atacou puxando a toalha e varrendo sobre a mulher tudo que estava sobre a mesa. Ela tentou furar a mão dele com um garfo, o que o obrigou a agarrá-la, numa espécie de clinch. Ele aproveitou sua vantagem física para dominá-la e torceu-lhe o braço, conseguindo que ela soltasse o talher. Odete mordeu a mão dele, que a esbofeteou com força, jogando-a contra a parede.

Nos conflitos anteriores, em geral nesse ponto os dois viravam a chave, convertendo o impulso bélico em disposição erótica. Acabavam no chão, arrancando as roupas com pressa e fúria e fazendo um sexo agressivo — e conciliador. A baixinha era tão feroz na cama quanto fora dela.

Todavia, naquela noite, foi diferente. Elvis entendeu isso ao ver Odete entrando num dos quartos e de lá voltando com uma Beretta 9 mm., uma das estrelas do arsenal da quadrilha que ele havia levado para casa — estava fazendo a manutenção do armamento, a pedido de Ingo.

Não constava que Odete soubesse manusear a pistola ou qualquer outro tipo de arma, ou mesmo que já houvesse atirado na vida. Nada disso a inibiu de apontar a Beretta para a cabeça de Elvis, ordenando que ele saísse daquela casa — que, afinal, pertencia ao pai dela. Odete falava sério, dava para ver isso em seu rosto, além do vermelhão da bofetada. Não que Elvis duvidasse. Ele apenas tentou argumentar que não podia sair de bermuda, chinelo e sem camisa e…

BAM!

O projétil passou assobiando perto da orelha direita dele, antes de se incrustar no batente da porta. Odete deu um berro, assustada e excitada com o que tinha acabado de fazer.

Ela gostou do poder que experimentava pela primeira vez

sobre o ex-sargento, a quem só restou recuar com os braços levantados à frente do corpo. Odete viu medo nos olhos dele, e adorou notar que Elvis havia perdido o controle da bexiga — a mancha de urina se alastrava nas pernas da bermuda clara.

Sempre com movimentos cautelosos, ele abriu a porta e saiu à rua, sem desgrudar o olho da arma. Fora da casa, encontrou uma plateia de vizinhos, ou melhor, de torcedores agitados, que vibraram no momento em que Odete apareceu na porta de Beretta na mão. O ex-sargento, tido como arrogante, não era bem considerado no pedaço. Fazia algum tempo que alguém tinha chamado a polícia, e não demorou para que duas viaturas surgissem para atender à ocorrência.

Não foi surpresa para quem a conhecia, mas Odete ainda deu um pouco de trabalho até se render e entregar a arma aos policiais. Foi preciso negociar, o que serviu para eletrizar a gente que assistia e para enervar o oficial que comandava a abordagem, um tenente casca-grossa que, por coincidência, Elvis conhecia de sua época de quartel.

As coisas começaram a se complicar quando o tenente recolheu a pistola e pediu para ver a documentação relativa ao porte da arma. Na tentativa de protelar, Elvis olhou para o rosto de Odete, como se ela soubesse onde estaria guardado um documento inexistente, e tudo que viu ali foi o sorriso de deleite pela sinuca de bico em que ela o havia metido. O jeito foi pedir para entrar em casa, a fim de procurar a licença da arma. O tenente autorizou de má vontade.

Enquanto Odete permanecia vigiada de perto pelos policiais, Elvis voltou para o interior da casa, pensando em trocar a bermuda molhada e nas possibilidades que se apresentavam, nenhuma muito animadora. Poderia escapar pelos fundos — teria que escalar o muro do quintal, que nem era tão alto, porém com o topo coberto por cacos de vidro. Num gesto mais ousado, poderia partir para o confronto: pegaria, na caixa escondida no quarto, a arma capaz de causar o maior estrago possível — no caso, uma submetralhadora — e abriria caminho à bala.

O surgimento do tenente na sala acabou com o impasse, obrigando Elvis a tentar uma terceira via um tanto arriscada, um tudo ou nada desesperado: ofereceu dinheiro ao policial, uma bolada daquelas que resolvem a vida do sujeito. A princípio, o tenente pareceu interessado. Chegou a especular:

Você tá com a grana aqui?

Elvis explicou que bastava um telefonema e alguém traria o dinheiro. Em espécie. Aproveitando o que pareceu ser um instante de hesitação ética do policial, trouxe uma reminiscência à baila:

A gente foi colega, tenente. Não lembra de mim, o Véio, da academia de polícia?

Por ter ficado grisalho precocemente, o apelido vinha de longe.

Claro que lembro. E você não é colega porra nenhuma. Foi expulso da força, não foi?

Só restou a Elvis confirmar. O tenente retrocedeu até a porta da sala e convocou um dos policiais que o acompanhavam na ocorrência.

Pode algemar. A gente fisgou um peixe grande.

Na tentativa de evitar que a casa fosse vasculhada — seria bem complicado explicar a origem do armamento entocado no quarto —, Elvis não opôs resistência, oferecendo, dócil, os braços erguidos ao policial que se aproximou com as algemas. Pediu apenas para mudar de roupa, o que o tenente não permitiu. Um esculacho.

Mesmo diante dessa arbitrariedade, contra a qual seria lícito invocar a dignidade do preso, Elvis decidiu baixar a cabeça e se submeter. O mais importante era tirar os dois homens de dentro da casa — e, de fato, saíram todos para a rua, onde a plateia aguardava ansiosa pelo desfecho. Em cada um daqueles rostos sofridos surgiu uma nota de alegria ao ver o vizinho, algemado e de bermuda mijada, ser conduzido para a traseira de uma das viaturas. Deu para ouvir risadas e uns aplausos esparsos. Foi nesse instante que, de passagem, o policial que vigiava Odete interpelou o tenente:

E ela?

O oficial nem olhou na direção de Odete, fez uma careta e a descartou com um gesto de desprezo. Como se ela fosse menos que nada. No fundo, foi o que a enfureceu e a fez reagir, e não qualquer desejo de vingança contra Elvis, que estava sendo acomodado no chiqueirinho da viatura. Odete quis mostrar àquele tenentinho que a desprezava e àquele povo que se deliciava com a desgraça alheia que não era tão insignificante. E, para isso, precisou apenas perguntar:

E o que eu faço com aquelas armas?

O tenente, já dentro da viatura, saiu e se aproximou de Odete, olhando-a, enfim, com algum interesse.

Que armas?

O episódio rendeu seis anos e meio de sentença para Elvis, dos quais ele cumpriu mais de três, encurtando o tempo de caminhada com um comportamento exemplar e com intermináveis jornadas na lavanderia do presídio. Ele achava que suas mãos iam ter cheiro de sabão barato pelo resto da vida.

(Talvez seja desnecessário mencionar quem passou a aparecer assim que liberaram as visitas íntimas: Odete, é claro. Por sinal, voltaram a morar juntos depois que ele saiu.)

O mais grave de tudo foi a perda das armas da quadrilha, confiscadas pela polícia. Como informação é a única coisa que circula com mais facilidade do que droga na cadeia, Elvis ficou sabendo que, do lado de fora, sua execução chegou a ser cogitada num tribunal formado pelos companheiros. Também ficou sabendo que Ingo foi um dos que o defenderam, em nome da amizade pessoal e dos vários anos de bons serviços prestados, e que seu voto pesou na decisão de puni-lo apenas com um rebaixamento na hierarquia. Ficou sabendo ainda que Moraes tinha votado pelo castigo mais drástico — a execução. Aquele baixinho ridículo de rabo de cavalo.

Agora Moraes o encarava sem esconder a satisfação que sentia enquanto Ingo se excedia no sermão. O desconforto imenso de Elvis só não se prolongou mais porque, em certo momento, a algazarra alegre que as crianças faziam lá fora, na piscina, foi substituída por uma gritaria diferente, de gente adulta. Mulheres batendo boca. Ingo interrompeu a conversa, os homens se amontoaram na janela para espiar o que acontecia.

A namorada de Moraes, a única que permanecia dentro da piscina, era o motivo do conflito. Estava sem a parte de cima do biquíni e expunha ao sol um par de tetas grandes e firmes, esplêndidas. Ela discutia com as outras mulheres, que, ultrajadas com a atitude, haviam retirado as crianças da água.

Os homens da quadrilha riram, fizeram piadas que homens fazem nessas horas, mais de um invejou Moraes. Até que Ingo acabou com a alegria, mandando que voltassem aos seus lugares. E, para alívio de Elvis, mudou o foco de interesse e passou a se dirigir a Miguel:

Você vai ficar responsável pelo transporte.

Foi nesse momento que Miguel pensou no Opala que o delegado Olsen havia apreendido de um contrabandista. Resolveu se exibir perante a patota:

Qual carro você gostaria?

Ingo dividiu um sorriso cúmplice com Miguel — ele adorava aquele cara. E entrou com muito gosto na brincadeira:

Qualquer um que seja potente, veloz e, se possível, com a documentação em ordem. Você tem alguma sugestão?

A documentação não garanto, mas pensei num Opala que eu tô de olho.

Se pudesse, Ingo teria aplaudido Miguel. Como não pegaria bem, contentou-se em dizer:

Vamos de Opala então.

5.

Miguel jamais esqueceria a cara de Ingo no momento em que estacionou o Opalão na frente do predinho de três andares, onde ele vivia sozinho num dos apartamentos — a mulher e os filhos continuavam morando no interior do Paraná —, e o ajudou a esconder no porta-malas a bolsa com as "ferramentas de trabalho". Uma escopeta de cano serrado e uma pistola. Não havia nenhuma previsão de que as armas seriam necessárias, mas as levavam por precaução — naquele ramo de negócio nunca dava para saber.

Ingo ficou parado, com as mãos na cintura, admirando o Opala, experimentou a abertura das portas, chegou a circundar o veículo. Estava babando pelo carro — ele tinha mais do que uma queda por modelos de luxo, Miguel sabia.

O encantamento de Ingo com o carro fez com que ele surpreendesse Miguel ao pedir, com inesperada humildade, para dirigi-lo até a casa de Moraes, a quem iriam apanhar. Miguel consentiu, satisfeito.

Ingo instalou-se ao volante e, antes de dar a partida, fechou os olhos e aspirou o cheiro dos assentos novos em folha — Miguel teve a impressão de que ele gemeu de prazer. Era um dos quatro aromas favoritos daquele tipo de gente — os outros três eram o cheiro de dinheiro, de buceta e de pólvora, com a ordem de preferência variando conforme o indivíduo em exame.

Aquele teria sido um dia memorável na vida de Ingo, se tivessem encontrado Moraes em casa.

Eles bateram na porta, tocaram a campainha e depois foram fazer plantão numa padaria da esquina, de onde conseguiam monitorar a entrada da casa, na esperança de que Moraes aparecesse. Ingo, rigoroso com a pontualidade, pôs-se irritado, o que lhe afetou o órgão de choque, o estômago. Pediu um copo de leite ao balconista e mastigou uma pastilha de magnésia.

(A indisposição gástrica de Ingo tinha também outra causa, além da contrariedade com Moraes: Mila, sua filha de dezesseis anos, estava grávida, e o responsável era um sujeito bem mais velho, casado, um professor contratado para dar aulas particulares para a menina, com vistas ao vestibular. Ingo ainda não havia decidido como resolveria a questão — encher o professor de bala surgia como hipótese natural. O mais difícil era aguentar os sermões da mulher cada vez que dava as caras em casa, dizendo que esse tipo de coisa só acontecia porque ele era um pai ausente.)

Quando se cansou de esperar, Ingo anunciou para Miguel:

Vou suspender o lance. Tem alguma coisa errada, o Moraes não ia dar cano.

Ele pediu para usar o telefone da padaria e, com duas ligações breves, cifradas, desmobilizou a equipe e cancelou o roubo dos componentes eletrônicos. Depois voltou a sentar-se junto ao balcão, ao lado de Miguel. Exalava, no hálito, um cheiro de fruta passada.

O que eu vou dizer pro cliente?

Miguel não tinha nenhuma sugestão para oferecer.

E eu já recebi uma parte do pagamento adiantado.

Miguel observou o sobrado de portão baixo que vigiavam na rua do Fogo.

Ingo, por que a gente não dá uma geral na casa?

Você quer dizer lá dentro?

É. Talvez a gente encontre alguma pista do que está acontecendo.

Eles não tiveram dificuldade para entrar no sobrado. Passaram pelo portão da frente e avançaram por um corredor estreito em direção aos fundos, onde os surpreendeu a porta da cozinha arrombada.

Deveriam ter dado as costas e saído dali naquele instante, sem titubear, como manda qualquer manual de bons procedimentos. Mas resolveram desobedecer e revistar a casa, ambos desarmados — os ferros tinham ficado no porta-malas do Opala.

Todos os cômodos estavam remexidos. Com disposição e método, alguém havia se dedicado a vasculhar armários e gavetas e a espalhar o conteúdo pela casa. Nada ficara no lugar. No quarto, o guarda-roupa de portas abertas parecia ter expelido um lote de camisas, calças e cuecas, peças desbotadas de brechó. Moraes vivia sozinho, nem possuía tanta coisa, mas tudo que tinha estava exposto.

O intruso havia usado o banheiro e não se dera ao trabalho de acionar a descarga, deixando duas provas sólidas de sua passagem pela casa.

Já era começo de noite quando Miguel e Ingo saíram do sobrado, sem nenhum palpite sobre o que poderia ter acontecido com o morador.

E lá estavam os dois respirando o ar engordurado daquele restaurante de beira de estrada, Ingo com sua azia de estimação,

Miguel com uma carga de pressentimentos que lhe chegava a pesar nos ombros. Aos poucos, o local começava a esvaziar. E nada que merecesse ficar para a história ocorreu até perto da meia-noite.

Nessa hora, as carretas que traziam os componentes eletrônicos do Amazonas entraram no posto de combustíveis e se encaminharam, lentas e majestosas como dois paquidermes amestrados, para o estacionamento. Ingo se mexeu na cadeira, inquieto. E soltou um palavrão quando, grudado nas carretas, passou um carro de escolta, um Chevette, com quatro marmanjos de boné e, na certa, armamento pesado a bordo.

E não foi só isso.

Também chegou ao posto um caminhão do Exército, que, antes mesmo de parar por completo, despejou da carroceria uma dúzia e meia de soldados armados com fuzis automáticos, que se espalharam em busca de posições estratégicas. Ingo tocou o estômago e deu um gemido.

Fodeu, Miguel.

É com a gente?

Pode apostar que é.

Mais por instinto do que por coincidência, ambos pensaram nas armas no porta-malas do carro, o que fez com que olhassem ao mesmo tempo na direção do estacionamento — para descobrir que o Opala vinha recebendo mais atenção do que deveria do oficial coxo e de seus recrutas; um deles espremia o rosto contra o para-brisa, tentando enxergar o interior do veículo. Ingo se virou para Miguel:

Caímos numa ratoeira.

Três outros militares se acercaram do capitão, trocaram continências e o grupo se concentrou na traseira do Opala. Por fim, um civil de paletó e gravata se juntou a eles, um homem gordo com uma submetralhadora presa ao ombro por uma alça.

Ingo reparou que o recruta tinha se agachado e, com uma lanterna, inspecionava debaixo do veículo. Não ia demorar para encontrarem a escopeta e a pistola no porta-malas. Ingo perguntou a Miguel:

Qual é a situação do carro?

Ainda tá com a placa original. Puxei hoje cedo de um estacionamento no centro.

Era verdade, ao menos em parte: na manhã daquele dia, Miguel recebera as chaves e se apossara oficialmente do Opala no pátio central da polícia. Ninguém poderia ter dado queixa de furto.

Ingo coçou no queixo a barba que despontava. Uns fios avermelhados. Entre as pernas de Nádia, os pelos também eram avermelhados. Lembrar disso causou um sobressalto em Miguel. Um estremecimento. Ingo notou e confundiu a reação com nervosismo pela situação que enfrentavam.

Miguel, eles não sabem quem está com o carro. Vamos esperar pra ver o que acontece.

E o que aconteceu a seguir não serviu para tranquilizar ninguém. Ao contrário: deixou os dois num estado ainda maior de tensão. Acompanhado de alguns soldados, o capitão postou-se na porta do restaurante, onde deu início a uma operação pente-fino, abordando quem saía. Buscava o dono do Opala.

Uma vez, na época em que ainda mexia com contrabando, Ingo se viu cercado por homens da Polícia Federal num bordel em Foz, onde parte da quadrilha comemorava um trabalho bem-sucedido. Também naquela ocasião parecia não haver saída: os agentes avançavam casa adentro, revistando quarto por quarto, estavam prestes a invadir a suíte presidencial, na qual ele se confraternizava com uma ex-miss Ponta Porã. De repente, alguém pôs fogo numa cortina e o incêndio se alastrou com rapidez pelo plástico abundante dos enfeites do bordel, e em segundos devorou tudo. Na confusão, Ingo conseguiu escapar pela janela, levando a mulher com ele — ainda não tinham feito nada além de tomar um banho e um par de drinques, no momento em que os federais irromperam no bordel. E ele pagara adiantado. Ela era linda e depravada. A miss saiu pela janela, rindo e tossindo em meio a rolos de fumaça, de salto alto, calcinha e sutiã enfeitados com lantejoulas. Entraram num táxi e fugiram para um motel.

Agora a situação era muito diferente — e não existiam cortinas nas janelas para incendiar.

No bar, os clientes escasseavam, e a frequência do restaurante também diminuía de forma dramática: além da mesa que Miguel e Ingo dividiam, apenas outras duas estavam ocupadas, uma delas por homens vestidos com o macacão de uma transportadora, enquanto, na outra, um casal de meia-idade ruminava o jantar num silêncio conjugal — ele, na verdade, menos interessado na comida do que numa luta de *telecatch* que o televisor preso à parede exibia.

A ebulição no estômago de Ingo atingiu um nível insuportável quando o capitão entrou no bar para interrogar os clientes que ainda permaneciam ali. Um bolo lhe subiu doendo pelo peito e parou na garganta antes de se converter num arroto azedo. Ele foi varrido por uma onda de náusea.

Miguel resistia a entregar os pontos. Não podia admitir que um milico intrometido colocasse em risco uma operação que lhe custara tanto empenho. Para não falar de sua própria segurança, se fosse descoberto como infiltrado. As consequências seriam imprevisíveis.

Embora, no fundo, não acreditasse — era um ser supersticioso, não um crente de verdade —, Miguel levantou os olhos até o santo de expressão abobada abrigado no nicho da parede e lamentou não conhecer nenhuma prece para uma hora crítica como aquela.

E o que aconteceu no instante seguinte, se não teve força suficiente para provocar uma conversão, serviu para deixar arrepiado mesmo alguém sem fé como ele.

Como por mágica, materializou-se no estacionamento do posto, todo enfeitado com faixas coloridas, um ônibus de romeiros a caminho de uma cidade perto dali, onde diziam que tinha nascido um santo.

Um pouco mais de vinte almas apearam do ônibus se espreguiçando, flexionando músculos e esticando juntas — vinham de longe, homens e mulheres, gente simples, fervorosa, interessada naquela hora em alimentar o corpo. Entraram em grupo no restaurante, numa euforia estridente, rumo ao bar e aos banheiros.

O motorista foi o último a sair do ônibus. Usando um martelinho de madeira, ele se pôs a vistoriar os pneus do veículo. Era um branquelo com o cabelo untado de brilhantina e um terno verde-abacate pavoroso, a cor-símbolo da empresa para a qual trabalhava.

Miguel se voltou para Ingo.

Você tem dinheiro aí?

Tenho. Por quê?

Me dá, faz favor.

Ingo pegou a carteira e retirou um punhado de notas, todas altas. Uma soma considerável. Miguel separou uma boa quantia e devolveu o restante.

O que você vai fazer, Miguel?

Vou ver se tem lugar pra gente no ônibus.

Miguel se levantou da mesa, esperou que o motorista, que então já havia entrado no restaurante, se encaminhasse para o banheiro, e foi atrás dele.

Ingo tinha consciência de que estavam encrencados. Isso, no entanto, não o impediu de experimentar a agradável sensação de que o episódio, no fim, não importava que desfecho tivesse, renderia assunto para o livro que pretendia escrever sobre suas proezas. Aliás, até já rabiscara algumas páginas. Rascunhos.

Eram relatos burilados pela repetição, com os quais divertia companheiros em churrascos, e que, em versões mais amenas e fantasiosas, ele contava no ambiente doméstico para a mulher e os filhos — e logo mais para os netos. Lembrar que Mila esperava um filho do professorzinho lhe causou de novo revolta e uma pontada aguda no baixo-ventre. Ingo colocou mais uma pastilha de magnésio na boca e mastigou. A terceira do dia. Não estava mais surtindo efeito, seu estômago ardia em chamas.

Miguel surgiu, vindo do banheiro. Trazia no rosto a expressão desanuviada e o começo de um sorriso nos lábios. Nem chegou a sentar de novo à mesa:

A gente vai sair daqui com os crentes.

Ingo se levantou de pronto e viu o parceiro se aproximar do nicho na parede e depositar, aos pés de são Miguel, à guisa de ex-voto por uma graça alcançada, as chaves do Opala. Depois, os dois se misturaram aos romeiros no bar. Quando viram alguns deles deixando o restaurante, aproveitaram para sair também.

Só que não foi tão simples assim.

Miguel já estava do lado de fora, quando seu coração acelerou ao ver um soldado barrar a passagem de Ingo com o fuzil. Só se acalmou ao descobrir que a intenção do militar era apenas atender aos acenos que o garçom fazia lá de dentro. Os dois tinham saído sem pagar a conta.

Ingo agiu com rapidez: regressou ao interior do restaurante e, pedindo desculpas ao garçom pelo lapso, enfiou na mão dele um punhado de cédulas, dinheiro suficiente para cobrir as despesas e o valor do sorriso e da piscadela que ganhou em agradecimento. Ao sair, notou que, no bar, o capitão discutia com um cliente que ousara protestar contra a abordagem militar.

A caminho do ônibus, Miguel e Ingo tiveram que passar

perto do Opala, e foi aí que correram perigo de verdade naquela noite. Bem no instante em que os militares conseguiram arrombar o porta-malas e encontraram as armas. Um dos recrutas saiu correndo para chamar o capitão no bar. Ingo, Miguel e um casal de romeiros viram-se obrigados a aguardar que um caminhão-tanque terminasse sua manobra para entrar no estacionamento.

Miguel foi o primeiro a ver, e fez um sinal sutil ao parceiro. Ao lado do Opala, o civil armado com a submetralhadora dava cobertura a um soldado que ajudava a remover do jipe do Exército o homem que permanecia ali.

Moraes.

Parecia menor do que de fato era. Vestia uma camiseta suja de sangue, estava descalço e algemado. Tinha apanhado bastante. Seu olho esquerdo havia desaparecido sob o inchaço do rosto. Sem o rabo de cavalo, o cabelo eriçado piorava seu aspecto. Moraes foi levado para perto do porta-malas do Opala e pareceu se encolher quando o capitão se juntou ao grupo.

Miguel reprimiu a custo o arroubo de saltar de súbito sobre um dos recrutas, tomar-lhe o FAL e dar início a um tiroteio em que, com a vantagem da surpresa, levaria uns três ou quatro com ele, em especial aquele oficialzinho aleijado. Confronto durante o qual, com quase cem por cento de certeza, ele próprio terminaria morto. Ao se voltar para Ingo, soube que não poderia contar com ele — estava pálido feito um defunto, conseguiria, no máximo, vomitar sobre os inimigos.

Vamos sair daqui, Ingo.

Miguel subiu no ônibus dos romeiros e avançou pelo corredor, instalando-se num dos últimos assentos. Ingo passou direto, foi para os fundos do estacionamento, agachou-se no cascalho e vomitou copiosamente. Ergueu-se aliviado, limpou a boca com um lenço e também entrou no ônibus. Sentou de cabeça baixa ao lado de Miguel. Os dois só voltaram a falar no momento em que, com todos os romeiros de novo em seus lugares, o motorista movimentou o ônibus, passando a pouca distância do Opala. Os dois olharam para o grupo ali reunido, agora engrossado por alguns curiosos, mas não conseguiram ver Moraes. Miguel tocou a perna de Ingo e disse, em tom de consolo:

Não dava pra fazer nada.

Eu sei, Miguel, eu sei.

SÊMEN

1.

Não foram poucas as vezes em que ele parou e tentou imaginar o quanto ainda lhe restava de sorte. Era, como se sabe, homem dado a superstições. Acreditava que cada pessoa vinha ao mundo com uma quantidade limitada de sorte e que uma hora essa reserva podia se esgotar.

2.

Houve uma época em que ele deu de se relacionar com mulheres que tinham filhos. Era o diabo. Eles se afeiçoavam, sofriam com os rompimentos, em alguns casos sentiam mais do que as próprias mães.

Morou por quase um ano na Baixada com uma moça chamada Cilene, mãe de um casal de adolescentes, moça boa, que a igreja do bairro converteu numa fanática insuportável. O menino continuou em contato depois que se separaram. Vez ou outra ligava e os dois combinavam de se avistar no Dedo do Meio, um bar que nem existe mais, posto abaixo quando explodiu uma ligação clandestina de gás.

Conversavam sobre os problemas da vida, o garoto confiava nele, pedia conselhos. Estava passando por uma fase de confusão sobre a própria sexualidade. Pedrinho, dezesseis anos e traços tão delicados quanto a irmã, uma garota mais estranha que bonita.

Decidiu pôr em prática o método alardeado nos bares e bilhares pelo grande Ciro Lemos, o Figura, um tratamento de choque, sempre contestado, ele sabia, mas de resultados inegáveis, ele também sabia.

Conduziu o garoto uma tarde a um velho edifício numa travessa estreita fedendo a mijo no centro. O elevador só subia até o quinto andar. Tiveram que chegar ao nono por escadas de madeira decrépitas, de degraus rangentes, encurvados pelo uso, depois de ultrapassarem corredores atulhados de lixo.

Foram recompensados na cobertura com um inesperado salão guarnecido por uma sacada que, no momento, oferecia, para aqueles com espaço na alma para esse tipo de poesia, um esplêndido crepúsculo de outono.

Eram o quê? Umas seis horas, como confirmariam, logo em seguida, os sinos de uma igreja nas imediações. Cedo ainda, porém o lugar já apanhava um público de regular para bom. Os rapazes da área de investimentos dos bancos, em maioria, acomodados nos sofás, de gravata afrouxada, firmes no uísque. No canto, uns sujeitos de cabeleira grisalha, com mulheres nos joelhos e cara de quem estava esperando o lançamento do Viagra.

Ainda se fumava em ambiente fechado naquele tempo.

No som, um bolero, uma história de amor corno, que terminava em sangue, quase um delito no horário da ave-maria.

Pedrinho causou grande alvoroço entre as meninas: foi logo cercado e apalpado por quatro ou cinco delas.

Uma morena baixinha, com traços orientais, passou por ele e sorriu, como se já o conhecesse. Não demorou e se encostou nele um tipo brutalista, modelo careca-cavanhaque, os músculos tornando justa a camiseta escura.

O garoto é de menor, não é?

Tá comigo, eu garanto ele.

Se estudaram. O careca forçando a cara de malvado. Ele mostrou a carteira. O outro, míope, aproximou o rosto para examinar.

Tá em serviço?

Ele abarcou o ambiente banhado por uma luz grená.

Tô procurando um cara.

Como ele é?

Soou o sino que existia no centro do salão. Aplausos e gritos. Um dos clientes tinha mandado abrir um champanhe de cem cruzeiros.

É preto. Gordo. Cabelo prateado.

Não trabalhamos com esse tipo de clientela.

Encurralado pelas mulheres, Pedrinho olhava para ele como quem suplica por uma boia de socorro. O careca continuava no pé:

O dono daqui paga arrego pro pessoal do segundo DP.

Conheço todo mundo lá. Donato, o investigador Perez. Sou amigo do delegado Baleia...

O rosto do careca se iluminou e ele se tornou conciliador, abriu os braços. Duas toras.

Por que não disse logo? É gente muito bem-vinda aqui na casa.

Enfiou a mão no bolso traseiro da calça para pôr em cena um cartão colorido.

Beba por nossa conta hoje. Só peço que não sirva álcool pro garoto...

Apontou os grisalhos no canto e aproximou o rosto para completar a frase, o bafo denso dando conta de algo ainda não metabolizado do almoço.

É que tem um juiz naquela mesa, vai que ele resolve criar caso.

Ele aceitou o cartão, ilustrado, no verso, por uma vagina estilizada. Enquanto o careca se afastava, colocou-o sobre o balcão e pediu um gim-tônica. O barman preparou a bebida, olhando-o de forma amistosa. Ele bebericou o drinque. O paladar demorou para decidir o que era pior, o gim ou a tônica. Ou a mistura.

A luz diminuiu. Trocaram o bolero pelo tema de um filme de Chaplin. Um spot passou a iluminar, num palco minúsculo no canto oposto, a performance de uma mulher travestida de Carlitos — com bengala, chapéu e bigode. Estava um pouco acima do peso para o papel, porém desempenhou com bravura e até com uma leveza inusitada os trejeitos do personagem, ao mesmo tempo que se livrava das roupas. Terminou só de chapéu e bigode, fazendo insinuações sexuais com a bengala.

Ele percebeu que Pedrinho havia se aproximado do palco para acompanhar a apresentação. Achou que o garoto olhava o corpo desnudo da mulher (que, afinal, revelou-se bonito, com seios e quadris grandes) não com desejo, mas com um tipo de curiosidade. Não, não era curiosidade. Era pura admiração.

Chovia na cidade já fazia mais de uma semana, e o resultado era aquela tarde úmida, atípica para a estação do ano. Vestido com um casaco de couro, Miguel saiu do fusca e atravessou com cautela o terreno lamacento, adornado aqui e ali por arbustos espinhosos e montes de entulho. Ele se deteve perto de uma carcaça de geladeira, de onde avistou a Veraneio estacionada debaixo do viaduto.

O delegado Olsen estava parado na beira do córrego, de braços cruzados, ao abrigo da chuva, espiando as águas barrentas que já tinham inundado o capinzal e agora ameaçavam invadir as casas do conjunto habitacional na margem oposta. Usava, por cima do paletó e gravata, um sobretudo grosso de lã e na cabeça um chapéu de feltro de aba estreita. A pouca distância, equilibrado nuns restos de madeira, um urubu também vigiava o córrego.

De passagem, Miguel acenou para o motorista da viatura,

que lia o caderno de esportes do *Jornal da Tarde* sentado ao volante, de porta aberta, fumando com o braço esticado para fora — Olsen detestava cheiro de cigarro. O homem respondeu ao cumprimento tocando a têmpora com dois dedos. Dirigia para o delegado fazia séculos, gozava de certas prerrogativas. Era um sergipano chamado Dirceu, boa-praça e bom de briga, ex-praticante de vale-tudo, meio em que ficou conhecido como Dirceu Sai da Frente. Já poderia estar aposentado, porém alardeava que continuaria na ativa enquanto o chefe precisasse dele. Extrapolando as funções, estava sempre pronto a entrar em ação se houvesse necessidade.

Miguel parou ao lado de Olsen e ambos acompanharam a passagem dos destroços de uma poltrona córrego abaixo. O delegado indicou o urubu.

Admiro demais esse bicho, você não?

Miguel não soube o que responder.

Pense um pouco, Olsen continuou, ninguém gosta dele, é símbolo de mau agouro, come merda a vida inteira, não cheira bem. Mas cumpre direitinho sua função na ordem natural das coisas, sem reclamar, até onde se sabe.

Com as penas fustigadas pelo vento, o urubu parecia incomodado com a friagem e a chuva. Miguel riu.

É uma classe oprimida pelo sistema, doutor.

Deixa os gorilas descobrirem que você pensa esse tipo de coisa.

O delegado enfiou a mão no interior do sobretudo.

Por falar neles...

Tirou uma folha de papel, que desdobrou antes de entregar para Miguel.

Taí o que o nosso homem conseguiu apurar.

Era o relatório de um agente da Inteligência chamado Dorival, que dispunha de um contato quente dentro do Exército.

Dava notícia da captura do cidadão Jobair dos Santos Antunes, vulgo Moraes, pelos órgãos de repressão. Em resumo, ele havia caído por conta de uma denúncia anônima, que apontou a sua casa como um aparelho subversivo. Por armazenar armas, o indivíduo reagiu à abordagem e trocou tiros com os representantes da lei, tentando evadir-se do local. Acabou cercado e teve de se render. Foi interrogado durante vários dias, insistindo que era um ladrão comum, não um terrorista, e que aquilo que fazia nada tinha a ver com política.

Miguel interrompeu a leitura.

Interrogado. Essa é boa. Eu vi o cara, dr. Olsen, todo arrebentado.

São uns açougueiros.

O cadáver inchado de uma galinha deslizou pelo córrego e não mereceu o interesse do urubu, que levantou voo e cruzou o espaço, indo pousar no telhado de uma das casas, diante da qual duas crianças observavam a cheia. Miguel terminou de ler o relatório e balançou a cabeça, contrariado.

Filhos de uma puta.

O delegado estendeu a mão.

Por favor, eu fico com isso. É *top secret*.

Miguel ainda correu uma vez mais os olhos pelo informe, depois dobrou o papel e o restituiu ao delegado.

Vão devolver o Opala?

Tá brincando? Estão atrás do dono, o contrabandista. Enquanto ele estiver preso conosco, está seguro.

E o que eles vão fazer com o Moraes?

O delegado esfregou as mãos no rosto, ficou sério. Sombrio, até.

Não sei... Se é que já não fizeram, né?

Surgiu um segundo urubu, que também se instalou no telhado da casa, perto de uma antena torta de TV. Miguel limpou o solado da bota na pilastra do viaduto, tentando remover o barro acumulado.

Olsen tirou o chapéu e usou os dedos para pentear a cabeleira para trás. Cabelos cheios, um dia loiros, agora cor de areia. Ainda podia ser considerado um homem atraente às vésperas de se tornar um sessentão, uma combinação de nobreza e modos viris. Frequentava as altas rodas e fazia sucesso com as mulheres, em especial com as mais novas — a colombiana da televisão era louca por ele. Circulavam especulações no departamento acerca do tamanho da ferramenta do delegado, do músculo do amor, como se diz. Comentavam que era algo fora do comum.

Pra você vai ser favorável, *Miguel*. Vai subir na hierarquia — ainda mais agora que...

Olsen deixou escapar uma risadinha. Miguel o encarou, sabendo muito bem para onde aquela conversa se encaminhava.

Agora que você faz parte da família.

Bingo! E de que adiantava negar? Ele nem perdeu tempo tentando. Havia provas. Nádia se convertera no assunto do mês — talvez do ano — no departamento, aquele antro de fofocas. E o que esperar, os próprios colegas brincavam, de gente especializada em vigiar a vida dos outros? Restou a Miguel investir num pragmatismo um tanto cínico:

Achei que podia ser útil para a cobertura do disfarce.

Sei. Eu só gostaria de ter sido consultado antes. Não é um detalhe bobo — pode comprometer todo o trabalho.

Miguel continuou observando o rosto do delegado. Sentiu vontade de perguntar se ele tinha consultado alguém antes de comer a colombiana. Mas ficou só na vontade.

Espero que não atrapalhe na hora de finalizar o trabalho.

Miguel reagiu erguendo a mão.

Não vai atrapalhar, doutor. Eu garanto.

A chuva tornou a engrossar. Os dois urubus decolaram do

telhado e desapareceram no aguaceiro. Da outra margem, entrecortados pelo vento, chegaram os gritos de uma mulher ordenando que as crianças saíssem da chuva e voltassem para dentro de casa. Olsen perguntou:

Você lembra do agente Apolo?

Era um caso famoso no departamento. Miguel conhecia o enredo por alto, tinha ocorrido uns anos antes de sua entrada no setor. Apolo, um grandalhão vindo da Narcóticos, havia conseguido se infiltrar numa quadrilha que abastecia os mercados de São Paulo, Rio e Brasília com Pervitin trazido da Europa. Só que, enquanto durou a operação, ele foi fundo na experiência com as drogas e acabou viciado em anfetaminas. Separou-se da mulher e, uns meses mais tarde, foi afastado da polícia por desvio de recursos. Andou sumido por quase um ano, até que alguém o reconheceu entre os assaltantes de um posto de gasolina. O epílogo se deu num dos quartos de um hotel vagabundo do centro: Apolo sofreu uma overdose fatal depois de passar a noite inteira se picando na companhia de duas prostitutas. Estava pesando menos de cinquenta quilos, um homão daquele tamanho.

Espera aí, doutor, é bem diferente...

O delegado reacomodou o chapéu na cabeça e o ajustou. Ele tinha visto Nádia, portanto falava com algum conhecimento de causa:

Quero ver na hora que você tiver que abrir mão da mulher.

Pode ficar tranquilo, eu sei o que estou fazendo.

Olsen sorriu, benevolente.

Cuidado, hein? Sexo também vicia.

Miguel repetiu que o delegado não precisava se preocupar e garantiu mais uma vez que estava no controle.

Seria equivocada a percepção de que Miguel não sabia em que tipo de encrenca iria se meter. Desde o início, ele teve consciência de que flertava com algo perigoso, e isso talvez tenha contribuído para a combustão. Casais pegam fogo por razões inesperadas.

No fundo, era só uma questão de permanecer no controle, Miguel achava. Via também, numa perspectiva um tanto presunçosa, como uma oportunidade de pôr à prova sua capacidade de imersão num personagem.

O que interessa é que, no começo de uma noite de sábado, ele se encontrava tranquilo em casa, trabalhando na mesa da cozinha — tentava consertar um enorme rádio de válvulas. Um hobby levado meio a sério, havia feito até um curso técnico por correspondência. Adorava aqueles aparelhos, tanto os antigos quanto os novos; sobre a geladeira, um transístor de última geração sintonizava um programa de música negra na Rádio Mundial. A seu lado, na mesa, a segunda cerveja do dia já pela metade.

Tocaram a campainha.

Miguel não esperava ninguém e nem se mexeu. Continuou trabalhando no rádio, mesmo ciente de que não conseguiria repará-lo, pois faltavam peças, queria apenas fazer hora enquanto não arranjava disposição para tomar banho e pôr uma roupa decente — estava de camiseta, calção e chinelo. Teria que sair para comer, de qualquer maneira, e pretendia aproveitar e dar uma passada no seu apartamento do outro lado da cidade, para recolher cartas, contas atrasadas e alguns livros.

A campainha soou outra vez. Um toque longo. A cachorra latiu no quintal.

Com um suspiro de irritação, ele se levantou e atravessou a sala às escuras. Por um átimo, considerou pegar o 38, escondido atrás dos elefantes na prateleira. E não poderia estar mais desarmado quando puxou de lado o lençol que servia de cortina e espiou pelo vidro da janela.

Ela estava parada no portão, iluminada pelo poste da rua, num lindo vestido de verão.

Se Maomé não vai à montanha...

Foi a primeira frase de Nádia, depois que Miguel abriu a porta e acendeu a luz da sala. Ela empurrou o portão e avançou pelo jardim sempre negligenciado — seu perfume chegou meio segundo antes às narinas dele, um acento de frescor. Ela parecia ter saído do banho. Ou de um sonho.

Entrou na casa dele sem demonstrar qualquer reação ao minimalismo austero do ambiente — a única novidade enfeitava a parede: um quadro de estética psicodélica, que ele havia adquirido numa feira hippie.

O que você tá fazendo, Miguel?

Agora? Nada de importante.

Um amigo meu vai tocar num boteco hoje. Tá a fim?

Nádia levava o cabelo loiro preso por uma fita, deixando o belo pescoço vulnerável a pérolas e desejos. Nos ombros ligeiramente bronzeados, as alças finas do vestido terminavam em dois laços graciosos. Não parecia estar usando sutiã.

Miguel, que ainda tentava assimilar o impacto da presença dela na casa, passou a lidar com uma novidade: o princípio de uma ereção, que em breve ficaria difícil de escamotear.

Como é que você me achou?

O Ingo me passou o endereço.

Você deu sorte — eu quase nunca estou em casa.

Eu sei, ela disse, e ruborizou um pouco. É a terceira vez que eu venho aqui.

Se Miguel não estava à vontade, Nádia, ao contrário, sentia-se em casa. Tanto que se enfiou sem cerimônia pelo corredor, andando daquele jeito que mexia com ele, para explorar as outras dependências, e chegou à cozinha. Viu o rádio desmontado e as ferramentas sobre a mesa.

Então é assim que você ganha a vida.

Ah, quem dera, é só passatempo.

Miguel também entrou na cozinha e se aproximou da mesa, usando o encosto de uma cadeira para dissimular a ereção, que agora era plena. Eloquente. No rádio em cima da geladeira, Dennis Yost cantava "Love me or Leave me Alone", que Nádia adorava — e ela cantarolou junto um trechinho.

O curioso é que ainda nem tinham se tocado.

A porta dos fundos estava aberta e ela pôde enxergar, até onde a escuridão permitia, o quintal estreito no qual reinava, agora convertido em vulto, um velho abacateiro estéril. Debaixo dele, a cachorra se mexeu no interior da casa de madeira que Miguel havia comprado para abrigá-la.

Ah, você tem um cachorro...

É a Bibi. Era do meu pai, ela ainda está se adaptando aqui em casa.

Nádia voltou a se interessar pelo rádio sobre a mesa. Sopesou uma peça com ar pensativo.

Tem uma vitrola em casa que tá enguiçada faz um tempão. Será que você não dá uma olhada nela?

Não entendo nada de vitrola, mas posso olhar.

Ela sorriu. Miguel continuava ocultando seu estado atrás do encosto da cadeira, no qual apoiava as mãos, enquanto tentava fingir que nada de anormal ocorria.

Nádia colocou a peça de volta na mesa.

E aí, vamos pro samba?

Eu só preciso de uns minutos para tomar uma ducha e botar uma roupa.

Ela o examinou desde a cabeça, onde fios grisalhos despontavam em meio à cabeleira revolta, até o chinelo de dedo gasto, e nesse trajeto se sentiu lisonjeada pelo volume no calção.

A intenção dos dois era voltar à sala, porém houve um instante de hesitação para decidir quem entraria primeiro no corredor. No fim, fizeram isso juntos, e acabaram se esbarrando.

Ocorreu uma ignição.

Ninguém disse nada. Não foi necessário. Quem já fez amor alguma vez na vida sabe que existem situações em que as mãos, e o restante do corpo (cada poro, na verdade), falam melhor do que a boca, que, assim, fica livre para outras finalidades. Se atracaram no corredor com algo de fome e desespero e se buscaram com fúria. Miguel puxou o corpo dela com força para junto do seu e o pressionou com vigor contra a parede. Nádia gemeu. O que as bocas — e as línguas — faziam não pode, de maneira nenhuma, em nome dos bons costumes, ser classificado como beijo.

Nádia pediu uma trégua — precisava passar no banheiro. Desvencilhando-se de Miguel, entrou no lavabo debaixo da escada e encostou a porta. Ele permaneceu com as costas apoiadas na parede, ofegante, suspenso num êxtase, o calção arriado no meio das coxas, expondo talvez a ereção mais rígida do último semestre. E sentindo uma satisfação que não experimentava havia bem mais tempo.

Ouviu, abafado, o som do jato da urina dela no interior do lavabo. E, novidade, aquilo o deixou ainda mais excitado. Uma ocasião, na Cruzada, uma mulher quis mijar em cima dele; Miguel não topou. Agora era diferente: sentiu desejo pelo cheiro de urina na carne de Nádia.

Nesse momento, o telefone, que ficava um nível abaixo dos elefantes na prateleira, começou a tocar. Nem em um milhão de anos passaria pela cabeça de Miguel atender. Podia ser até o papa com uma extrema-unção para o Juízo Final. Ia ter que esperar.

Nádia saiu do lavabo e conduziu Miguel pela mão. Livrando-se da sandália, ela se apoiou nele para subir no sofá. (Havia muita luz na sala, mas não foi um detalhe com que os amantes se incomodaram.) O telefone continuava tocando. Talvez fosse o delegado Olsen com alguma instrução de última hora — foda-se, pensou Miguel.

Em pé no sofá, Nádia desatou primeiro o laço no ombro esquerdo, depois no direito. O vestido deslizou para os pés. E confirmou que ela não estava usando sutiã. Nem calcinha. Miguel teria dito alguma coisa, se lhe tivessem sobrado palavras — na verdade, enquanto a olhava, precisou se lembrar de respirar. Nádia o agarrou pelo cabelo e o guiou para o meio de suas coxas. Ficaram nisso o suficiente para ele constatar que gostava do gosto dela, e até que as pernas de Nádia, trêmulas, a obrigaram a deitar-se no sofá. Ele se deitou por cima. Quando a penetrou, primeiro suavemente e depois com estocadas vigorosas que a fizeram murmurar seu nome falso, soube que estava adentrando um mundo novo, bem distante do seu. E que, dali por diante, seria bem difícil encontrar o caminho de volta.

3.

Seu pai teve sorte, o legista comentou. O coração dele não resistiu. Melhor, sofreu menos.

Mesmo assim, dava para saber que o velho havia padecido um bocado. Fora encontrado preso por uma corda de varal à própria cama, só de cueca, cagado e mijado, com a boca lacrada por fita isolante e as solas dos pés em carne viva. Incineradas. Tinham utilizado um ferro elétrico para torturá-lo.

No meio daquela tarde, no departamento, o filho preenchia o relatório de uma operação em progresso, com extrema lentidão, péssimo datilógrafo que era. O delegado Olsen mandou chamá-lo. O curioso é que ele pressentiu tudo antes mesmo que o delegado pronunciasse qualquer palavra e o abraçasse. Ao entrar na sala e fitar o cenho fechado do chefe, por razão que não conseguiria explicar, compreendeu logo que tinha a ver com seu pai, e que não era boa coisa.

Os dois continuavam sem se falar até aquele dia.

Quem encontrou o cadáver foi a faxineira, que aparecia uma vez por semana. Estava morto fazia tempo. O filho entrou na casa onde passara boa parte de sua vida, acompanhando a perícia, em busca de pistas — a cachorra tinha sumido, e também a arma do pai. O quarto do velho, ele iria demorar a esquecer, cheirava a uma mistura de suor, urina e carne chamuscada.

Ele soube na hora que estava ligado aos assaltantes que o pai havia matado na porta da farmácia do bairro.

Os detalhes da crueldade do crime insuflaram uma onda de revolta entre os policiais que conheciam e admiravam o velho. Muita gente se empenhou em descobrir os culpados por conta própria. A força se mexeu; o delegado Olsen colocou uma equipe na investigação. E não demorou para começarem a surgir pistas.

Com as repetidas aparições do caso na TV e nos jornais, o empregado de uma quitanda se lembrou de ter dado informações a um homem que buscava pelo endereço do ex-delegado, de longe o morador mais ilustre da comunidade; todo mundo sabia apontar a casa onde ele vivia. O homem alegou que era repórter, interessado numa entrevista. Parecia tudo menos um repórter, o rapaz da quitanda se recordava. Um preto gordo de cabelo descolorido.

O governador mandou um representante ao velório do velho. E uma coroa de flores, a maior que chegou, nem coube na sala do cemitério. Até o secretário de Segurança Pública compareceu, além da velha-guarda da Civil, os "tigrões", a maioria tinha trabalhado com o pai dele em algum momento da carreira, uns velhinhos de cabeça branca e porte atlético, todos ainda em forma, com exceção de um ou outro cadeirante. Na beira da cova, antes de baixar o caixão, gastaram munição do Estado dando tiros para o alto e, enquanto a fumaça da pólvora se dissipava, entoaram, à capela, "Você abusou", que, asseguravam, era o samba favorito do velho delegado. O filho não compartilhava dessa certeza — na sua lembrança, o pai não era tão dado a música. Nunca o viu assobiar nem quando estava feliz.

O velho foi sepultado no jazigo da família, ao lado da mulher e da filha, que havia morrido durante a epidemia de meningite que assolara o país uns anos antes. Restava uma vaga no jazigo, que o filho não estava com nenhuma pressa de ocupar.

O pai tinha sido um bom policial, devotado à profissão. Teve suas dores e louvores. Faltou em casa, como é de esperar nesses casos. Na época em que enviuvou, o filho já estava crescido, longe dele, mas brincando de imitar o pai na polícia — e casado com uma nativa do bairro. Lívia, uma namorada da adolescência.

Que o filho reencontrava agora, na sala do velório, a mais de dez anos de distância da última vez em que discutiram e se desejaram mal um ao outro, ocasião em que ela arremessou um objeto no rosto dele — trazia a prova na falha da sobrancelha. Virou uma mulher roliça, bonachona e feliz, bem diferente da magrela nervosa que ele conheceu. Acompanhava-a na noite fúnebre o marido, um personagem que ele também conhecia de seus tempos de Boa Vontade. Amândio, o Dinho. Tinham três filhos, com idade entre sete meses e sete anos, ainda moravam no bairro, na casa que pertenceu aos pais dela. A alegria dos dois em revê-lo era genuína: convidaram para um almoço, para uma festa de aniversário, perguntaram por sua vida — ele contou que havia saído da polícia e se passou por um vendedor de máquinas agrícolas que percorria o interior do país. Viajava muito, por isso não podia aceitar nenhum convite, sob pena de não aparecer na data marcada. Ele agradeceu a presença do casal no velório do pai, e eles logo saíram, alegando "filho pequeno em casa". Na despedida, Dinho ainda insistiu:

Venha na feijoada de final de ano no salão da igreja. O pessoal vai gostar de te ver.

"Pessoal" eram os remanescentes da sua turma de mocidade, os que sobreviveram, quase todos com um pé em alguma atividade ilegal, quando não abertamente no crime. Considerava perigoso comparecer a um evento desses — ou então era melhor já levar as algemas, porque sempre existia a chance de cruzar com algum foragido da justiça.

Ele já estava fora do cemitério, descendo a rua, a caminho do estacionamento onde havia deixado o carro. Onze e meia da manhã. Um sujeito surgiu correndo, emparelhou com ele, esbaforido. Sobressaltou-o. Sandro, seu informante.

Porra, bicho, meus pêsames.

A mão gelada do informante não combinava com a linha de suor em sua testa. Pequenas bolhas de saliva se acumulavam nos cantos da boca. Pinta de dopado.

Me desculpe, não tive como chegar em você ali no cemitério. Tá louco, nem na convenção da Taurus vi tanto tira junto.

Era um rapaz longilíneo e inquieto, com o rosto quase escondido atrás das lentes grossas dos óculos e do cabelo comprido. Vestia uma calça boca de sino e um paletó xadrez verde — um hippie de butique. Usava sapato com salto plataforma, impróprio para quem precisava enfrentar uma ladeira. Vinha de boa família, gente com algum recurso, pai engenheiro e mãe professora; só a procura por outro nível de emoção explicava seu envolvimento com o ambiente do crime. O mais incrível é que os dois tinham se conhecido num curso de formação de atores — ele achava que podia aprender uns macetes úteis ao seu trabalho; Sandro, que já vivia nas franjas da marginalidade, fornecia maconha para o pessoal do teatro. Uma padaria surgiu no caminho deles.

Vamos comer alguma coisa?

Sandro olhou para a padaria e repeliu o convite esfregando os dedos na lapela do paletó.

Não aí. É sujeira pra mim.

E mais o informante não informou. Nem ele quis saber. Continuaram descendo a rua, se desviando do povo que subia, lento, interessado nas ofertas das vitrines do comércio. Passaram diante do estacionamento onde estava o fusca e seguiram até um restaurante de esquina. Sandro, que ia à frente, saudou o maître e afastou a cortina de tirinhas para que ele entrasse no salão onde ficavam as mesas. Era cedo ainda, não havia muita gente, puderam escolher um lugar num canto, longe de ouvidos indiscretos.

Ambos pediram o prato do dia — dobradinha com feijão-branco. E cerveja. Enquanto esperavam, Sandro acendeu um cigarro e ficou olhando para ele, com trinta por cento de um sorriso nos lábios. Ele mastigava um picles.

O que foi, ganso?

A Karina mandou um recado: ela quer te conhecer.

Pra quê?

Sei lá. Gratidão.

O informante bateu a cinza do cigarro no pratinho à sua frente, um cigarro que andava na moda, marrom, mais fino e mais longo que o normal. Ampliou o sorriso para uns quarenta e oito por cento:

Você ainda não sacou? Minha irmã quer dar pra você.

Que papo é esse, cara?

Ela quer te agradecer.

Uns meses antes, ele a tinha livrado de um chantagista barato, um fotógrafo com estúdio numa galeria do centro.

Não fiz nada demais, Sandro.

Como não fez? E a sua mão não conta?

Ele abriu e fechou a mão esquerda, exercitando-a. Havia perdido um pouco da sensibilidade na ponta do dedo médio — o dedo do trânsito. Fora isso, do episódio restava apenas uma cicatriz esbranquiçada no dorso da mão.

O garçom apareceu trotando com a comida. Depositou a cumbuca no centro da mesa e ergueu a tampa, fazendo circular entre os dois o vapor perfumado dos temperos, insinuante. Ele se serviu de imediato e pediu uma genebra para rebater. O informante ainda se demorou fumando seu cigarro fininho, sem pressa, observando-o comer com apetite.

Vou passar seu telefone pra minha irmã, posso? Marque um café com ela. A Kaká vai ficar feliz.

Na época em que sonhava trabalhar como modelo — e ela podia sonhar, era alta, magra, vistosa —, a irmã do informante foi ao estúdio desse fotógrafo com a intenção de produzir fotos para um book. Os dois se entenderam tão bem que o assunto migrou das fotos para a cama: envolveram-se num relacionamento que durou uns meses e acabou, sem nenhum conflito, quando cessou a curiosidade de um pelo outro. Karina tinha acabado de completar dezesseis anos; o fotógrafo já havia passado dos quarenta.

O problema surgiu depois que ela estourou como garota-propaganda de uma marca de cosméticos e começou a ser convidada para programas de televisão, além de feiras e eventos. Sempre à base de cachê.

O fotógrafo achou que tinha direito a um quinhão daquele sucesso. Afinal, nem cobrara pelas fotos com que ela montou o book e desbravou seu caminho no mercado. E era o autor não só dessas imagens: possuía em arquivo uma infinidade de nus artísticos da garota, em preto e branco e em cores, alguns bem mais escancarados do que artísticos, para falar de maneira delicada. Ao telefonar para ela e mencionar seu plano de ceder esse material a uma revista masculina interessada em famosos pelados, não pensava em chantagem, mas numa espécie de "distribuição de lucros".

Sandro aconselhou a irmã a manter a calma: ela andava

tensa com essa história, um escândalo poderia atrapalhar a boa fase profissional que vivia — na TV, fazia testes para apresentar um programa infantil. O irmão disse que ia pedir ajuda a um policial que conhecia.

Isso motivou a visita que ele fez à galeria. Chegou bem cedo, as lojas ainda estavam abrindo. Comprou um semanário de oposição numa banca e galgou a escada rolante desligada até a sobreloja, onde esperou pelo fotógrafo num quiosque de café. A repressão havia capturado um líder camponês importante, constava do jornal, e entidades de direitos humanos, preocupadas com o que podia acontecer com ele, se mobilizavam por sua libertação.

O fotógrafo era baixo em mais de um sentido. Tinha o corpo atarracado, um bigode amplo que escondia parte da boca e uma barriga que só teria a chance de perder em caso de reencarnação. Vestia uma camiseta cor-de-rosa estampada com flores minúsculas — quase uma provocação —, que, de maneira nenhuma, comprometia a imagem de virilidade que ele irradiava. O sujeito ergueu a porta corrugada do estúdio, acendeu as luzes e se surpreendeu quando se virou e deu com um cliente já encostado no balcão, cuja entrada não percebera. Visível que não gostou daquilo. Rosnou um bom-dia que o cliente não se deu ao trabalho de responder.

Preciso de umas fotos.

O fotógrafo avaliou o espécime parado à sua frente: um indivíduo alto, forte, de cabelo despenteado e barba por fazer, olhos injetados e camisa aberta no peito. E um revólver bem à vista no cinto. Assalto não podia ser àquela hora. Resolveu bancar o quincas:

É pra documento?

Eu quero as fotos de uma garota chamada Karina.

Dito isso, ele abriu a portinhola e se introduziu balcão adentro. Existia entre os dois uma diferença de altura de mais de um palmo. O bigodudo ainda tentou negacear:

Que Karina? Não sei de quem você tá falando.

Tô avisando, você vai se complicar: ela é menor de idade.

O fotógrafo olhou, por sobre o ombro dele, para a porta do estúdio, rezando para que entrasse alguém, porém suas preces não foram atendidas. Havia um porrete na sala ao lado, mas como convencer o invasor a entrar lá?

Não tenho esse material aqui — está na minha casa.

Não enrola. Quero as fotos agora. E os negativos.

Deu um passo na direção do fotógrafo, que recuou até colar as costas na parede, e lhe exibiu a carteira de policial. O homem mexeu o bigode numa careta conformada e abaixou os braços peludos, dando a entender que iria colaborar. Abriu uma gaveta no balcão e pegou uma chave. Pegou também um estilete de abrir correspondência.

Ele estava ajeitando a carteira no bolso traseiro da calça, o que prejudicou o movimento de esquiva, quando o fotógrafo se virou de surpresa e desferiu a estocada. Por reflexo, conseguiu erguer o braço e aparou o golpe com a palma da mão esquerda, sentindo a perfuração, a dor — viu sangue. O fotógrafo puxou o estilete, mas não teve tempo para um novo ataque. Foi atingido antes por um *hook* no fígado, um soco tão forte que o impacto ultrapassou, em ondas, a camada adiposa até alcançar o órgão pretendido. O bigodudo perdeu a cor. Suas costas deslizaram pela parede e o levaram ao chão. Estava sem ar, de olhos arregalados, não conseguia nem tossir. *Knock down*. Ia levar algum tempo para se recuperar, o juiz podia abrir a contagem.

Ele aproveitou para empurrar a porta e se viu na penumbra avermelhada de uma sala de revelação de filmes. Encontrou álcool numa bancada e verteu sobre o ferimento — um orifício que trespassava da palma para o dorso da mão. Queimou como fogo, e ele agitou o braço, tentando diminuir o ardor. Não adiantou muito. Em seguida, improvisou uma bandagem para conter o sangramento com um lenço que tirou do bolso. No ar saturado do ambiente pairava um cheiro químico azedo. Em um dos varais, havia fotos em tamanho grande de mulheres em poses sensuais. Fotos boas, o danado do bigodudo tinha talento. Então reparou no porrete encostado num canto e o levou consigo ao sair da sala. Usou-o para cutucar a barriga dele.

Chega de presepada: cadê o material da menina?

O fotógrafo continuava sentado, com as costas apoiadas na parede, ainda sofrendo para respirar. Precisou de um esforço enorme para entregar-lhe a chave e indicar um arquivo de aço atrás da porta de entrada do estúdio.

Tá em ordem alfabética, conseguiu dizer, ofegante.

Ele não teve trabalho para localizar a pasta com os negativos e as fotos que procurava. Recolheu tudo e se voltou para o fotógrafo, que permanecia fora de combate. Um soco daquele poderia matar alguém despreparado como o bigodudo, ele calculou. Fez justiça às aulas de boxe com Dirceu Sai da Frente. Ainda que não fosse necessário, ele cumpriu o protocolo e o ameaçou, se voltasse a procurar Karina. O fotógrafo estava à beira do choro, limpando o ranho de seu vasto bigode preto.

Sandro, mas você não me trouxe neste restaurante para falar da sua irmã.

Não...

O informante apagou o cigarro no pratinho e serviu-se de uma porção de dobradinha.

Tá boa?

De boca cheia, ele só conseguiu responder com um grunhido. Sandro deu a primeira garfada, mastigou e grunhiu de volta, em concordância. Por um tempo, comeram em silêncio. O restaurante, agora, recebia um grande afluxo de clientes, restavam poucas mesas desocupadas. O informante bebeu um gole de cerveja e limpou a boca com o guardanapo. Espiou a mesa ao lado e, paranoico como era, baixou o volume da voz:

É sobre aquele pessoal das cargas. Acho que tem como chegar neles.

Sandro acendeu outro cigarro. Ele implicou.

Porra, vai fumar de novo? Você já acabou? Termina de comer primeiro. Eu ainda não acabei.

O informante pediu desculpas e apagou o cigarro. Tirou o cabelão da frente dos óculos como se abrisse uma cortina.

Conheço esses caras que você tá procurando. Cruzei com eles num salão de bilhar vinte e quatro horas lá na parte velha da cidade. Você gosta de sinuca?

Quando era mais novo, eu jogava bem.

Vira e mexe eles dão as caras nesse salão. Bilhar da Baronesa. Tem inclusive um cabeça que vai — Ingo, um alemãozão. Já joguei uns bate-fundo com ele.

Ele depositou os talheres no prato e limpou a boca. Depois deformou a bochecha com os movimentos internos da língua, em busca de resíduos nas gengivas, enquanto sacava um bloquinho do bolso e passava a tomar notas. Sandro tinha voltado a comer com seus trejeitos aristocráticos: punha um bocado na boca e mastigava devagar, com movimentos harmoniosos, coisa de quem possuía todos os dentes — chegava a pousar os talheres no prato entre uma garfada e outra.

Ele havia comido mais do que deveria, e lamentou a voracidade com que se jogou sobre o prato. Tomou um gole longo de cerveja na expectativa de auxiliar o trânsito da comida. Arrotou. Certo estava o informante, que comia devagar, apreciando a dobradinha.

Tome cuidado, Sandro falou. É gente perigosa. Se cismarem com alguma coisa, não tem perdão. Não vão dar a mínima pro fato de você ser polícia.

Em vez de amedrontá-lo, isso o excitava. Arrematou sua dose de genebra e já começou a pensar no personagem que iria oferecer à quadrilha na qual tencionava se infiltrar.

Fale mais dos caras.

Ah, são vários. Tem o Véio, um de cabelão branco — já puxou cana. E um baixinho nervoso chamado Moraes.

Ele fez as anotações no bloquinho com uma letra que, dava para saber de antemão, mais tarde teria dificuldade de decifrar. Nada a fazer — estava um pouco bêbado.

É com o Ingo que você precisa se preocupar. Ele é desconfiado e inteligente, não vai ser fácil de enganar. E outra coisa...

O informante colocou o indicador amarelado pela nicotina sobre o bloquinho no qual ele escrevia.

Em hipótese alguma mencione meu nome. Você nunca me viu mais magro, entendeu? Nunca.

Três dias depois da trepidante passagem de Nádia por sua casa, Miguel estava voltando da rua e, ao entrar no sobrado, resolveu se refrescar no lavabo sob a escada — no calor fora do comum, o começo da noite persistia com termômetros acima dos trinta graus na cidade. Tirou a camisa, lavou o rosto, pescoço e as axilas e, no momento em que se enxugava no interior do cubículo, alguma coisa em cima da caixa da descarga atraiu sua atenção. A calcinha de Nádia.

Miguel saiu do lavabo com a peça nas mãos, sentindo nos dedos a suavidade do tecido frio. Era uma calcinha lavanda, de corte atrevido, com tiras fininhas nas laterais. Ele não resistiu e a levou ao nariz. Encontrou o aroma sutil do corpo da dona e, mais sutil ainda, uma fagulha almiscarada de urina. Como já havia acontecido no sábado, o assunto o atiçou mais uma vez. Afogado na lingerie, Miguel fechou os olhos e se deixou embalar pelo devaneio erótico. Quando deu por si, estava no meio da sala, de calça aberta, se masturbando.

Foi nessa hora que se lembrou das câmeras.

O pau murchou no ato, ele o recolheu, levantou a calça e se recompôs como pôde. Instalada no traseiro do elefante indiano na prateleira, uma das microcâmeras registrava tudo que ocorria na sala. A segunda câmera, um modelo mais avançado, que já na época captava imagens em cores, estava acoplada ao lustre do teto. As duas eram acionadas de forma automática sempre que as luzes se acendiam. Os receptores das gravações ficavam escondidos no forro do sobrado.

Miguel se sentiu desnorteado, porque se lembrou da visita de Nádia: tudo que os dois tinham feito naquele sofá fora gravado — e tinham feito coisas à beça. Para piorar, se deu conta também de que, no dia anterior, enquanto estava fora, o técnico em eletrônica da equipe havia passado pela casa e recolhido as fitas gravadas, substituindo-as por novas.

Com um peso enorme no peito, Miguel ligou para o departamento. Dias antes, havia encaminhado à chefia um relatório sobre os progressos de sua infiltração na quadrilha de ladrões de carga, no qual informava que, com o objetivo de melhorar a cobertura do disfarce e a coleta de informações, dera início a um flerte com a irmã de um dos chefes do bando. O delegado Olsen o atendeu rindo.

Nem adianta insistir, rapaz, não temos mais ingresso para a sessão de hoje.

E Olsen prosseguiu em tom de brincadeira, porém implacável:

Se aquilo que eu vi foi um flerte, imagina quando for pra valer. Valha-me Deus!

E voltou a rir com gosto. Miguel também escutou, ao fundo, as risadas da corja que se reunia na sala do chefe após o expediente, para jogar conversa fora e uísque para dentro. As hienas estavam se esbaldando.

Não havia mais como evitar os danos: por descuido, fornecera ouro em pó aos fofoqueiros de plantão do departamento. Suas estrepolias sexuais com Nádia iam alimentar as conversas daquele pessoal por uma longa temporada. E, de fato, o material ficou muito conhecido, virou lenda, e não só no âmbito interno: circulava o boato de que uma agente tinha feito uma cópia e levado para casa, com o intuito de mostrar ao marido como gostaria que as coisas acontecessem entre eles. E vários meses depois do ocorrido, um colega ainda comentou que trechos da tórrida performance faziam parte de um curso do qual ele participara, sobre normas de comportamento de agentes no interior de casas monitoradas.

Nádia, claro, nunca tomou conhecimento desse incidente. Impossível, portanto, saber sua opinião sobre o média-metragem erótico do qual participou, de maneira involuntária, na condição de estrela: ela estava em todas as cenas de corpo inteiro, vestida apenas com uma fita no cabelo.

O curioso é que foi um prenúncio do que viria a ser a vertiginosa história de amor dos dois. Coisas extravagantes aconteciam quando estavam juntos. Como no sábado em que foram a uma gafieira onde o grupo musical do amigo de Nádia se apresentava. Pode-se dizer que Miguel experimentou um pouco de tudo nessa noite.

Até mesmo levitação.

De cara, agradou-o o tratamento que receberam desde a chegada — ganharam champanhe na mesa, foram levados ao camarim e tiraram fotos com os músicos. O grupo de samba começava a fazer sucesso, tinha aparecido duas vezes na televisão, num programa chamado *Almoço com as Estrelas*. Antenor, o amigo de Nádia, era um negro de mais de dois metros de altura, com os modos refinados de um lorde. Um gigante que fumava de piteira e tocava cavaquinho como ninguém.

Depois Miguel viveria um instante de tensão. Nádia o conduziu a uma mesa de canto, ocupada só por mulheres, para apresentá-lo — e exibi-lo, pareceu a ele — às amigas. Eram todas mais ou menos da mesma faixa etária, alegres, de bem com a vida, a fim de se divertir. Mas não foi ser alvo do olhar escrutinador coletivo daquelas mulheres o que o incomodou, e sim a impressão de que já conhecia uma delas, uma morena bonita, de cabelo longo e olhos escuros, que sorriu para ele com inesperada intimidade. Parecia uma colega do curso de direito, filha de usineiros do interior — como era mesmo o nome dela? Lídia? Lígia?

Ana Lúcia, a morena disse na hora em que foram apresentados.

De perto, era ainda mais parecida com a colega de faculdade, ele se impressionou. Aliviado, beijou-a no rosto, como havia feito com as outras, e teve tempo de captar no cabelo dela, misturado à fragrância do xampu de frutas, o inconfundível cheiro de marijuana.

Miguel e Nádia voltaram à mesa que lhes fora reservada — a melhor da casa, ao lado do palco. Quando brindavam com champanhe, Antenor dedicou ao casal o samba que o grupo iria tocar. Nádia se levantou e, no limitado espaço que havia, pôs-se a dançar. Miguel permaneceu sentado, bebericando o champanhe, hipnotizado pelos requebros dela. Adorava vê-la se movimentando. E agora ela sambava para *ele*.

Embora a gafieira fervilhasse de gente, Miguel teve a sensação de que, de um jeito mágico, se encontravam a sós. E lhe ocorreu que, na realidade, Nádia não estava dançando, mas sorrindo de corpo inteiro para ele, um corpo que ficava ainda mais desejável apertado no vestido vermelho e decotado que ela usava.

De repente, Nádia o pegou pela mão e, ignorando todo protesto e resistência dele, puxou-o para o samba. A dificuldade de Miguel, no entanto, era real: seu corpo parecia imune aos ritmos. Ele se limitou a ficar agarrado com ela, que precisou de um esforço enorme para se mover na cadência da música. Nádia falou no ouvido dele:

Relaxa, deixa que eu conduzo. Você só precisa sentir a música e deixar o corpo ir no ritmo.

Miguel bem que se esforçou para fazer o que Nádia pedia. Só que foi inútil, não funcionou. Ainda assim, os dois se divertiram, riam feito adolescentes.

Não era novidade a tentativa de Miguel aprender a dançar. No passado, para agradar a uma mulher, ele chegou a se inscrever numa escola noturna de dança e, durante algumas semanas, pisou nos pés desavisados das parceiras e maltratou articulações na tentativa de harmonizar, com o ritmo das músicas, os movimentos de seu corpo. Até que cansou e desistiu — primeiro da escola e, logo em seguida, da mulher a quem quis agradar.

Houve um momento, na gafieira, em que Nádia também abandonou a ideia de ensiná-lo. Continuou abraçada a Miguel, sentindo acima do púbis a firmeza da ereção com que ele a homenageava, e preferiu beijá-lo. E os dois fizeram isso com sofreguidão.

Nádia tinha se apaixonado.

E, pela primeira vez, disse que o amava.

Foi nesse instante que Miguel levitou.

Antes de voltarem à mesa, resolveram passar no banheiro (ela) e no bar (ele). Miguel permaneceu parado, observando-a se afastar em direção aos toaletes: não se cansava desse prazer. Depois, abriu alguns botões da camisa e encarou a fila do caixa em busca de uma cerveja gelada. Transpirava em bicas. A gafieira era um antro abafado, os ventiladores nas paredes conseguiam apenas deslocar o ar quente de um lado para o outro. No tumulto do balcão onde se retiravam as bebidas, alguém tocou em seu ombro.

Com alguma dificuldade, Miguel virou o corpo, porém levou algum tempo para localizar, em meio à horda sedenta, quem o tocara. Enfim reconheceu o homem de cabelo grisalho penteado com apuro e vestido com um terno de linho branco que acenava. Elvis, o Véio.

Os dois se conheciam de alguns encontros, nada mais, ainda não tinham trabalhado juntos. Miguel sabia pouco sobre Elvis — muito pouco, na verdade, como viria a descobrir antes que aquela noite espantosa terminasse. No mapeamento do bando, constava que Véio mantivera a boca fechada durante seus anos de cadeia, sem nunca receber a visita de nenhum companheiro — por proibição expressa de Ingo, que sempre jogou duro com os subordinados.

Depois que apertaram as mãos, Elvis especulou se havia alguma novidade sobre Moraes. Miguel disse que sabia o mesmo que todo mundo, que ele continuava em poder do Exército. Elvis comentou:

Esse se fodeu bonito, hein?

Os dois se olharam. Miguel poderia jurar que flagrava um toque de satisfação naquele rosto duro, cujo bronzeado combinava à perfeição com a alvura do cabelo. Elvis tinha olhos bonitos. Cor de aço. E olheiras. Parecia um homem que devia a si mesmo um bom par de noites de sono.

Qualquer dia desovam a carcaça dele por aí, Elvis acrescentou.

Pelo jeito, você não gosta muito dele…

Ele segurou o braço de Miguel, uma pegada forte, para enfatizar o que iria dizer:

Eu só gosto de quem gosta de mim, Miguel. Quem pensa diferente, na minha opinião, é trouxa.

Ao regressar do banheiro, Nádia avistou os dois conversando à parte, debaixo de um dos ventiladores, e se deteve a certa distância. Ficou visível que a desagradou o que via. Foi necessário que Miguel gesticulasse, chamando-a, para ela se aproximar.

A surpresa fez Elvis abrir a boca quando Nádia apareceu e se aninhou nos braços de Miguel. Ficou a impressão de que alguma coisa parecida com a inveja — talvez seu irmão por afinidade, o despeito — percorreu o rosto dele feito um relâmpago. Miguel se adiantou:

Acho que não preciso apresentar vocês, né?

Não, não precisava — Nádia e Elvis já se conheciam, e se cumprimentaram com beijinhos no rosto. Depois, ela tornou a se acomodar nos braços de Miguel, com cara de quem ficaria feliz em sair dali no próximo minuto. O que não foi possível porque, nesse instante, Odete surgiu, vinda do banheiro. Com uma minissaia preta de couro e uma blusa amarrada na cintura, cambaleava, claramente embriagada.

Elvis fez as apresentações e as duas mulheres se mediram por um segundo, com vantagem de um palmo e meio para Nádia, mesmo Odete estando de salto. Em seguida, trocaram um desses beijos que apenas estalam no ar junto à bochecha, sem tocar o rosto.

Não havia intenção nem motivo para nenhum deles prolongar aquele encontro, e já iam se despedindo, quando Odete abriu a bolsa e sacou de seu interior um cartão lilás.

Eu sou cabeleireira. Se quiserem dar um trato no cabelo, passem lá no salão. Dou desconto pros amigos do Véio.

Em seguida, fez algo improvável, que surpreendeu e irritou

Nádia — e não apenas ela. Odete ergueu a mão e, sem um pingo de cerimônia, ajeitou o cabelo de Miguel para o lado, descobrindo sua testa.

Um rosto bonito desse não devia ficar escondido.

Foi a conta: um Elvis enfurecido a puxou pelo braço de maneira rude e a arrastou em direção à saída.

Não demorou para Miguel e Nádia também deixarem a gafieira. No fusca, ela se manteve de braços cruzados e expressão cerrada. Seu humor havia mudado por completo, ele notou.

O que foi?

Ela se virou no banco. Estava deslumbrante, mesmo com aquela expressão no rosto que ele ainda não sabia interpretar. Os olhos num verde mais intenso que o normal.

Miguel, você se incomoda se a gente parar em algum canto? Quero tomar a saideira.

Pararam no Jump, um bar-café cheio de espelhos nas paredes, no centro, na fronteira com as casas de striptease. Funcionava como um porto seguro para as almas insones da cidade, mas ainda era cedo e o local estava deserto. Miguel e Nádia sentaram num sofá e pediram bebidas — ela, um mojito; ele, por intuir que o momento exigiria algo mais forte que cerveja, um uísque. Duplo. Nádia continuou pensativa, em silêncio, olhando para um ponto inexistente, até que chegaram os drinques.

Tem uma coisa que você precisa saber, ela falou, após provar a bebida. Eu tive uma história com o Elvis.

Miguel metabolizou a informação enquanto mexia o gelo no copo. Bebeu um gole. E viu no espelho em frente a careta que fez — ele era mesmo da turma da cerveja. Nádia olhava para ele, aguardando que dissesse algo.

Quanto tempo?

Durou três anos. Entre idas e vindas.

Não, Nádia. Quanto tempo faz que acabou?

Ah. Nossa, já tem uns seis anos. Quase sete. Eu era muito menina.

Miguel tomou outro gole do uísque. Um gole longo desta vez. Sentiu a garganta e, em seguida, o estômago em chamas, e era a sensação que buscava. Ainda não sabia que nome dar ao que estava doendo por dentro naquele instante.

Por que acabou?

Nádia sugou com avidez o drinque no canudinho. Com mais dois goles iguais àquele arremataria o mojito.

Ciúme. Brigas. O Elvis me bateu.

Miguel, que já não tinha motivo para simpatizar com o ex-sargento, calculou o prazer pessoal que sentiria em vê-lo preso no encerramento da operação. Por não ser mais primário, iria mofar uma longa temporada atrás das grades. Nádia piscou várias vezes e baixou a cabeça. Estava à beira de chorar, pareceu, induzida por alguma lembrança.

O Ingo não sabe até hoje, tá? Meu irmão mata o Elvis se souber.

As mãos de Miguel procuraram as mãos de Nádia sobre a mesa. Estavam frias. Ele mudou de lugar, sentou-se ao lado dela. E a beijou. Perceberam um garçom voyeur no reflexo do vidro, o que não os inibiu. Terminaram os drinques, pediram mais uma rodada e depois outra, entre beijos e amassos. Nos espelhos das paredes foram vistos saindo agarrados do Jump ao amanhecer, na verdade um se apoiando no outro, movidos com urgência em direção à luz da manhã que se anunciava lá fora.

Acabaram na cama de um hotel ordinário nas proximidades do bar-café. Miguel a possuiu com raiva, à falta de melhor definição para o que estava sentindo, embalado por um coquetel de álcool, ciúme e tesão. Mesmo exausto, não conseguiu pegar no sono quando acabou. Nádia, ao contrário, dormiu pacificada, de bruços, a respiração produzindo um ruído suave. Naquela posição, oferecia a bela curva de seu traseiro descoberto. Imaginar que Elvis pusera os olhos — e as mãos — naquele traseiro insuflou em Miguel um impulso desconhecido. Um impulso ruim.

Ele saiu da cama para urinar e ficou espiando a rua pela janela basculante do banheiro, onde passavam, à luz opaca da manhã, alguns dos personagens que dariam início àquele domingo. Tinha exagerado no uísque, estava com um gosto amargo na boca e um princípio de dor de cabeça. Pensou em Moraes, que já devia estar morto. Pensou também em Elvis. Ocorreu-lhe, louca e delirante, a suspeita de que era ele o autor da denúncia anônima que levara à captura de Moraes. Por que não?

Havia algo no ar, além do cheiro moribundo do rio ali perto, que em dias sem vento chegava a arder nas narinas, e do barulho constante dos aviões. O apartamento dele ficava na rota do aeroporto destinado aos voos domésticos, os Electra da ponte aérea passavam voando baixo, com o trem de pouso já acionado, em procedimento de descida. O ruído intenso fazia tremer a imagem da televisão. Fora esses detalhes, era um ótimo apartamento para um homem que vivia só.

Havia algo no ar, Miguel pressentia. Saiu de casa pensando nisso, um pouco antes das onze, a caminho de um churrasco à beira de uma represa. Era um sábado de luz intensa e calor. Esperavam-se chuvas fortes no final da tarde, com as rotineiras cenas de alagamento na cidade. O rádio do fusca interrompeu a programação musical para fazer o alerta.

Ingo havia desenhado um mapa precário com a localização da chácara onde o bando iria se reunir. Ficava num bairro afastado, no extremo sul da cidade, região que Miguel não dominava bem. Teve que parar num boteco para pedir informação, e aproveitou para comprar as cervejas que iria levar. Foi olhado com baixíssimo desejo de interação pela clientela rala que compartilhava no balcão um prato de torresmos que lhe pareceram bem apetitosos.

A represa não está longe, explicou o dono do boteco, um sujeito manchado de vitiligo. Você contorna a praça e faz o retorno pela rua Astrogildo Arantes. Depois é só tocar em frente, não tem como errar.

Ele fez isso, achando curiosa a menção ao nome de Astrogildo Arantes. Tinha conhecido esse homem em carne e osso, um delegado contemporâneo de seu pai. Nem sabia que estava morto. Deu nome a uma via de asfalto esburacado e residências modestas, a maioria sem acabamento, com entradas protegidas por grades ostensivas ou por chapas metálicas que ocultavam por completo a frente das casas.

Então aconteceu.

Do beco estreito entre duas dessas casas surgiu, feito uma flecha, um cachorro em disparada, cruzando a sua frente. Ele freou no susto, pneus guincharam, o fusca se arrastou por alguns metros até se deter a um palmo do animal paralisado no meio da rua, aguardando conformado o impacto.

Miguel curvou o corpo, encostou a testa no volante, o coração a mil, tentando controlar a respiração. Imagine: atropelar o cachorro de alguém numa quebrada como aquela, ali era território apache. O motor do carro tinha apagado. Ele levantou a cabeça e viu que o beco havia expelido duas figuras mais. Dois adolescentes. O cão continuava parado na frente do fusca — na verdade, era uma cadela, uma vira-lata de pelo escuro salpicado por manchas brancas que ele conhecia a ponto de saber seu nome.

Bibi, gritou, antes de sair do carro.

Um morador apareceu na porta de uma casa para espiar o que se passava. Parados a pouca distância, os meninos observaram quando Miguel se agachou na frente do carro e a cachorra se deixou acariciar, dócil, agitando a cauda e ganindo. Estava magra, com o pelo sujo e cheirando mal.

Era um animal de muita sorte.

Na primeira vez em que a viu, Bibi não passava de um filhote com pouco mais de um mês de vida. Fazia parte de uma ninhada que ele encontrou num galpão onde funcionava um desmanche clandestino de carros que a polícia tinha estourado uma semana antes. Circulava o boato de que um delegado de primeira classe dava proteção ao local.

Ele entrou com o pessoal do Serviço Secreto, que apurava os detalhes da ocorrência: um tiroteio cerrado que resultou no cancelamento do CIC de três homens e uma mulher, a maioria vítima de tiros na nuca, e num único policial ferido, um tenente, que cortou o supercílio no retrovisor devido a uma freada brusca da viatura.

Estava com todo jeito de execução.

Os cadáveres já tinham sido removidos, mas ainda persistia no ar um fedor de putrefação. Ele contornou o cômodo que servia de escritório para o desmanche, onde a equipe da Inteligência devassava uma prateleira, atraído para os fundos do galpão pelo que julgou serem gemidos. Por precaução, pegou e destravou a pistola PK 380 que usava na época, conduzindo-a ao lado do corpo. Havia muito sangue ressecado no chão. O cheiro permanecia vivo — nada cheira como sangue.

Num canto, oculta sob uma pilha cubista de carcaças de veículos amassados, uma caixa de papelão desestruturada dava abrigo a uma cadela e sua prole. Quatro filhotes. Esquálida, com as costelas à mostra, a mãe estava morta já fazia algum tempo, como ele constatou, atingida atrás da orelha por uma bala perdida. Mesmo assim, um dos filhotes, aquele que gania, ainda tentava obter algo da teta inerte. Nenhum de seus irmãos tinha resistido, e jaziam endurecidos contra o corpo da mãe.

Ele retirou o sobrevivente da caixa, o animal se debateu e, de imediato, tentou sugar seus dedos, desesperado de fome. Era uma fêmea, uma linda vira-lata. Ocorreu-lhe naquele momento uma ideia sobre o futuro da cachorra, uma ideia que lhe pareceu, no mínimo, divertida.

Saindo do desmanche, entrou no bar em frente e pediu ao balconista um copo de leite e um pires. Depositou a cachorra sobre o balcão e deixou que se esbaldasse. Ela atacou o pires com tamanha gana que começou a desperdiçar boa parte do leite. O balconista, solidário, ofereceu um prato fundo.

Tá com fome esse bicho, hein?

Deve fazer quase uma semana que não come.

A cachorra colocou as patas dianteiras na borda do prato e continuou a beber com sofreguidão. O bar estava deserto àquela hora. Vadio, o balconista apoiou os cotovelos no balcão e indicou as viaturas paradas na porta do desmanche, do outro lado da rua.

O que aconteceu no ferro-velho?

Teve um tiroteio ali na semana passada. Você não soube?

O balconista divulgou a ausência de um canino ao sorrir.

Eu tava de folga. Acho que o pessoal comentou qualquer coisa mesmo...

A cachorra acabou com o leite e insistia em lamber o prato com avidez. Ainda não estava saciada.

Quer que eu ponha mais?

Não precisa. Senão, ela vai passar mal — olha só o barrigão dela.

O balconista tomou o animal nas mãos e acariciou-lhe as orelhas, o pelo suave e a barriga, de fato estufada.

Quer vender?

Ele riu do que havia de irônico na proposta. Se não tivesse entrado no desmanche, era quase certo que o filhote morreria de fome e de sede. Agora já estava até valendo dinheiro. Uma cachorra sortuda.

Não, respondeu, vou dar de presente pro meu pai.

O balconista afagou uma vez mais o animal e aproximou-o do nariz, antes de colocá-lo no balcão. Ele tomou de imediato a cachorra, impedindo que ela voltasse a lamber o prato.

Quanto eu devo?

Nada...

O balconista se virou para o caixa e pegou algo. Uma carteira.

Mas se eu puder te fazer um pedido...

Tirou uma foto da carteira e a exibiu.

Ponha o nome de Bibi nessa cachorra.

Era uma imagem em preto e branco, antiga, de uma garota de cabelo escorrido, cara redonda e olhos grandes.

É a mulher que eu deixei no Ceará...

Antes de guardar a foto de novo na carteira, o balconista ainda a olhou — e seu olhar mostrou algo de surpresa, como se estivesse vendo a mulher pela primeira vez.

Me contaram que ela casou com um vizinho de roça.

Mostrou de novo a dentição falha num sorriso triste.

Tá com uma penca de filho.

Ele agradeceu ao balconista pelo leite e prometeu que atenderia ao pedido. E foi o que aconteceu: Bibi já chegou batizada à casa do pai dele, para se tornar a grande paixão do velho até o dia de sua morte.

E a cachorra continuava com sorte; quase seis anos depois, Miguel iria resgatá-la de novo: aproveitando que a porta do fusca continuava aberta, Bibi saltou para o interior do veículo. Nesse instante, um dos meninos que testemunhavam a cena se manifestou:

O que você tá fazendo, moço?

Vou levar a cachorra. É minha.

Os adolescentes se entreolharam e, antes de desaparecerem

correndo pelo beco, um deles deixou escapar um comentário que, para Miguel, que já estava tomando lugar ao volante, funcionou como o clarão de uma epifania:

O Normal não vai gostar.

Aquilo explicava, enfim, por que se sentia tão carregado de pressentimentos desde que se levantara da cama naquele sábado. Miguel tornou a sair do fusca e ingressou no beco, empunhando o 38. Teve tempo de ver que os meninos dobravam numa viela à direita, uns metros abaixo, e apressou o passo. O terreno se inclinava de forma abrupta e a viela desembocava numa extensa escadaria, margeada por casebres dependurados de ambos os lados. Uma ribanceira. Numa das casas ali perto, alguém ouvia samba em alto volume. Uma marofa densa chegou às suas narinas. Tinha perdido de vista os dois adolescentes.

Miguel se demorou um pouco, indeciso entre descer os degraus irregulares e desistir da busca e voltar para o carro. Acabou fazendo o pior para aquela situação: ficou parado no alto da escadaria, à luz do sol do sábado, com o revólver na mão. Um excelente alvo em campo aberto. Atitude que lhe foi quase fatal.

O primeiro disparo passou zunindo perto dele. Como se diz, deu para sentir o vento do projétil se deslocando. Logo depois, um segundo tiro levantou poeira no chão, a centímetros de seu pé direito. Ele saltou para trás.

Movido pela explosão da adrenalina, respondeu de imediato e meio a esmo ao fogo, cobrindo o recuo em direção à esquina, onde se abrigou. Era um único atirador, posicionado na laje de uma das casas, protegido por uma caixa-d'água. E, pelo visto, com munição de sobra, pois seguiu disparando mesmo quando ficou claro que não havia chance de acertar o alvo. Até que parou, na certa para recarregar a arma.

Agachado junto à lateral de uma casa, Miguel sentia o coração batendo atropelado nas têmporas. Abriu o tambor do revólver e curvou a cabeça para descobrir que teria direito a apenas mais dois tiros. O suor escorreu, ardente, inundou seus olhos, e ele usou o antebraço para limpá-los e para enxugar a testa. O samba continuava forte no ar, assim como o odor de maconha. Na casa em frente, uma mulher pôs a cara enrugada no vitrô para espiá-lo, Miguel gesticulou para que ela saísse dali.

No longo minuto seguinte, a única novidade foi a aparição das moscas, que o descobriram e começaram a importuná-lo, assanhadas pelo cheiro de suor. O impasse podia demorar, e isso o preocupava; não queria ser surpreendido pelas costas. Se alguém saísse atirando de uma daquelas casas, sabia que teria chances reduzidas de escapar vivo. Decidiu improvisar. Gritou:

É a polícia. Acabou. Você tá cercado.

Miguel viu o atirador abandonar a proteção de seu esconderijo atrás da caixa-d'água, correr pela laje e saltar para o telhado da casa vizinha, num nível abaixo. Miguel aproveitou para avançar em direção à escadaria, segurando a arma com as duas mãos à frente do corpo. Quando chegasse à escada, ficaria exposto e teria que atirar primeiro. Sem possibilidade de erro. Como num duelo.

Mas algo inesperado aconteceu antes: o telhado da casa cedeu sob o peso do homem, que, desequilibrado, rolou pela encosta e acabou caindo, de uma altura considerável, nos degraus da escadaria.

Neste momento, Miguel poderia ter atirado, com boas chances de êxito — estava a poucos metros do homem. No entanto, o sujeito logo se ergueu e, mesmo capengando — tinha machucado a perna na queda —, começou a descer aos pulos os degraus. Era um negro gordo, de bermuda e sem camisa. Mas não tinha cabelo descolorido: agora levava a cabeça raspada.

Com o alvo em movimento, Miguel teve a segunda oportunidade de realizar um disparo bem-sucedido, embora bem mais complicado. Chegou a se ajoelhar e a apoiar o 38 no antebraço esquerdo, e só não disparou porque os dois adolescentes reapareceram no meio da escadaria, vindos não se sabe de onde, e se colocaram entre ele e o homem. E não adiantou gritar — os dois meninos demoraram um bocado para se mexer.

Enquanto descia os degraus, Miguel observava, impotente, Normal se afastando escada abaixo, até que o perdeu de vista. Os adolescentes o esperavam encostados na parede. Seu ímpeto era dar uns cascudos na dupla, mas se conteve ao ver que Normal havia deixado cair a arma. Ele se agachou para recolhê-la e a reconheceu: era o velho Colt roubado de seu pai, com todas as munições deflagradas. Aquilo explicava por que Normal preferira fugir a continuar trocando tiros.

Miguel resolveu não abusar da sorte e tratou de sair dali depressa. Voltou correndo para o fusca, manobrou e retornou pela Astrogildo Arantes, pois precisava deixar Bibi em casa antes de seguir para o churrasco. Agora que sabia onde Normal se escondia, não tinha por que se precipitar: viria até ali em outra ocasião, com uma equipe da Inteligência.

Voltava para casa carregando dois troféus reconquistados: a arma e a cachorra que sempre mereceram mais atenção e afeto do pai do que ele próprio. Com o velho morto e enterrado, esse tipo de coisa não tinha mais a menor importância, Miguel pensou.

Tudo que não desejava naquele início de tarde de sábado era chegar atrasado demais à chácara onde a quadrilha se reuniria. Ingo havia antecipado o assunto principal do encontro: uma carga de componentes eletrônicos vinda de Manaus da qual iriam se apoderar, um trabalho prospectado por Moraes. Ao lhe entregar o mapa de localização da chácara, Ingo tinha recomendado:

Tome um banho, corte essa barba, ponha uma roupa bonita. No sábado, quero te apresentar pra minha irmã.

4.

O delegado Olsen estava certo: com Moraes afastado, Ingo não tardou em estreitar sua proximidade com Miguel. Começou a procurá-lo com mais frequência, inclusive nos finais de semana, e acabou fazendo dele um confidente não só dos assuntos de trabalho, mas também das questões familiares que o afligiam. Apegou-se a ele. Depositava confiança irrestrita no parceiro.

E agora ainda existia o lance com Nádia, eram meio parentes. Ingo chamava Miguel de cunhado a maior parte do tempo, beijava-o no rosto ao se encontrarem. Passava para apanhá-lo em casa de surpresa, na maior parte das vezes para irem comer, num boteco português acanhado perto da rodoviária, o melhor bolinho de bacalhau da cidade, na avaliação de Ingo.

Foi durante essas conversas que Miguel ficou sabendo que Mila, a filha adolescente de Ingo, tinha saído de casa para morar com o professor que a engravidara. Ingo ainda estava em dúvida se matava ou não o sujeito. Miguel foi contra.

Ele não separou da mulher para assumir a menina? O que mais você quer? O importante é saber se eles se gostam.

Ingo soltou um zurro sarcástico.

Ah, qualé, Miguel? Não fode. O que uma pirralha de dezesseis anos entende da vida? Até ontem à tarde ela ainda mijava nas fraldas...

Ingo, o mundo tá mudando, você precisa se atualizar.

Lá de onde eu venho ainda é à moda antiga: pai manda, filho obedece. E fim de papo.

Você é muito antiquado. É o que eu acho.

Família, Miguel. Não tem nada mais importante na vida. Você tem irmãos?

Não, sou filho único.

E ainda não é pai. Quando for, vai entender: eu só quero o melhor pra Mila.

Eu sei, Ingo. Só que você precisa dar uma chance pra sua filha descobrir por si mesma o que é melhor pra ela. Nem que seja pra Mila quebrar a cara. Não é assim que se aprende?

Conversa. Fui professor de cursinho, cunhado. Não adianta dar conselho pra adolescente, eles chamam a gente de careta. Se a Mila tivesse escutado a mãe, nada disso estaria acontecendo. Imagine: o cara tem cinquenta e dois anos e ela ainda nem fez dezessete! É um crime, ele tá estragando a vida da menina.

Ele trata bem a sua filha?

Ingo olhou Miguel por cima do bolinho de bacalhau que estava prestes a devorar — o segundo, por sinal —, como se não tivesse entendido a pergunta.

Ele que não trate bem pra ver só. Se esse sujeito erguer a mão pra Mila e eu ficar sabendo, aí ele vai tá pedindo pra morrer, não concorda?

A frase fez Miguel pensar em Nádia e, por extensão, em Elvis. Ele havia batido nela. Aquilo seguia aborrecendo-o, um aborrecimento que parecia fermentar um pouco mais a cada dia, sem que ele conseguisse fazer nada a respeito. Como uma planta venenosa num vaso dentro de casa que ele evitava regar, mas que insistia em crescer. Ainda não voltara a cruzar com Véio, e não dava para prever qual seria sua reação. Mais provável que não fizesse nada — se bem pensado, nem possuía esse direito, não era parte interessada na época dos fatos. A verdade, no entanto, é que ficava um ranço contra o cara. Uma certa má vontade.

Ingo sinalizou para a mulher do balcão erguendo a garrafa de cerveja vazia. O boteco não era nenhum primor de higiene, o que não o impedia de cativar uma legião fiel de fregueses. Vários daqueles rostos de homens e mulheres de todas as cores, classes e ocupações, que se espremiam nas poucas mesas e no balcão, e mesmo em pé junto à porta, Miguel já tinha visto ali. Em contrapartida, muitos deles também o reconheciam, e alguns até se arriscavam a um cumprimento, que ele se via obrigado a retribuir. Um grande perigo para a atividade que desempenhava, na qual um dos requisitos mais importantes era passar despercebido.

No entanto o acalmava pensar que ele pudesse ser aquele rosto observado num relance, tão discreto que não permite a construção de uma lembrança exata. Como o gordo careca flagrado na cena do crime e descrito mais tarde pela testemunha como um homem magro e alto de bigode. Ele aspirava a esse ideal. Acreditava na máxima que abria a apostila de formação de quadros do setor de Inteligência: as pessoas, em geral, são desatentas, registram apenas detalhes. Enxergam aquilo que você quer mostrar a elas.

A mulher pousou a cerveja na mesa, destampou a garrafa e encheu os copos. Ostentava um buço espesso feito um certificado de garantia de origem. Recolheu o prato no qual restavam apenas guardanapos manchados de óleo como prova do crime e perguntou se iam querer mais alguma coisa. Ambos recusaram. Miguel, que também consumira duas unidades do afamado bolinho, já se dava por "almoçado" — e ainda nem eram onze da manhã. O ruído de vozes que se acumulava no ambiente permitia que falassem à vontade. Mesmo assim, ele esperou a mulher se distanciar.

Me diga uma coisa, Ingo. Apenas em tese: você não acha que o Elvis pode ter entregado o Moraes?

Ingo limpou os lábios engordurados e bebeu um gole de cerveja olhando para o rosto de Miguel.

Por que você está falando isso?

Me passou pela cabeça.

Ele não ia fazer um negócio desse, Miguel...

Por que não? Motivo não falta: o Moraes estava ocupando o lugar dele.

Ingo balançou a cabeça, refratário à hipótese.

O Véio segurou a peteca direitinho na cadeia, podia ter falado, ia adiantar as coisas pro lado dele. Ainda mais sabendo que aqui fora o pessoal estava pedindo a cabeça dele.

Miguel bebeu a cerveja, insatisfeito. Não tinha a mesma convicção de Ingo.

Miguel, eu sei que ele tá cheio de ressentimento e quer de volta o lugar que o Moraes ocupa...

Ingo parou um instante, coçou um tufo de cabelo no alto da cabeça e se corrigiu.

Que o Moraes *ocupava*. Mas eu não acredito que ele seja capaz de uma filhadaputice desse tamanho. Você não conhece o Véio.

É verdade, Miguel concedeu. Você tem toda a razão: eu não conheço ele direito.

Domingo. Miguel saiu de casa logo cedo para ir à padaria, a duas quadras do sobrado. Enquanto aguardava na fila do caixa, atrás de uns velhinhos de bermuda, sandália e pernas glabras, cheios de varizes, de assunto e de uma vitalidade dominicais, sentiu-se observado.

Um rapaz na quina do balcão olhava para ele de maneira franca, sem preocupação em disfarçar. Mastigava devagar, saboreando cada bocado, como se o misto-quente e o copo de café com leite diante dele fossem a única refeição decente a que teria direito naquele domingo. Usava o cabelo bem curtinho, cortado com máquina um, e o cavanhaque à chinesa.

Miguel sustentou a mirada e até mudou a postura do corpo, para demonstrar que percebera o interesse. Nunca tinha visto aquele rapaz, estava certo disso. Era um excepcional fisionomista, habilidade bastante útil em seu ramo. Havia reconhecido o Monstro de Itatiba numa lanchonete nas imediações do Parque das Crianças, quando dispunham apenas de um retrato falado impreciso, elaborado com base nas informações de um menino de seis anos, único sobrevivente de um ataque do predador. Um menino apavorado. Em choque.

Olhando com mais atenção para o rapaz no balcão da padaria, em dado momento a certeza de Miguel não resistiu, e ele começou a achar que já vira aquele rosto em outra circunstância. Mas também podia ser seu cérebro, em curto-circuito matinal, pregando-lhe uma peça e misturando as feições de diversas pessoas. Ou, pior, talvez ele estivesse perdendo sua aptidão, da qual se gabava. Como acontecia com o telepata do livro que havia acabado de ler, que, com a idade, vai perdendo a capacidade de ler o pensamento dos outros, vantagem que o beneficiara por toda uma vida.

Miguel pagou e saiu. Antes de seguir para casa, fez uma pausa na banca de jornais ao lado da padaria. A manchete sangrenta na capa do *Notícias Populares* o atingiu em cheio: "Matador de delegado virou presunto". Normal estava morto, obra do Esquadrão da Morte. Na foto, ele aparecia estirado no asfalto, camisa aberta, com velas ao redor do corpo e o cartaz com a caveira e as tíbias sobre seu cadáver. Uma imagem crua: tinham desfigurado seu rosto com tiros de grosso calibre. Dava para ver que ele voltara a descolorir o cabelo, que na foto aparecia manchado de sangue.

A reportagem na página interna, que Miguel leu ali mesmo, em pé, com certa dose de aflição, informava que Efigênio Aparecido dos Santos, nome de batismo de Normal, de vinte e sete anos, pertencia a um clã criminoso baseado no extremo sul da cidade, com parentes mortos, presos e foragidos. Entre seus feitos, constava o assassinato sob tortura de um delegado aposentado no Boa Vontade. Uma vingança. Esse delegado impedira um assalto a uma farmácia do bairro, matando o irmão caçula de Normal e um comparsa. Uma foto do velho ilustrava a notícia, de paletó e gravata escuros, em alguma ocasião solene. Miguel estava trêmulo ao terminar a leitura.

Sem tempo de se refazer, ele viu o rapaz de cavanhaque sair da padaria e caminhar em sua direção, já com a mão estendida.

Oi, desculpe, não lembra de mim? Eu sou o Wilson, trabalho com a Kaká Karamelo.

Kaká Karamelo era a personagem em que havia se transformado Karina, a irmã de seu informante, depois que começou a apresentar um programa na televisão. O carisma a convertera na estrela das manhãs, fazia um tremendo sucesso com a criançada, e também com um respeitável contingente de marmanjos. Kaká apresentava desenhos animados, fazia jogos e brincadeiras com a plateia, cantava e dançava clássicos infantis, sempre vestida com shorts cavados ou saias curtíssimas, que deixavam à mostra generosas extensões de seu belo corpo bronzeado. Cor de caramelo.

A gente se conheceu naquele dia em que vocês se encontraram num café, Wilson esclareceu.

Ele apertou a mão ossuda do rapaz e fez cara de quem se recordava. Wilson percebeu a farsa:

Naquela época, eu tinha um cabelão comprido e barba. Acho que por isso você não está me reconhecendo.

Miguel desistiu de desafiar o banco de imagens de sua memória. Bem menos complicado era lembrar de Karina. E do encontro que, a rigor, nunca deveria ter ocorrido. Foi um segundo de fraqueza dele, uma concessão imperdoável à vaidade.

A seu favor: resistiu ao convite para um café nas primeiras duas vezes em que a irmã do informante ligou, com a desculpa de que andava muito atarefado. Contra ele: cedeu e concordou em encontrá-la depois do terceiro telefonema. O que podia acontecer? Estava lisonjeado, mas seguro de que não ia cometer nenhum ato tresloucado com uma menina de dezessete anos, ao sair de casa num final de tarde, banhado, escanhoado e perfumado, a caminho de um café da moda num ponto efervescente da cidade.

Sentiu-se ainda mais lisonjeado ao entrar no café e perceber, enquanto se dirigia à mesa onde Karina o aguardava, o peso da atenção de garçons, clientes e outros funcionários sobre ele, todos interessados em saber quem chegava para se encontrar com a mais nova sensação da TV — ela já distribuíra diversos autógrafos. Quanto à autoconfiança que ele trazia de casa, esta se dissolveu no instante em que Karina se levantou da mesa para recebê-lo. Tinha encorpado, virado mulher. Um mulherão.

Miguel compreendeu, sem risco de qualquer mal-entendido, o quanto ela estava agradecida por ele ter resolvido o caso do fotógrafo que a chantageava. Desde o início da conversa Karina não escondeu que só ficaria satisfeita se pudesse, de alguma maneira, retribuir o favor. Não se pode dizer, porém, que tenha se oferecido a ele durante o encontro, do mesmo modo que não se deve afirmar que Miguel seria rechaçado, se tivesse tentado avançar o sinal. Foi um desses momentos em que a distância entre intenção e gesto pode ser medida em quilômetros ou em milímetros, dependendo de quem conta a história.

De concreto, Karina sugeriu pagar a ele uma quantia a ser estipulada, a título de compensação, levando em conta, acima de tudo, os transtornos com o ferimento que Miguel havia sofrido na mão — e, ao dizer isso, ela tomou a mão esquerda dele entre as suas e fez um carinho sobre a cicatriz esbranquiçada, causando certo frisson entre os que testemunhavam a cena no café. Karina mencionou que a pasta com as fotos e os negativos que havia recebido estava manchada com o sangue dele, detalhe que ela considerou "sexy".

Ele recusou a oferta de forma categórica, exaltou-se, retirou sua mão e esclareceu que podia até ser mandado embora da polícia se concordasse com algo do gênero. A garota cor de caramelo pediu desculpas com humildade. Ele aceitou. Ela suspirou e voltou à carga:

Então deixa eu te dar um presente.

Não precisa. Já falei pro seu irmão: não fiz nada demais. Faria de novo — de graça. Detesto gente picareta como aquele sujeito.

Você tem filhos?

Não.

Que pena. Se tivesse, eu podia arrumar convites pro meu programa. Eles iam aparecer na televisão, não seria legal?

Ainda não encontrei a mulher certa, Miguel falou, de molecagem.

Karina sorriu, travessa:

Ninguém te disse que as incertas são as melhores?

A sombra que ela usava nas pálpebras cintilou. Brincava de ser mulher. Estava maquiada de maneira a parecer mais velha, mas os olhos a entregavam: não passava de uma menina a um só tempo deslumbrada e assustada com o que estava lhe acontecendo.

Do que você gosta?

Ele riu.

Como assim?

O que é que te dá prazer... — ela fez uma pausa — além do seu trabalho?

Ele gastou uns segundos pensando. Balançou a cabeça.

Ah, sei lá, gosto de muita coisa. Rádio, por exemplo.

Rádio?

É, o aparelho. Rádio antigo, rádio novo, de qualquer tipo. Sempre que estou de folga, gosto de mexer com eles.

Karina achou engraçado. E lhe ocorreu uma ideia. Fez sinal a seu assessor, que acompanhava a conversa de uma mesa próxima — Wilson, cabeludo e barbudo na ocasião. Falou no ouvido dele, pediu que anotasse algo.

Miguel e Karina conseguiram tomar um café cada um e partilhar uma fatia de torta antes que o assédio dos clientes sobre a apresentadora se tornasse incômodo. Wilson aproveitou a agitação do ambiente, e pediu licença para interromper a conversa e avisou que precisavam sair: Karina tinha uma entrevista agendada com uma repórter, que já a aguardava. A apresentadora pegou um envelope grande na bolsa.

É uma lembrança. Deixe para ver em casa.

Enquanto Wilson se encarregava da conta, ele e Karina saíram do café e se abraçaram na rua, um abraço que ela tornou longo e bem apertado. Depois que ela e seu assessor partiram num táxi, ele caminhou até a travessa onde estacionara o carro. Só não esperou chegar em casa para ver o conteúdo do envelope, a curiosidade não deixou. Na débil iluminação interna do fusca, descobriu uma foto em preto e branco, tamanho grande, uma das imagens capturadas pelo fotógrafo chantagista — de maria-chiquinha, Karina parecia mais nova do que era. Estava de sapato e meia três-quartos e com um uniforme de normalista. Havia posado sentada ao contrário numa cadeira, abraçada ao espaldar vazado, pernas abertas, mostrando a penugem do sexo por trás da calcinha transparente. No verso da foto, ela declarava sua admiração por ele e prometia amizade eterna. Ele guardou o envelope sem saber muito bem o que pensar.

Duas semanas depois, recebeu pelo correio uma caixa com um rádio portátil de última geração, que alojou na cozinha, em cima da geladeira.

Outro dia no bar perto da rodoviária.

Demoraram mais do que de costume para conseguir uma mesa livre. Ingo não teve paciência para esperar e comeu em pé, apoiado no balcão — passava das três da tarde, ainda não tinha almoçado. Antes de entrar no assunto que o atormentava, pediu cerveja preta para acompanhar os bolinhos. Miguel, que já havia comido horas antes, contentou-se em acompanhá-lo na cerveja.

O que estava deixando Ingo injuriado é que, no começo da noite, teria de presidir um tribunal em que estaria em jogo a sorte de um integrante do grupo — o mineiro Lucas, o desastrado homem dos explosivos. Viera à tona o caso que ele estava mantendo com a mulher de Jonas, um companheiro considerado por todos na quadrilha. A mulher também seria julgada. Existia grande chance de ser decretada uma dupla execução naquela noite, a depender apenas da vontade dos graduados do bando, que tinham direito a voto.

Miguel não se conformava.

Chifre não é um assunto privado?

Eu penso a mesma coisa que você.

Por que não resolvem entre eles?

Não é tão simples, Miguel.

Me desculpe discordar. Se cada um que for traído pela mulher resolver pedir a ajuda do tribunal, você não vai fazer outra coisa na vida.

É, mas desta vez fui eu que convoquei o tribunal.

Ingo interrompeu a mastigação e removeu da boca um pequeno fragmento de espinha do bacalhau e o examinou, antes de descartá-lo no prato.

Tive que fazer isso, explicou, enquanto lambia os dedos engordurados. Tô tentando salvar um amigo.

Ele tinha um envolvimento pessoal na questão, por conta de sua amizade com Lucas, era inclusive padrinho de batismo da filha dele. Contou que Jonas, um dos integrantes mais antigos do bando e amigo de todo mundo, havia recorrido a ele logo que descobriu a infidelidade da mulher. Saber que o homem envolvido era alguém próximo, e que algumas vezes a coisa acontecera dentro de sua própria casa, fez Jonas sentir-se humilhado. Ele pediu a Ingo autorização para matar os dois.

Foi com a intenção de ganhar tempo que Ingo disse a Jonas que não podia decidir sozinho e que seria preciso submeter o pedido ao tribunal, porque envolvia integrantes do bando. Sua expectativa era que o bom senso iluminasse a mente dos que iam julgar o pedido e a história não fosse adiante. Se bem que seria difícil convencer Jonas a não fazer nada: ele exigia reparação, estava sedento, queria sangue.

Ingo não comentou, porém chegou a considerar a hipótese de ligar para Lucas e sugerir que sumisse do mapa.

Miguel bebeu um gole de cerveja e desfez com o dorso da mão o rastro de espuma deixado em seu bigode de uma semana.

Onde vai ser?

Numa garagem de ônibus desativada na zona oeste.

O Lucas vai estar no julgamento?

Não, Ingo informou, só a mulher do Jonas. O Lucas nem sabe o que tá acontecendo — está viajando de férias com a esposa e a filha. Vai ser pego de surpresa.

Ele nem vai poder se defender...

Ingo chupou um fiapo preso nos dentes.

Se defender do quê, Miguel? Ele estava comendo a dona na cama do Jonas.

Não entendo por que ele foi fazer uma cagada dessas.

Mais uma, né?

O cara é todo estropiado e ainda banca o conquistador — pra que se meter justo com a mulher de um companheiro?

Conheço o Lucas, Miguel. É garanhão. Bom de papo. Se tivesse todos os dedos, passava a vara até na gente.

Bem tarde naquela noite, Miguel voltou ao salão de bilhar na parte velha da cidade, onde havia feito contato e se infiltrado na quadrilha. Quase dez meses tinham se passado. Gastou tempo e dinheiro no local, enquanto Ingo não chegava — bebeu cerveja, perdeu algumas partidas para uns alunos foragidos de um curso de madureza noturno e cabeceou de sono assistindo, na televisão do bar, a um longo trecho de um videoteipe de futebol.

Já eram quase duas da manhã quando os homens irromperam no salão. Vinham eufóricos, falando alto, eletrizados pela adrenalina, Ingo mais três sujeitos que Miguel não conhecia. Outra novidade é que uma mulher os acompanhava.

Ele foi apresentado primeiro aos homens. Um paraibano chamado Jessé, que, num B.O., Miguel imaginou, seria descrito como pardo e que evitou olhá-lo nos olhos. E Leandro, quase um menino ainda, talvez fosse menor de idade e nem devesse estar naquele ambiente. Ingo revelaria depois que se tratava do filho de um amigo preso na Bahia, a quem havia prometido cuidar do rapaz — em outras palavras, iniciá-lo nos meandros da marginalidade. Estava morando de forma provisória no apartamento com Ingo.

O terceiro homem lembrava muito o cantor Toni Tornado. Sua túnica e calça folgadas, além do turbante, faziam dele uma presença memorável. Como se não bastasse, faiscava a cada movimento por causa dos incontáveis anéis, pulseiras e correntes que o enfeitavam. Um pai de santo. Pai Moronga. Miguel sabia que Ingo era chegado na gira e que frequentava um terreiro na Baixada.

A mulher foi apresentada por último. Chamava-se Lena, tinha sotaque do interior paulista e estava naquela zona incerta entre os quarenta e cinquenta anos. Sorriu com simpatia e apertou a mão de Miguel com firmeza, olhando-o nos olhos.

Ingo havia acabado de jantar com o quarteto numa cantina e os convidara a conhecer o bilhar. Miguel ardia de curiosidade acerca da decisão do tribunal, mas precisou esperar até poder conversar com Ingo longe dos convidados.

Dava para arriscar que até o pai de santo estava armado.

Jessé e Lena resolveram jogar e iniciaram um mata-mata numa mesa que vagou perto do balcão. Ela mostrou habilidades com o taco e surpreendeu o paraibano com suas jogadas. Pela maneira como se tocavam, ficou evidente que existia algum assunto amoroso em progresso entre os dois. Por esse motivo, Miguel evitou olhar para ela. Porém, em mais de uma ocasião, flagrou-a observando-o com interesse.

Pai Moronga havia acomodado sua portentosa figura numa banqueta, para acompanhar a partida de perto, enquanto bebericava um cálice de cachaça. Parecia um rei nagô. Leandro, o rapazote, pediu um refrigerante e permaneceu sentado na ponta do balcão, um pouco alheio, acariciando o pelo sedoso da gata Baronesa.

Até que, atendendo a um sinal de Ingo, Miguel avançou

entre as mesas, cruzou o salão e o seguiu em direção aos fundos do bilhar, uma área externa onde se localizavam os banheiros. Ingo abriu a porta e entrou num dos reservados. Miguel se encostou numa mesa de bilhar velha que se deteriorava ao ar livre e aguardou. Ventava frio. Na luz opaca da madrugada, a poluição não deixava enxergar o céu.

Ingo deu a descarga, lavou as mãos na pia e saiu do reservado enxugando-as nas pernas da calça. Depois de se encostar na mesa ao lado de Miguel, pôs um baseado na boca, juntou as mãos em concha para acendê-lo e ficou fumando quieto. Miguel recusou o cigarro, alegou ter bebido demais e que estava cansado e sonolento; se fumasse, iria dormir ali mesmo. Ingo terminou de fumar antes de dizer qualquer coisa.

O Lucas já era.

Caralho, Ingo. Como é isso?

Não deu pra fazer nada...

Miguel se pôs alerta num estalo, o sono que sentia desapareceu. Ingo atirou no chão o que restava do baseado e esfregou com a sola do sapato.

Nem precisei votar, foi por unanimidade. O Lucas não teve chance.

Miguel olhou para o rosto de Ingo. Aparentava ter chorado — seus olhos estavam vermelhos e inchados. Mas podia ser só cansaço.

Descobri que ninguém gosta do cara, Miguel, essa é que é a verdade. Dizem que ele já deu em cima de outras mulheres.

Que merda.

A porta do bilhar se abriu e estendeu uma trilha de luz à frente de um homem que saiu. Ele não viu Ingo e Miguel no escuro, e os dois aguardaram em silêncio que ele usasse o banheiro e voltasse ao salão.

E agora, Miguel perguntou, o que vai acontecer?

Ingo espirrou. Uma, duas vezes. Assoou o nariz num lenço amarrotado que tirou do bolso da calça. Estava ficando gripado.

No sábado o Lucas chega de viagem e... Por isso esse paraibano tá aí, entendeu? É ele que vai fazer o serviço.

E a mulher do Jonas?

Ingo riu de um jeito irônico.

O Jonas deu uma surra nela e perdoou a traição. Eles têm cinco filhos pequenos pra criar.

Depois espirrou de novo.

Vamos entrar, Miguel. Tá muito frio aqui fora.

Os dois voltaram para o interior do salão, onde, descontada a névoa da fumaça dos cigarros que pairava sobre as cabeças, a temperatura estava bem mais agradável. No trajeto até o bar, Miguel parou numa das mesas por um instante, para conversar com um homem com quem fizera amizade quando começou a aparecer no bilhar. Ingo foi direto ao balcão e pediu um conhaque.

Miguel não se demorou no salão. Quando Ingo aceitou o convite de Leandro para uma partida e quis incluí-lo, ele não topou; avisou que iria para casa e se despediu de todos. De todos, não — Miguel evitou estender a mão a Jessé, preferindo acenar de longe para o pistoleiro. Tinha problemas com quem matava por dinheiro.

Pai Moronga, que continuava instalado na banqueta feito uma entidade, ofereceu a mão cheia de anéis com o dorso virado para cima, na certa com a expectativa de um beijo de vassalagem. Miguel limitou-se a apertá-la, e constatou que a mão do religioso era mais macia do que a de muita mulher que o havia acariciado ao longo de sua biografia sexual.

Lena o surpreendeu ao trocar o aperto de mão pretendido por um beijo no rosto. Miguel notou que Jessé não pareceu feliz em ver aquilo, e foi neste momento que se despediu do pistoleiro com um aceno.

Saiu do bilhar soprando as mãos. Devia estar fazendo uns dez graus na rua, calculou. Uma garoa fina podia ser vista contra a luz dos postes. Pensou em Lena, tinha visto de relance pelo decote da blusa o começo de um peito bonito no instante em que ela se aproximou para beijá-lo. Foi para casa com a sensação de que, em circunstâncias diferentes, os dois teriam outros assuntos para conversar.

E não estava enganado.

Miguel não poderia adivinhar, mas Lena o conhecia bem, sabia até seu nome verdadeiro e que ele era um policial infiltrado. Como ela. Lena se chamava Mercedes, uma agente federal que investigava um grupo de extermínio integrado por policiais, ex-policiais e pistoleiros como Jessé. A diferença é que, ao contrário de Miguel, ela havia sido informada por seu chefe sobre a existência de um agente disfarçado no grupo do qual havia se aproximado naquela operação.

5.

Ele tinha ligado no máximo o ventilador do teto e escancarado a janela do quarto, sem obter grandes resultados: continuava incomodado com o calor opressivo do fim de tarde de fevereiro. Estavam no segundo andar do hotel, com vista para a avenida e o bulevar, e lá fora caía uma chuva forte. Ainda assim, o mormaço não dava trégua.

A agente Brenda, sua colega na Inteligência, saiu do banheiro, colocou a Smith & Wesson sobre a mesa de cabeceira e estirou-se na cama, bem debaixo do ar morno que o ventilador deslocava. A televisão continuava sintonizada num programa de música internacional. *Sábado Som*.

Brenda, que vestia uma calça jeans apertada e uma camiseta sem mangas, se livrou do sapato e ficou esfregando um pé no outro. Era uma ruiva quarentona, corpulenta, famosa no departamento por ter rastreado um nazista alemão escondido num lugarejo no sul do Brasil.

Eles conseguem passar o dia inteiro sem falar uma palavra, ela comentou. Impressionante.

Brenda instalara um equipamento de escuta no duto de ar do banheiro, na tentativa de captar as conversas do quarto vizinho, ocupado pelo casal que eles monitoravam numa investigação sobre dinheiro falsificado.

Até aquele momento, no entanto, o aparato só havia registrado meia dúzia de diálogos, todos banais, boa parte acerca do clima na cidade. Ou tinham pouco a dizer um ao outro, e nessa hipótese podia-se pensar o quanto eram disciplinados, cada um sabendo o que lhe cabia fazer, não restando nenhum detalhe a discutir, ou talvez suspeitassem que o quarto do hotel estava grampeado e só se comunicavam por sinais.

Eram do Mato Grosso, estavam na cidade fazia uma semana. O homem, bem mais jovem do que a mulher, registrou-se no hotel como Luís Cláudio Carvalho Paredes, apresentando o documento de um morto. Brenda apurou que o verdadeiro Paredes tinha falecido um ano antes num confronto com a polícia. A mulher utilizava seu nome legítimo, Patrícia Miranda Reyes, e de sua ficha constavam encrencas com a lei por contrabando de pedras preciosas e envolvimento no rapto de uma criança indígena. Brenda apostava que compunham um casal de fachada, como eles dois.

Paredes e Patrícia evitavam se mostrar sem necessidade, pediam jornais e as refeições no quarto e só saíram do hotel uma única vez, para ir a uma pizzaria, ocasião em que Brenda tentou fotografá-los. Ao desembarcar na cidade, eles haviam deixado uma valise no guarda-volumes do aeroporto. Tudo indicava que esperavam um contato do falsário, o verdadeiro alvo daquela operação, de quem pretendiam comprar uma bolada em notas falsas. Na pior das hipóteses, o casal serviria para ajudá-los a localizar a gráfica que imprimia o dinheiro. Era só não perdê-los de vista.

Ele estava sem camisa e permanecia em pé próximo da janela, observando guarda-chuvas de todo tipo passarem sob o aguaceiro. Carros buzinavam, tentando escapar das ruas alagadas das imediações, e o trânsito se arrastava. Ao se voltar para o interior do quarto, a visão de Brenda à vontade na cama, a cabeça apoiada nos braços — ela não depilava as axilas —, suscitou uma conclusão divertida: nunca antes ele compartilhara um quarto de hotel com uma mulher com quem não estivesse transando.

O telefone tocou sobre a mesa de cabeceira. Com um movimento ágil, Brenda virou-se na cama e atendeu. Ouviu por um instante, resmungou um agradecimento e logo desligou.

Era o rapaz da portaria, informou. O casal vai sair, acabaram de pedir que ele chamasse um táxi.

Brenda calçou o sapato, enfiou a pistola no coldre às costas e a cobriu com a camiseta, enquanto ele fechava a janela e vestia a camisa. Ela destrancou a porta do quarto, mas ele a impediu de abri-la colocando a mão na maçaneta.

Por que um de nós não fica aqui e aproveita que eles estão fora para dar uma olhada no quarto?

A agente recusou a proposta.

Não, vamos apenas seguir os dois. Dá licença?

Brenda comandava a operação, não cabia a ele questionar, apenas obedecer. Mesmo assim, manteve a mão na maçaneta um segundo a mais do que o desejável, o que serviu para ativar a impaciência dela.

Você está atrasando a gente, vamos perder os dois — a culpa vai ser sua.

Não era uma boa ideia criar caso: aquela era a primeira tarefa de campo para a qual o designavam em muitos meses. Desde sua reintegração, tinha se convertido num burocrata dedicado em tempo integral aos serviços internos. O delegado Olsen ainda não o havia perdoado e, no auge da guerra não declarada que travavam, o enviara para o setor de correspondência — ele havia passado semanas separando e direcionando as cartas e encomendas que chegavam para os funcionários do departamento.

Foram dias intermináveis de castigo numa saleta insalubre, sem janelas nem ventilação, localizada no subsolo do prédio, colada ao estacionamento das viaturas e carros da chefia. Dali ele podia testemunhar os colegas passando apressados, armados e transbordantes de adrenalina, a caminho de suas missões, enquanto ele mofava naquele buraco, sitiado por pilhas de pacotes, caixas, malas diretas e folhetos promocionais.

A fase em que mais leu, é verdade, mas também um período em que se entregou de corpo e alma à bebida. Enchia a cara quase toda noite; chegou a engordar, deprimido que estava. Como via pouco a luz do sol, sua pele adquiriu uma cor opaca, enfermiça, e seu cabelo, antes farto, começou a cair de maneira preocupante.

Tinha consciência de que Olsen estava se vingando e o colocando à prova: queria ver até que ponto ele suportaria a humilhação. E ele aguentou firme, sem se queixar, por semanas a fio. Uma única vez tentou espernear: ingressou com um pedido de transferência para outra divisão, sabendo que a chance de ser atendido era zero. E, como previsto, Olsen vetou; escreveu no despacho que não podia abrir mão de sua experiência e que o considerava imprescindível para o setor. A tentativa lhe valeu mais uns meses manuseando correspondência na saleta subterrânea.

Depois, subiu três andares e passou uma temporada na oficina do armeiro da corporação, na condição de aprendiz. Apesar de tudo, foi um grande progresso, pois voltou a ter contato com gente e, de quebra, ampliou bastante seu conhecimento sobre armas. Essa situação perdurou até a tarde em que a agente Brenda solicitou alguém para apoiá-la numa operação que investigava um derrame no mercado de cédulas falsas de cinquenta cruzeiros.

Olsen mandou chamá-lo à sua sala e os dois, pode-se dizer, fumaram o cachimbo da paz — na verdade, tomaram meia garrafa de Macallan, que ele levou de presente para o delegado. Dois dias antes, ao passar diante da oficina, Dirceu Sai da Frente havia cometido a indiscrição de antecipar que ele seria designado para aquela tarefa.

O problema é que ele se indispôs com Brenda desde o início, o que azedou a relação entre os dois.

É preciso lembrar que, mais do que uma simples agente da Inteligência, Brenda era uma das estrelas do departamento — tinha aparecido muito na televisão durante o episódio do velhinho nazista. Isso lhe dava o privilégio de operar com uma autonomia quase total, e também o direito a certas vaidades e melindres. Pelo menos era o que Brenda pensava.

Em resumo, o santo dele não bateu com o dela, e a certa altura os dois conversavam menos do que a dupla que vigiavam; pareciam um casal rompido obrigado a viver sob o mesmo teto. Ele temia que acabassem "espantando a caça" e terminando de mãos vazias.

Os dois saíram do hotel, e, enquanto ele se encarregava de buscar o carro no estacionamento, Brenda se abrigou do temporal sob a marquise do hotel, a pouca distância de Patrícia, que aguardava seu táxi no mesmo local. Sozinha.

Não tiveram problemas para acompanhar o táxi no trânsito lento da avenida, onde uma Kombi quebrada bloqueava uma das faixas. O buzinaço ao redor seguia firme. Ao longe, a sirene de uma ambulância retida soava como um gemido. Brenda não perdeu a chance de espicaçá-lo:

Viu só? O cara ficou no hotel. Me conta agora: como é que você ia entrar no quarto?

Ele respondeu esfregando a manga da camisa no vidro embaçado. O limpador do para-brisa do carro também não estava dando conta do volume de água que caía.

Outra coisa, Brenda disse, aonde quer que essa zinha vá, eu decido o que fazer, combinado? Você não faz nada até eu mandar.

Ele engoliu, junto com a saliva, o palavrão que gostaria de ter falado. Era esse tipo de coisa que envelhecia um sujeito, ele achava. Mas seu futuro dependia do que Brenda escreveria no relatório depois de concluída a operação. Seria decisivo para sua volta às atividades de campo ou para uma nova temporada no cubículo do subsolo. Se ocorresse a segunda hipótese, ele planejava deixar a polícia.

O táxi sinalizou com a seta e fez uma conversão à esquerda. Ele tentou segui-lo, porém uma Rural Willys cruzou à sua frente, obrigando-o a frear de forma brusca. Ele soltou o palavrão que havia reprimido segundos antes, manifestando sua insatisfação. O motorista que vinha atrás quase bateu na traseira do carro e, apertando a buzina com vontade, manifestou também a insatisfação dele. Brenda se espichou no assento para desembaçar o para-brisa com a mão, tentando enxergar à frente.

Vamos, vamos, senão a gente vai perder a mulher.

Calma, ele disse, irritado. Estou vendo o táxi daqui.

Ele conseguiu avançar pela faixa da esquerda, sem bater em ninguém e sem perder o alvo de vista — agora, entre eles e o táxi existiam três veículos, um dos quais a ambulância. Seguiram por alguns metros, mudaram de faixa, sempre rodando devagar, até que, através da cortina de água que escorria pelo vidro, viram o táxi parar junto ao meio-fio à direita, diante de um cinema. Brenda abriu a porta do carro ainda em movimento e se preparou para sair sob o aguaceiro, ao ver a figura borrada de Patrícia desembarcar do táxi de guarda-chuva aberto. Neste momento, ele garantiu um ponto na futura avaliação que a agente escreveria, ao se virar e pegar o jornal que estava no assento traseiro.

Ó. Leva com você. Vai se molhar menos.

Brenda pareceu estranhar a oferta e demorou um pouco a aceitá-la. Por fim, pegou o jornal e, sem agradecer, saiu do carro com ele levantado acima da cabeça e correu, pesadona, pela calçada, chapinhando nas poças, em direção à entrada do cinema. Uma noite, por acaso, ele tinha cruzado com ela numa boate no final da Passos Porto. La Intrusa. Bebia sozinho no balcão, quando ela entrou abraçada a uma pós-adolescente. As duas sentaram-se a uma mesa próxima, ela o reconheceu e o cumprimentou. Depois, ficou trocando beijos e carícias com a menina, sem nenhuma inibição. Às vezes, levantava a cabeça ruiva para olhá-lo, com cara de quem se perguntava que diabos ele estaria fazendo naquele ambiente. Mesmo se questionado, ele não poderia ter revelado — era uma investigação sigilosa sobre uma tentativa de chantagem contra a mulher do delegado Olsen; bons tempos em que o delegado ainda confiava nele.

Brenda entrou no cinema e ele arrancou com o carro. Precisou dirigir por mais um quarteirão e meio até encontrar um estacionamento. Voltou andando rente às paredes, tentando se proteger da chuva sob as marquises e os toldos das lojas. Um esforço inútil: ao se aproximar do cinema, estava encharcado e com o sapato inundado de água.

De repente, um choque o fez perder o chão: Ingo surgiu, vindo na direção contrária. Estava diferente, mais magro, de óculos. Tinha pintado o cabelo ralo numa cor escura, assim como o bigode, uma cor inadequada para o seu tom de pele. Mas era ele, sem espaço para dúvida, caminhando apressado, com uma pasta 007 na mão e vestindo uma capa plástica sobre um terno cinza. Uma boa imitação de executivo.

Fazia mais de ano que não se viam. Imaginava que Ingo estivesse morto.

Ele pôs a mão na arma que levava às costas, sob a camisa

colada no corpo, e se preparou para o confronto. Ingo passou direto, sem vê-lo, como um fantasma, à distância de um esbarrão. Deveria ir atrás, dar-lhe voz de prisão, enfrentá-lo, se reagisse, para encerrar em definitivo aquela história. No entanto ficou parado sob a chuva, sem reação, vendo-o se afastar e se perder entre os transeuntes.

Em seguida, atravessou a rua driblando os carros, aproveitando-se da lentidão do trânsito, e entrou no cinema, seu coração ainda batendo a mil. Muita gente se concentrava no saguão, esperando pela sessão seguinte. De cara, notou Brenda parada ao lado da bonbonnière, mastigando amendoins, distraída. Ele fingiu interesse pelo pôster do filme em cartaz e se aproximou do display — *O Jeca Macumbeiro*, em sua quarta semana de sucesso. Escorria tanta água acumulada em seu corpo, que uma pequena poça se formou ao redor de seu sapato. Ele demorou para localizar Patrícia, até que a viu numa rodinha de fumantes, diante de um enorme cinzeiro de metal, nas proximidades da entrada da sala de projeção. Apesar de parecer distraída, estava mais alerta do que nunca, ele sabia. E conseguiu deixá-lo tenso porque, de um jeito pouco dissimulado, olhou na direção da bonbonnière mais de uma vez. Parecia ter detectado a presença de Brenda. Na opinião dele, àquela altura estavam ambos queimados. E tudo por culpa de Brenda: na pizzaria, ela havia sido um tanto negligente na tentativa de fotografar o casal.

Naquela noite, assim que o rapaz da portaria avisou que Patrícia e Paredes estavam saindo do hotel, ele e Brenda partiram no encalço dos dois e passaram a segui-los a pé pelas ruas da região central. Circularam meio a esmo, depois escolheram uma pizzaria que oferecia rodízio. Era uma noite quente, abafada. Apesar disso, Paredes usava um casaco pesado, que não tirou nem no interior da pizzaria, forte indício de que estava armado.

Em vez de escolher uma mesa de canto, mais discreta, como

ele sugeria, Brenda preferiu sentar perto do casal. Levava uma microcâmera fotográfica embutida numa agenda que colocou sobre a mesa. Era a primeira vez que usava o equipamento e teve algum trabalho para definir a posição correta em que a agenda deveria ficar. Quando conseguiu, o garçom se aproximou para anotar os pedidos e a primeira coisa que fez foi afastar a agenda, abrindo espaço no centro da mesa para o galheteiro com azeite e temperos. Brenda não gostou e fechou a cara. Ele riu. Mesmo sabendo do perigo de perder pontos no futuro relatório da agente, permitiu-se um riso de desagravo a si próprio.

A coisa começou a escapar do controle quando ela percebeu que não conseguia fazer a engenhoca funcionar. Primeiro havia algo errado com a bateria, depois a culpa foi de algum circuito — o equipamento ainda estava em fase de testes. A impaciência de Brenda cresceu, deu lugar a uma irritação que acabou por levá-la a um gesto impensado: ela abriu a agenda, ali mesmo na mesa, para mexer no mecanismo. Ele percebeu que tinham atraído a atenção de Patrícia e Paredes.

Brenda, não é melhor fazer isso no banheiro?

Ela olhou para ele por cima dos óculos de leitura a que fora obrigada a recorrer para examinar a câmera. Olhou com ganas de estrangulá-lo. Rosnou:

Por que você não come a porra da pizza e cala essa boca?

Ele acatou a sugestão sem discutir e devorou com apetite várias fatias, enquanto a agente tentava pôr a câmera em funcionamento, valendo-se, como ferramenta improvisada, de uma faca de serrinha — monitorados com atenção pelo casal que deveriam monitorar.

Até que Brenda desistiu. Jogou a agenda dentro da bolsa, livrou-se dos óculos e cruzou os braços, emburrada. E assim permaneceu até o final da noite, sem tocar num único pedaço de pizza.

Viram Patrícia e Paredes pagar a conta e esperaram que os dois deixassem a pizzaria. Sentada de costas para a saída, Brenda não poderia ter visto, mas, antes de fazer sinal para um táxi que passava na rua, Paredes olhou para a mesa que ele e Brenda ocupavam e comentou qualquer coisa no ouvido de Patrícia. Seria capaz de jurar que os dois entraram no carro rindo.

No cinema, terminado o filme de Mazzaropi, uma multidão excitada e barulhenta irrompeu da sala e tomou de assalto o saguão, misturando-se aos que aguardavam a sessão seguinte. Houve um princípio de tumulto. Brenda desapareceu, tragada pela aglomeração. Na tentativa de manter Patrícia sob vigilância, ele teve que abrir caminho empurrando quem se espremia no sentido oposto. Perdeu a mulher de vista por menos de um minuto. E foi mais do que suficiente.

Brenda se juntou a ele, ao lado do cinzeiro onde Patrícia estivera. Ainda que nenhum dos dois tenha dito nada, já sabiam, de alguma maneira, que Patrícia não se encontrava mais no cinema. Por desencargo de consciência, revistaram a sala de projeção, o banheiro feminino, e esperaram o saguão se esvaziar. Serviu apenas para perderem um tempo precioso. A mulher tinha passado a perna neles.

A verdade é que haviam subestimado o casal, fato que ficou ainda mais patente ao regressarem ao hotel, onde o rapaz da recepção os esperava aflito — torcia por eles, estava ganhando para auxiliá-los. Na ausência dos dois, Paredes tinha fechado a conta e deixado o hotel. Brenda descarregou sua raiva dando um tapa no balcão, o que assustou o rapaz.

Mais pragmático, ele pediu a chave do quarto que o casal tinha ocupado e foi até lá vasculhar o local. A faxineira ainda não fizera a limpeza e ele pôde trabalhar à vontade em busca de pistas. Não encontrou grande coisa, embora tenha remexido até no cesto de lixo do banheiro, atividade que Brenda, sentada na cama, acompanhou com impaciência. Ela estava exausta e frustrada, queria ir para casa e trocar aquela roupa, que ainda permanecia úmida.

Ele devolveu o cesto ao banheiro e já estava saindo quando, ao levantar a cabeça, descobriu no alto da parede o "recado" que o casal deixara para eles. Na entrada do duto de ar, cuja tampa havia sido removida, ele viu um pequeno suporte e um pedaço de cabo, deixados para trás de propósito. Partes de um aparelho de escuta que estivera instalado ali.

Ingo apareceu bem cedo na casa de Miguel naquele sábado. Não eram nem sete da manhã. Se quisesse, poderia ter chegado antes; estava fora da cama desde as quatro, quando desistiu de lutar contra a insônia.

Ele vinha enfrentando dificuldades para dormir fazia semanas, e apelar para a bebida e a maconha só agravava o quadro: conseguia apagar por uma, duas horas, no máximo três; daí perdia o sono e se arrastava meio grogue pelo resto do dia, sentindo-se dopado. Um zumbi. A verdade é que não faltavam motivos para a insônia de Ingo.

A começar pela filha: com um barrigão de cinco meses, Mila se refugiara na casa da mãe depois que os atritos com o pai da criança tornaram impossível a convivência dos dois. Estavam à beira da agressão física, a mulher fez questão de avisar. O filho da puta do professor bem que merecia tomar uns tecos. Mas, naquele momento, Ingo não dispunha de tempo para questões domésticas; outros assuntos urgentes exigiam sua atenção. E um vazamento dentro do bando era o mais sério deles.

Ingo parou o carro diante da garagem do sobrado, onde o fusca, ao sol, parecia transpirar o orvalho acumulado na lataria azul. Não esperava que Miguel estivesse acordado, ninguém é obrigado a levantar cedo no fim de semana. E surpreendeu-se ao descobrir que estava enganado, o que aconteceu um segundo antes de seu indicador pressionar a campainha. No andar de cima, a janela do quarto dava para o jardim e, no silêncio da manhã, Ingo ouviu de maneira clara os gemidos.

Só então reparou no carro de Nádia, um Gordini branco, estacionado metros à frente. O motor ainda estava quente — os dois tinham acabado de chegar. Nesse instante, no quarto, Miguel soltou um desses palavrões aos quais alguns homens recorrem quando a coisa está muito boa. Os trâmites ainda iam longe, Ingo calculou, e, antes que aquilo o deixasse constrangido, afastou-se pela rua, com o plano de fazer hora na padaria das proximidades. Ao voltar, algum tempo depois, trazia pão, leite e outros itens para o café da manhã.

Miguel abriu a porta, alarmado com a presença de Ingo tão cedo. Saíra da cama para recebê-lo apenas de calção e chinelo, amarfanhado de sono. Ingo o tranquilizou e, antes de entrar, quis beijá-lo, como de costume. Miguel evitou, desviando o rosto para o lado.

Eu ainda não escovei os dentes.

Uma falsa preocupação higiênica. Miguel não queria que ele sentisse o bafo de álcool que na certa estava exalando ou, eventualmente, os cheiros da irmã em sua barba.

Tome um banho, cunhado. Enquanto isso, vou passar um café pra gente. Tô precisando conversar.

Com a desenvoltura de um habitante da casa, Ingo avançou pelo corredor, a caminho da cozinha, e só restou a Miguel reagir à sonolência — tinha dormido quase nada. Ele se arrastou escada acima, pensando no laço de intimidade que havia criado com o casal de irmãos. A operação ainda estava em curso, mas já era possível classificá-la como sua grande performance como infiltrado. Perto dela, suas outras atuações bem-sucedidas, como a ocasião em que se disfarçou de mendigo para investigar o assassinato de moradores de rua, não passavam de ensaios desajeitados de teatro amador.

Aproximava-se a hora de apertar o cerco ao grupo. Ele ainda não havia resolvido como iria proceder, porém era possível adiantar que o trabalho fora realizado com brilho: já existia um mapeamento completo dos integrantes da quadrilha e de suas ramificações. Mandados de prisão e de busca e apreensão estavam sendo providenciados.

Miguel só não conseguia antever como ficaria sua história com Nádia, e evitava pensar nisso. No fim, era provável que optasse pela solução menos complicada e sumisse do mapa de repente, sem aviso. Empurrou a porta do quarto, na penumbra ela dormia nua atravessada na cama. O ambiente recendia a suor e sexo. Tinham bebido em excesso na noite anterior e voltado para casa com o dia raiando, exaustos e embriagados, mas ainda com energia e tesão para se entregarem a uma foda tão intensa que pôde ser ouvida na rua. Miguel recolheu as roupas espalhadas no chão e as depositou sobre a cama. Depois foi até o banheiro, despiu o calção e entrou no boxe, onde acordou de vez sob o chuveiro frio.

Os sinos do seminário soaram, distantes, convocando para alguma celebração naquele sábado.

Ao ensaboar-se entre as pernas, sentiu um ardor na glande. Manuseou o pênis flácido, que o embate na cama pouco antes deixara rubro. Nádia era uma amante fogosa, dedicada a ter e a proporcionar prazer. Uma mulher sem amarras ou pudores. Pelo resto da vida, ele iria morrer de desejo de fazer amor com ela. Naquele instante, era a única afirmação segura que podia ser feita sobre o futuro dos dois.

Se a falta se tornasse insuportável, ele planejava conseguir no departamento uma cópia das imagens do flagrante gravado quando Nádia apareceu de surpresa em sua casa.

Embora pudesse soar tolo, extravagante ou talvez apenas insano, Miguel acalentava a expectativa de que, concluída a operação, ao se desvencilhar do personagem que vinha representando, deixaria para trás tudo que estivesse relacionado a ele.

Ficaria a lembrança dos momentos vividos com Nádia.

A primeira vez que a viu, de maiô amarelo, caminhando à beira da piscina com tanta graça no andar que, mais do que atrair sua atenção, o deixou cheio de vontades. O final de semana prolongado em que desceram para a Baixada e choveu direto, e ficaram três dias no quarto de uma pousada, trepando o tempo inteiro; subiram a serra felizes, sabendo que, mesmo com sol, não teria sido diferente. O cheiro dela quando ficava excitada, uma coisa mais de bicho que de gente. Aquela noite na gafieira fervilhante em que Nádia, agarrada a ele, se declarou e fez a temperatura do suor dele se elevar em dois ou três graus. A luz mudando a cor dos olhos dela sempre que sorria para ele.

Foi um encontro intenso o deles. *Eram dois sujos que se amavam com pureza.* Estavam juntos havia poucos meses, mas a intimidade entre eles autorizava qualquer um que os visse a pensar em um período de convivência bem mais longo.

E tudo isso iria cessar.

Enquanto esteve com Nádia, Miguel tentou ser cuidadoso ao extremo, evitando propor qualquer programação que implicasse datas muito além da semana seguinte — sabia que tinham um prazo de validade como casal. E desconversava a cada tentativa que ela fazia de incluí-lo em planos futuros. Nádia sonhava em viajar para o interior da Polônia, em busca das raízes familiares em Wroclaw. Miguel a desestimulava, opinando que seria difícil conseguirem autorização para entrar num país comunista. Ela nunca viajara para fora do Brasil, nem tinha passaporte.

Às vezes, Miguel se pegava torcendo por uma intervenção do destino, como já acontecera em diversas ocasiões em sua vida.

Como nos filmes de cinema que tanto apreciava, alguma coisa inesperada surgindo no último minuto e reescrevendo um roteiro que parecia resolvido.

Nádia passaria a odiá-lo com fervor depois que tudo acabasse, ele podia esperar, iria se converter em uma inimiga raivosa ao entender o que tinha acontecido.

O inimigo do meu irmão é meu inimigo.

Miguel estava mandando Ingo para a cadeia. A família dele sofreria um impacto forte e prolongado, e se desestruturaria por completo. Apegada como era ao irmão, ela teria direito a uma cota considerável desse sofrimento.

Nada que se compare, contudo, ao que ocorreria em seu íntimo. A dor e a frustração de ter sido enganada — *usada* — seriam devastadoras, potencializadas pelo fato de estar apaixonada. Seria como suspender o vício numa droga pesada do dia para a noite. Podia matar o viciado.

A rigor, Miguel deveria temer uma vingança mais de Nádia do que de Ingo.

Os latidos de Bibi interromperam seu devaneio no chuveiro e atraíram Miguel para o vitrô, de onde se avistava boa parte do quintal. Ingo brincava com a cachorra debaixo do velho abacateiro, fazia-a dar saltos no ar na tentativa de abocanhar algo que ele segurava. Um graveto.

Seria a primeira cadeia na vida de Ingo, e podia-se prever uma longa condenação: além de comandar um esquema de roubo de cargas, ele seria acusado de um homicídio ocorrido sete anos antes em Foz do Iguaçu, que a polícia até então considerava solucionado. Um agente da Receita Federal tentara chantagear um grupo de contrabandistas, e Ingo resolveu o assunto do modo mais simples: atraiu o homem para uma emboscada e o matou. O crime foi atribuído a um garoto de programa com quem o agente se encontrava com regularidade. Graças às confidências de Ingo, Miguel agora possuía detalhes que permitiriam reabrir o inquérito e condenar o verdadeiro assassino — o garoto de programa havia se enforcado no presídio.

Ingo atirou o graveto para longe. Bibi disparou e o trouxe de volta, animada e feliz. Miguel sabia que talvez ele não sobrevivesse à experiência do cárcere. Todos que o conheciam sabiam de sua radical aversão por ambientes fechados, chegava a ser uma crueldade imaginá-lo numa cela superlotada.

Miguel desligou o chuveiro e estava se enxugando quando Nádia entrou no banheiro. Os latidos da cachorra a tinham despertado. Vestia apenas uma camiseta velha e, mesmo com o cabelo revirado e a maquiagem da noite anterior escorrida nos olhos inchados, era uma das mulheres mais bonitas com quem ele compartilhara a vertigem de um orgasmo. Ela sentou no vaso e mexeu no cabelo.

Agora o Ingo não dá sossego nem no final de semana? O que ele quer, Miguel?

Ele saiu do boxe friccionando o cabelo com a toalha.

Não sei, falou que está precisando conversar.

Será que ele tá me vigiando?

Miguel olhou para ela. Demorou enxugando-se entre as pernas. De propósito. Na verdade acariciava-se com a toalha. Provocando-a. Nádia mordeu a isca.

Você tem um pinto bonito, rapaz.

Ela enrolou na mão um pedaço de papel higiênico para se enxugar. Depois, ergueu-se do vaso e acionou a descarga.

Saiba que ele tem dono, viu? Aliás, *dona*.

Nádia o abraçou e meteu a mão entre as pernas dele, apalpando aquilo de que se dizia dona. Exaurido como estava, Miguel achou que não daria conta. Mas então ela se curvou diante dele.

Etc.

* * *

Miguel deixou Nádia dormindo no quarto e desceu para a cozinha. Ingo o esperava com um café da manhã completo, suco de laranja, ovos, linguiça. A situação caótica na pia mostrava que, nessa empreitada, sujara pelo menos um terço de toda a louça da casa. Os dois sentaram-se à mesa e começaram a comer. Ocorreu a Miguel perguntar:

E o paraibano, ele fez o serviço?

Ingo balançou a cabeça negativamente.

Ninguém sabe onde o Lucas se enfiou. O Jessé desistiu, já voltou pra terra dele.

Como é que pode? E a família do Lucas?

Desapareceu todo mundo, você acredita? Me passa o sal?

Miguel alcançou o saleiro, só que, em vez de entregá-lo na mão de Ingo, colocou-o próximo dele na mesa. Superstições.

Melhor assim, né?

Ingo demorou a se manifestar, concentrado em limpar a gema de ovo do prato com um miolo de pão, que em seguida colocou na boca e mastigou.

Uma hora o Lucas vai ter que aparecer, Miguel. Ninguém consegue se esconder pro resto da vida.

O que você acha que aconteceu?

Vazou. Alguém deu o serviço pra ele.

Miguel ficou observando o rosto de Ingo, que reagiu:

O que foi?

Nada, Ingo.

Você não tá achando que fui eu, tá?

Não, não. Claro que não.

Ingo serviu-se de mais linguiça. Comeu. Afinal, admitiu:

Cheguei a pensar nisso, confesso, gosto do Lucas, e tem a minha afilhadinha. Mas não fui eu, juro.

Bibi surgiu na cozinha e perambulou ao redor da mesa, farejando o chão, na expectativa de ganhar comida. Como não foi contemplada, esticou-se perto da pia, com a cabeça apoiada nas patas dianteiras, de olhos atentos, como se estivesse participando da conversa. A cadela sortuda, que nunca tinha morado num apartamento, em breve iria vivenciar essa experiência.

Ingo terminou de comer, usou um guardanapo para limpar a boca e arrotou de maneira discreta. Depois empurrou o prato para o centro da mesa, abrindo espaço para os cotovelos. Em seguida pegou no bolso o primeiro pacau do dia e não demorou para o ar da cozinha ficar impregnado pelo cheiro da maconha. Miguel se levantou e passou a transferir pratos, copos e talheres da mesa para a pia. Com um gesto de mão, recusou quando Ingo tentou lhe entregar o cigarro.

Pra mim, é cedo ainda. Senão, fico zureta, e não gosto.

Ingo fumou por mais um tempo, e um acesso de tosse não o inibiu de continuar fumando, enquanto Miguel começava a lavar a louça. Os sinos do seminário tornaram a soar, mais nítidos desta vez, no vento favorável.

Estouraram o depósito do André Português ontem, Ingo disse de repente. Perda total. Ele tá preso.

Miguel interrompeu o que estava fazendo, fechou a torneira da pia e pegou um pano de prato para enxugar as mãos. Era o terceiro receptador associado à quadrilha que caía em pouco mais de um mês. Tinham se visto numa única ocasião, ele era um velho larápio português, bon vivant, que morava com duas mulheres — duas irmãs, ambas passistas de uma escola de samba que ele patrocinava — num sítio nos arredores da cidade, cuja localização exata pouca gente conhecia. Ele mantinha ali um galpão sempre abarrotado de produtos roubados.

Tem coisa errada, Miguel. Alguém anda passando informação pra polícia.

Reduzido ao mínimo o cigarro de maconha, Ingo fumou contraindo os olhos e os músculos da face, e em seguida descartou a bituca com um piparote pela porta da cozinha. E falou com dificuldade, tentando reter ao máximo a fumaça nos pulmões:

O Moraes.

O que tem o Moraes?

Ingo liberou uma rajada de fumaça para o lado e tossiu até os olhos lacrimejarem. Miguel voltou a sentar-se à mesa e aguardou que ele se recompusesse.

Ele fez acordo com a polícia — virou cagueta.

Como é que você sabe?

Que outra explicação você tem pra me dar?

Miguel não dispunha de nenhuma, e só ficou amontoando as migalhas de pão dispersas na toalha.

A polícia tá prendendo gente nossa toda semana. Vamos continuar achando que é só coincidência?

O primeiro a ser pego fora um receptador da Baixada com quem Ingo se relacionava com regularidade fazia mais de dez anos, desde a época em que mexia com contrabando na fronteira. O homem tinha uma transportadora como fachada e era um especialista em pneus e peças de automóveis. No tiroteio ocorrido durante a invasão do depósito, um de seus filhos fora baleado.

Vinte dias depois, chegou a notícia da prisão de um sócio da quadrilha que operava com máquinas agrícolas roubadas no interior do Paraná, por sinal um primo em segundo grau de Ingo. Ele ficou bastante chateado, ainda mais porque o parente lhe devia um bom dinheiro.

Tem gente abrindo o bico, Miguel. Tá na cara.

Estou me perguntando se o Moraes toparia esse tipo de negócio...

Não seja ingênuo. Pra salvar o próprio rabo, o sujeito topa qualquer coisa.

E o que você pretende fazer?

Vamos parar as atividades, vou suspender tudo. A gente não vai se mexer enquanto não descobrir o que tá acontecendo.

Ingo se levantou da mesa, pegou um dos copos sujos amontoados na pia e o examinou contra a luz que entrava pelo vitrô. Trocou-o por outro, encheu com água da torneira e bebeu num gole demorado. Antes de sentar-se à mesa de novo, observou o quintal pela porta aberta.

Talvez seja melhor você sair desta casa por um tempo.

Será que precisa tudo isso? Eu estou bem aqui.

O Moraes sabe o nome e o endereço da turma toda. De repente você pode acordar com a polícia aí na sua porta.

6.

A essa altura, Miguel estava apaixonado por Nádia. Perdidamente. Claro que preferia não responder a perguntas diretas sobre o assunto, pois seria obrigado a mentir. Porém estava convencido de que isso não o impediria de fazer o que precisava ser feito.

Só que o delegado Olsen não compartilhava dessa certeza.

Em um fim de tarde de dezembro, bem perto do Natal, Miguel compareceu a um encontro com ele numa gráfica de propriedade da família Olsen — dois irmãos do delegado tocavam o negócio. Um clima festivo tomava conta da cidade, as ruas, enfeitadas com motivos natalinos, estavam cheias e perigosas. Acossava Miguel naquele instante um ataque de paranoia: ele desconfiava que alguém o estava seguindo fazia dias. Ajudava a deixá-lo tenso.

Os funcionários da gráfica se confraternizavam numa festa nos fundos da empresa, com chope, churrasco e roda de samba. Olsen e Miguel deram um alô geral, pegaram bebidas e se fecharam no escritório. O delegado planejava deflagrar a operação de captura da quadrilha antes da virada do ano. Miguel era contra, dizia que precisava de mais tempo — e precisava mesmo, sobretudo para resolver sua pendência com Nádia.

O Ingo está armando alguma coisa pro começo do ano, doutor.

O que você sabe?

Pouca coisa. Ele ainda não abriu pra mim.

Mentia. Conhecia bem o plano de Ingo para o início do ano seguinte; na verdade, ele próprio fazia parte desse plano, assim como Nádia. Iam passar uma temporada de verão juntos numa praia do Ceará, em companhia da mulher e dos filhos de Ingo, que, aproveitando a paralisação dos negócios, tiraria férias. Em família. As passagens já tinham sido compradas.

Só sei que é um negócio grande, Miguel enfeitou a mentira. O bando tá inativo faz tempo, o Ingo quer voltar em alto estilo.

O delegado afrouxou o nó da gravata e coçou um vermelhão no pescoço escanhoado. Olhou para Miguel. E não se deixou convencer.

Só se ele estiver pensando em assaltar a Casa da Moeda. Do contrário, se prepare: vamos dar o bote logo depois do Natal.

Doutor! Pra que essa precipitação?

Não vejo precipitação nenhuma: a operação está madura, já temos quase todos os mandados. Esperar mais o quê?

E vamos perder a chance de pegar gente nova, que ainda não foi mapeada?

Olsen ignorou a pergunta. Bebeu um gole de chope e fez cara de nojo.

Parece mijo. Devia ter trazido meu uísque.

Não me conformo, dr. Olsen. Depois de toda a trabalheira que esse caso me deu…

Fique tranquilo, seu desempenho foi excelente e vai ser reconhecido. Vou recomendar um elogio funcional no seu prontuário.

Foi a vez de Miguel provar o chope. Achou amargo. E estava morno. Olsen voltou à carga:

Não dá mais pra ficar só prendendo receptador. Não foi você mesmo que falou que o Ingo está desconfiado? Agora que ele se retraiu, vamos pra cima.

Nas paredes do escritório, um conjunto de fotos coloridas mostrava os irmãos do delegado em viagens pelo mundo — Nova York, Paris, Roma. Mais novos, os dois eram tão bem-apessoados quanto ele, e as mulheres que os acompanhavam nas fotos eram lindíssimas. Pareciam artistas de cinema. Olsen notou o interesse de Miguel nas imagens.

Minha mãe era uma condessa, sabia? De verdade. A avó dela foi considerada a mulher mais bonita da Renânia.

Olsen se levantou da cadeira para apontar, num quadrinho com uma foto em preto e branco, uma velhota com trajes de pompa no que se assemelhava ao salão de festas de um palácio.

Arquiduquesa Isabel Maria. Prima de mamãe.

O delegado voltou à mesa. Olhava para Miguel de um jeito altivo.

Tenho sangue nobre, aposto que por essa você não esperava.

Pela primeira vez na semana, Miguel encontrou um motivo para sorrir. Quem diria que seu chefe possuía esse tipo de vaidade? A euforia da festa lá fora chegou ao escritório — todos entoavam, felizes, o refrão de um samba do Martinho. Olsen deu por encerrada sua crônica da nobreza familiar e retomou o fio da conversa:

Você é um policial experiente, sabe que, quanto antes cair fora e a operação for encerrada, melhor pra sua segurança.

O delegado estava certo, Miguel reconhecia, não havia o que contestar. Alcançado o objetivo, riscos de qualquer natureza se tornavam, mais que indesejáveis, desnecessários. Era o mandamento básico de qualquer infiltração.

Passava da hora de sair, e não era preciso que o chefe lhe explicasse por quê. Tinha vivido situações nas últimas semanas que, para um homem com apreço pela superstição, soavam como avisos a não serem ignorados; ele correra um sério risco de ser desmascarado. Se Olsen tivesse conhecimento de apenas um desses episódios, arrancaria tufos de sua bela cabeleira. De nervoso.

Assim como Ingo, Nádia também não via problema em aparecer na casa de Miguel em qualquer horário e sem aviso. A intimidade se sobrepunha aos bons modos, na maneira como os irmãos enxergavam o mundo.

Criatura tocada mais pela cor pálida do céu ou pela música do vento nas árvores do que por manifestações concretas do real, Nádia não reparou, ao chegar, na viatura policial estacionada do outro lado da rua. E continuou distraída enquanto avançava pelo jardim, após concluir, pela presença do fusca na garagem, que seu dono estava em casa. Como viu a porta apenas encostada, ela a empurrou e entrou.

Tomou um susto enorme com o desconhecido que se ergueu de repente do surrado sofá de couro, onde estava mexendo no que a ela pareceu um toca-fitas de carro.

Chamava-se Tenório, um jovem, de cabelo *black power* e roupas coloridas. Estava mais para cantor de soul music do que para policial. Um dos melhores quadros da área de eletrônica do departamento; com a operação se aproximando do final, estava no sobrado para remover os equipamentos de vigilância. Por sorte reconheceu Nádia de imediato — já a tinha visto antes, nua, na famosa gravação feita naquela sala. Avançou com a mão estendida e se apresentou, perturbado pelo susto e mais ainda pela constatação de como ela era bonita ao vivo. E, antes que precisasse explicar o que fazia ali, atraído pelas vozes, Miguel surgiu vindo do corredor com um improviso na ponta da língua:

Nádia, o Tenório é um colega do clube dos fãs de rádio.

E fez um gesto amplo com as mãos, abarcando os gravadores e microfones de escuta em cima do sofá. A verdade é que Nádia nem deu atenção, mais preocupada em se desculpar por ter aparecido em momento impróprio. Tenório alegou que já estava de saída, e de fato logo depois foi embora, levando com ele os equipamentos retirados da casa.

Houve ainda outra ocasião em que a identidade de Miguel esteve em perigo. Uma sexta-feira à noite, tinha ido com Nádia a um cinema do centro, para assistir a *Toda nudez será castigada*. Saíram impactados, cheios de ideias para conversar sobre o filme. Resolveram fazer isso numa casa de sopas no Beco da Fome, e foram caminhando em direção ao restaurante. No trajeto, passaram pela zona boêmia da cidade, onde se concentravam as boates e as saunas. Foi na esquina da Mestre Gusmão que se deu o incidente.

Havia um grupo de travestis na porta de uma boate, e a mais vistosa delas, de peruca loira e botas altíssimas, se destacou do grupo para falar com Miguel.

Não cumprimenta mais as amigas?

Ele reconheceu a voz antes de identificar a figura. E o melhor é que nem tentou disfarçar o choque.

Caralho! Pedrinho?

Fazia um tempão que não se cruzavam. Dizer que o rapaz estava diferente não faz justiça aos fatos: passara por uma verdadeira metamorfose, até a dicção havia mudado. Uma hipótese de seio se oferecia no decote da blusa. Cumprimentaram-se com um abraço, instante em que Miguel tomou conhecimento do novo nome do amigo:

Piera. É assim que eu me chamo agora.

Nádia apertava a mão de Miguel um tanto intimidada e mantinha a boca levemente aberta de espanto. Piera se interessou por ela:

Não vai apresentar a moça?

Ele fez isso. As duas trocaram beijinhos e, sem disfarçar, Piera passou Nádia em revista. E aprovou. Ela estava usando um vestido verde, do qual sabia que Miguel gostava, e saltos, o que os deixava quase da mesma altura. Formavam um belo casal, não dava para negar. De certa forma, a exuberância da presença dela ao lado dele o tornava bonito.

Piera deu notícia da mãe, com quem havia rompido, e reclamou do sumiço de Miguel, falando com saudade dos encontros no Dedo do Meio, bar não muito distante de onde estavam. Combinaram de se reencontrar ali qualquer dia — nenhum dos dois tinha noção de que o bar nem existia mais, destruído numa explosão. Mais relevante, porém, foi o fato de que, antes de se despedirem, por duas vezes Piera se dirigiu a Miguel por seu nome verdadeiro.

Nádia não percebeu ou fingiu não perceber. Pelo menos não comentou nada enquanto retomavam a caminhada rumo ao Beco da Fome. Iam de mãos dadas em silêncio, cada um ruminando um assunto diferente. Miguel tentava criar uma boa explicação, caso ela o questionasse sobre a troca dos nomes pela travesti. Nádia, por sua vez, julgava ter captado uma energia fluindo entre Piera e Miguel. Uma energia libidinosa.

Me diga uma coisa, Miguel: já aconteceu alguma coisa entre vocês?

Vocês *quem*?

Ora, entre você e essa… essa Piera…

Nossa, Nádia. Nunca. Eu vivi com a mãe dele… *dela*. Faz séculos.

Mas a Piera bem que gostaria que tivesse acontecido.

De onde você tirou essa ideia?

Mulher sabe essas coisas.

Miguel riu e a deteve.

Você tá com ciúme.

Naquele tempo, a iluminação das ruas do centro era feita com um tipo de lâmpada amarelada, que emoldurou Nádia e seu vestido verde com um halo de irrealidade. Um breve fulgor do mundo do sonho. Um instante de beleza que quase pôs Miguel de joelhos no passeio público.

Nunca mais iria acontecer, ele jamais viveria uma experiência parecida outra vez. E era a lucidez dessa certeza que o entristecia tanto. Em desespero, pensou em se abrir e dividir seu fardo com o delegado Olsen no escritório da gráfica dos irmãos bonitos. Mas duvidou que o velho homem da lei pudesse compreender ou lhe dar razão, ou ainda apontar um caminho ou sugerir uma saída. Bem ao seu estilo, Olsen modelaria a copiosa cabeleira com os dedos ao som do seguinte comentário:

Deixe de poesia, rapaz. Tudo não passa da velha e boa chave de buceta. Conheço bem, aconteceu comigo e com a Mirela.

Mirela era a colombiana da TV.

O máximo de solidariedade masculina que encontraria naquele front seria o delegado apertar seu braço por sobre a mesa, enquanto ministrava a receita:

Não tem o que fazer. Só o sujeito bebendo de esfregar a testa na parede; pelo menos mantém os chifres curtinhos.

No plano real, a conversa transcorreu de forma bem diferente, quando Olsen se lembrou de incluir Nádia na pauta.

O que você vai fazer com a mulher?

Nada. Só me afastar.

O delegado colocou entre os dois um silêncio desconfiado. Miguel abriu os braços.

Eu não tenho escolha, tenho?

Você acha que ela pode dar trabalho?

A Nádia? Não. Ela vai se conformar.

Olsen tirou da manga uma carta inesperada.

Se você quiser, posso botar ela em cana também.

Acusada de quê? Ela não tem nada a ver com os crimes do irmão.

Aí é que está, Olsen sorriu, matreiro. Mandei investigar, e sabe o que eu levantei? Foi o Ingo que deu o dinheiro pra irmã investir na loja. E não é pouco dinheiro, não, viu? Você tinha conhecimento?

Miguel desconhecia o fato. Na medida do possível, evitava se imiscuir na vida de Nádia para além da cama. Sabia apenas que ela ganhava bem com as roupas finas que vendia na butique, o que lhe proporcionava uma vida confortável. Sua clientela era formada pela elite das mulheres de bom gosto da cidade, a maioria delas casada com homens endinheirados. Dava para apostar, com boas chances de êxito, que as beldades que apareciam elegantes ao lado dos irmãos Olsen nas fotos do escritório estavam entre elas. No campo financeiro, a única coisa que Miguel podia dizer é que Nádia fazia questão de dividir as contas nos bares e restaurantes que frequentavam.

Na prática, sua namorada funciona como testa de ferro do irmão; o verdadeiro sócio da butique é ele. Caracteriza lavagem de dinheiro, o delegado disse. Ela entra, no mínimo, como cúmplice.

Não precisa nada disso, a Nádia não vai incomodar.

A frase soou anêmica de convicção. Olsen mostrou que ainda não esgotara seu estoque de ameaças.

Ou então eu ponho o fisco em cima da loja. Duvido que ela consiga comprovar a origem do patrimônio.

No começo da noite, Miguel saiu da gráfica da família Olsen ciente de que, entre o Natal e o Ano-Novo, o cerco se fecharia sobre a quadrilha. Coisa de dez dias. Um grande contingente de policiais seria mobilizado, para cumprir os mandados no mesmo horário, evitando que os integrantes do bando pudessem se comunicar entre si. Uma megaoperação. As prisões ocorreriam em São Paulo, Rio e Minas Gerais. Por motivo de segurança, Miguel deveria "submergir" nesse período.

Na rua, ele encontrou o céu ainda claro, apesar de já ser começo de noite, e um movimento intenso de pessoas nas lojas, que se mantinham abertas até mais tarde para aproveitar a onda de compras de última hora. Enquanto se dirigia ao estacionamento onde deixara o carro, voltou a se incomodar com a sensação de que o vigiavam. Cruzou a avenida, desviando-se dos transeuntes que vinham em sentido contrário, olhando para trás, o que provocou alguns esbarrões. Ao atingir a calçada do lado oposto, Miguel se voltou. As pessoas passavam por ele sem vê-lo, entretidas com seu mundo interior.

No momento em que, encerrada a travessia dos pedestres, os carros se movimentaram, Miguel teve a impressão de que uma figura suspeita que passava do outro lado da avenida havia se esgueirado para dentro de uma loja. Um homem de boné sobre o cabelo grisalho, vestido com um casaco, apesar do calor que fazia.

Precisou esperar que o farol de pedestres reabrisse, o que demorou uma eternidade, ouvindo sem trégua um alarme soar dentro da cabeça. Assim que o semáforo deteve os carros, ele atravessou correndo a avenida. Entrou na loja, um atacadão de brinquedos apinhado de gente ansiosa e nem sempre bem-educada, e avançou com dificuldade para os fundos da loja, onde localizou o homem de boné. Estava na seção de carros em miniatura. O homem se virou ao ver Miguel se aproximar e sorriu com simpatia. Era apenas um avô provavelmente escolhendo um presente para seu neto favorito.

Isso não serviu para aliviá-lo. Nem para desligar o alarme que continuava soando no interior de sua cabeça. Cada vez mais alto.

A véspera do Natal de 1973, dia bem movimentado na biografia de Miguel, começou e terminou com ele num cemitério.

Tinha levantado cedo, com a intenção de providenciar as compras para a ceia que compartilharia com Nádia. Só os dois. Ia presenteá-la com uma gargantilha de prata, adquirida por um terço do valor real junto a um contrabandista ligado ao grupo. Foi um dia em que ele procurou a todo custo não lembrar que aquela seria uma das últimas vezes em que estariam juntos. Talvez a última. Evitou esse tipo de pensamento para não ficar de bode.

Não esperava ver mais ninguém naquele dia. Com a quadrilha em recesso, Ingo tinha ido ao Paraná passar o Natal com a família. Voltaria antes do Ano-Novo, a tempo de ser preso.

Miguel aproveitou a saída à rua para ir ao cemitério onde o pai, a mãe e sua irmã estavam enterrados, e depositou flores no jazigo. Constatou que muita gente reverenciava seus mortos nessa data. E, entre cruzes e imagens de anjos, houve espaço para sentir-se de novo perturbado pela impressão de que alguém o vigiava. Demorou-se no local mais do que o previsto, fingindo interesse nas esculturas dos mausoléus, dando chance para um eventual contato. Nada aconteceu. De qualquer forma, estava preparado: não dava mais um passo fora de casa sem o 38.

Existia gente levantando informações a seu respeito no submundo, a se dar crédito ao informante, que havia ligado pedindo um encontro com urgência. Disse que estava com medo e precisava de dinheiro para sair da cidade por uns tempos. Miguel achou que Sandro atravessava um de seus habituais delírios de paranoia, sem grana para as drogas.

Pouco depois, no mercado, circulava com o carrinho de compras pelo setor de bebidas, para escolher um vinho, quando viu Elvis se aproximar. E só o reconheceu porque era mesmo um excelente fisionomista — ele estava muito diferente.

De bermuda, tênis e camiseta, escondia os olhos de aço atrás de um ray-ban. Tinha pintado o cabelo de preto e, por causa da pele bronzeada, ficou parecendo um estrangeiro — um indonésio, talvez. Trazia no antebraço uma cesta com alguns produtos.

Tá me seguindo, Véio?

Eu moro aqui perto.

Era a primeira vez que se viam depois do encontro na gafieira. Apertaram-se as mãos, Miguel se incomodou de apertar a mão que tinha maltratado Nádia. Mais que isso, a mão de um mentiroso: de acordo com o mapeamento da quadrilha que havia elaborado, o endereço de Elvis (e Odete) era outro, num bairro operário na parte leste da cidade, bem distante de onde se encontravam. Era lá que a polícia iria bater no dia de sua captura.

O que aconteceu com seu cabelo?

Gostou? A Odete me convenceu a pintar. Senão, fico parecendo muito mais velho que ela.

Elvis observou os produtos que Miguel levava no carrinho. Azeite, batatas, um peru congelado, temperos, chocolates. Olhou para a prateleira de vinhos.

Quer ajuda? Morei quase um ano na Argentina. Posso dar uns palpites, se você quiser.

E antes que Miguel se manifestasse, Elvis colocou no chão a cesta de compras que carregava e passou a analisar os vinhos na prateleira. Escolheu uma das garrafas, sorriu para ela como alguém que tivesse encontrado um conhecido em outro país.

Este é um bom cabernet sauvignon. De Mendoza. Excelente custo-benefício.

Vendo que Miguel não se entusiasmava, Elvis restituiu a garrafa à prateleira e só faltou pedir desculpas ao vinho. Mas logo seu rosto se iluminou com outro.

Ah, é esse que eu estava procurando.

Miguel recebeu a garrafa e a examinou com ares de connoisseur. Elvis continuava se exibindo.

O preço é salgado, mas vale a pena. Sabe por quê?

Ele se acercou tanto que Miguel captou o perfume cítrico de sua loção pós-barba. Elvis falou em tom cúmplice:

É o favorito da Nádia.

Em seguida, rindo, acrescentou:

Las mujeres interesantes son caras.

Se o que Miguel sentiu naquele instante tivesse, de algum modo, contaminado o conteúdo da garrafa que segurava, teria levado vinagre para casa. Porém ele se conteve e deixou passar a provocação, mantendo fixo no rosto um sorriso que não mostrava os dentes. Ajeitou a garrafa junto aos outros produtos no carrinho e agradeceu pela consultoria. Quantos dias mais de liberdade restavam a Elvis? Dois? Três, no máximo quatro. Era o mesmo que olhar para um doente desenganado.

Tá trabalhando, Miguel? Ou também tirou férias?

Fazendo um biscate aqui, outro ali. Nada sério.

Sei. E toparia o convite pra participar de um lance?

Depende. Que tipo de lance?

Elvis era menor que Miguel, e sua camiseta justa permitia ver que ele dava bastante atenção aos músculos. Vestido daquele jeito e com um relógio caro no pulso, jamais alguém diria que se tratava de um ladrão. O agressor de Nádia tinha se refinado: agora entendia de vinhos, fazia limpeza de pele e andava preocupado com o grisalho do cabelo.

Coisa pequena, Miguel, só pra movimentar um pouco o pessoal e defender uns trocados enquanto tá tudo parado.

Quem mais está nessa com você?

Ah, uns camaradas meus, você não conhece.

O Ingo tá sabendo?

A pergunta trouxe desconforto para Elvis. Ele tirou os óculos escuros, prendeu-os pela haste no decote da camiseta e encarou Miguel.

O Ingo não precisa saber de tudo que acontece, você não concorda?

Miguel se lembrou das aulas de boxe com Dirceu Sai da Frente: se estivesse num ringue, seria o momento de alterar a postura, até então defensiva, e partir para um contra-ataque com alguma agressividade.

Não sei se concordo, não. Pra ser sincero, acho que ele não vai gostar de saber.

O adversário acusou o golpe. Trocou a base de apoio do corpo, ficando meio de lado. Era canhoto, Miguel registrou.

Não vejo nenhuma razão pra contar pra ele. Você vê?

Desculpe, Véio, mas discordo de novo. Vocês não estão usando o armamento da quadrilha?

E daí? Tenho que pagar aluguel?

Já pensou se acontece de novo alguma coisa com as armas?

Causou o efeito de um direto bem aplicado. Num ringue, Elvis teria buscado a proteção de um clinch para não cair. Ele respirou fundo e estufou o peito, os mamilos apareceram em relevo no tecido da camiseta. Miguel percebeu que ele havia cerrado o punho esquerdo.

Um cliente fez menção de parar no setor dos vinhos, mas mudou de ideia e seguiu em frente com seu carrinho, ao captar o clima de explosão iminente entre os dois homens. Mais que boxeadores, eram dois galos de briga retesados para o confronto. Faltava apenas uma chispa. E ela surgiu nos lábios de Elvis.

Foi a Nádia, né? A vagabunda contou essa história pra você, não foi?

Esteve à beira de acontecer, faltou muito pouco. Miguel também chegou a fechar a mão. Pela envergadura, poderia atingir Elvis sem sair do lugar, quase de cima para baixo. Por sua posição, o outro teria de dar um passo à frente, o que o colocaria no raio de ação para golpes mais curtos, talvez um *upper*, Miguel calculou. Foi o instante de maior tensão entre os dois. Dava para ouvir os vinhos envelhecendo na prateleira.

E subitamente se dissolveu.

Do nada, Elvis relaxou, baixou os ombros, soltou o ar acumulado para o arranque. Pelo sim, pelo não, Miguel se manteve atento, calculando se o outro estava armado. Elvis parecia ter desistido do approach belicoso, mas apenas havia optado por outra estratégia.

Me diga uma coisa, a Nádia ainda grita na cama?

Miguel achou aquilo divertido. Era uma boa provocação, teve de admitir, não esperava uma coisa dessas de um cara como Elvis. O outro o queria fora de controle, porém ele jamais entraria naquele jogo. Elvis esticou mais a corda:

Quer dizer, no meu tempo, eu fazia ela gritar. Não sei se você consegue...

Elvis também subestimava o nível do adversário, que retrucou em cima:

Ela só gritaria se eu batesse nela.

O esgar cínico sumiu do rosto de Elvis. Deu a impressão de que seu belo bronzeado mudou para um tom cinzento, meio desbotado. Talvez fosse sua maneira de ruborizar.

Ele ainda ficou encarando Miguel por alguns segundos, como se estivesse buscando ideias para prosseguir com o confronto. Por fim recolocou o ray-ban.

Fique sabendo que eu tô de olho em você.

Depois de dizer isso, bateu em retirada. Tão puto da vida que, além de Miguel em estado de triunfo, deixou para trás o cesto com as compras que havia colocado no chão.

Elvis vigiava Miguel já fazia algumas semanas. Cismou que existia algo obscuro na figura e na conduta do novo integrante do bando e decidiu apurar. Precisava apenas desconfiar com cautela: o homem era apadrinhado por Ingo e, como se não bastasse, estava transando com a irmã dele. Natural que virasse o queridinho do chefe.

Com Moraes fora do esquema, Elvis não conseguiu evitar de, por semanas a fio, viver a ardente espera de que Ingo o devolvesse ao posto que lhe cabia no bando. Foi frustrante se dar conta de que fora preterido. De nada adiantara ter cometido a baixeza de denunciar Moraes aos órgãos de repressão; agora arcava com um remorso que pesava toneladas.

Devastado talvez pela ressaca moral, ele caiu num estado de prostração depressiva. Perdeu a iniciativa e as vontades por completo. Desperdiçava seu tempo deitado no sofá da sala, sem energia para nada, desde que se levantava da cama até o anoitecer. Descuidou da parte física, engordou, chegou a negligenciar a higiene — logo ele —, parou de fazer a barba e ficou sem tomar banho. Duas substâncias aqueciam em fogo lento em seu coração cruel — ressentimento e desejo de reparação.

A ideia partiu de Odete, que não tolerava mais vê-lo naquela apatia — ele não a procurava na cama fazia mais de um mês.

Levanta daí, Véio. Já deu, você precisa fazer alguma coisa.

Elvis sentou no sofá. Eram quase seis da tarde, Odete havia acabado de chegar de mais um dia de trabalho no salão, e ele a recebia ainda com a blusa do pijama.

O que eu posso fazer, Odete?

Sei lá. Você tem que reagir.

A reação dele foi puxá-la para junto de si e enlaçá-la pela cintura. Beirava as lágrimas de tão vulnerável. Odete afagou-lhe o cabelo desalinhado — e necessitado de um bom xampu. Ela conhecia com detalhes o drama vivido por Elvis.

Por que você não levanta a ficha do bonitão?

Do Miguel?

É esse o nome do grandão que tá comendo a tua ex?

Doeu ouvir aquilo. Mesmo depois de tantos anos, às vezes Nádia ainda surgia como um assunto mal resolvido na cabeça de Elvis. Em boa parte, nostalgia dos momentos que passaram juntos. A verdade é que ele não a esquecera por completo e, meio conformado, vivia com a impressão de que nunca esqueceria. Não era tarefa fácil perder uma mulher como ela, dizia, desculpando a si mesmo. Do prontuário sentimental de Nádia, constavam um que tinha entrado para uma seita mística no Peru depois que romperam e outro que havia se perdido na bebida e acabou indo morar na rua.

Pesquise a vida dele, Odete recomendou. Todo mundo esconde alguma coisa no passado. Tem sempre algum podre.

A ideia teve o poder de injetar uma dose instantânea de ânimo em Elvis. Ele puxou a mulher pelo quadril, fazendo-a sentar-se em seus joelhos. Era uma das qualidades que mais apreciava em Odete: seu invencível senso prático. Quando tudo se apresentava nebuloso, ela vinha com alguma proposta objetiva, em geral mostrando alguma coisa bem debaixo do nariz de todo mundo que ninguém tinha enxergado. Ele se felicitava por tê-la perdoado no episódio das armas perdidas, até porque Odete foi a única pessoa a ir visitá-lo na cadeia durante todo o cumprimento da pena. Elvis a beijou enquanto acariciava seus peitos miúdos; enfiou a mão por baixo da minissaia e descobriu a umidade com que ela o esperava. Então levantou do sofá, a carregou no colo para o quarto, a jogou sobre o colchão de água — tinham comprado um no dia em que voltaram a morar juntos — e arrancou a roupa dela com a falta de modos que sabia que ela adorava. E passou a meia hora seguinte de joelhos, agradecendo a Odete pela ideia que podia virar o jogo a seu favor.

Na manhã seguinte, Elvis já começou a investigar a vida de Miguel. De saída, descobriu seu endereço sem enfrentar grandes problemas: bastou seguir o Gordini de Nádia um par de vezes até que, numa noite de sexta, chegou ao sobrado numa rua tranquila de bairro. Era ali o ninho onde os pombinhos arrulhavam.

Elvis estacionou debaixo de uma figueira imensa, a uns trezentos metros da casa, um ponto estratégico, de onde podia acompanhar a movimentação sem levantar suspeitas. Comprou um binóculo, outra dica útil de Odete, e adotou precauções extras, igualmente sugeridas por ela — aquela mulher valia ouro também fora da cama. Na campana, estava usando o carro dela, um Chevette, que ninguém no bando conhecia. E uma tarde ele foi ao salão depois do expediente e deixou que ela pintasse seu cabelo numa cor que ele nunca tivera, um preto-carvão. Na mocidade, antes de surgir o grisalho precoce que se tornou a característica física preferencial de quem se referia a ele, seu cabelo era castanho-claro. Ficou irreconhecível com a nova tintura, o que era perfeito para a finalidade.

Elvis investiu muito tempo nesse verdadeiro exercício de paciência que foi espionar Miguel. De seu posto de observação sob a figueira, testemunhou diversas ocorrências no sobradinho. Nem todas o agradaram, e a maioria o deixou ou irritado, ou ansioso, ou intrigado. Ou as três coisas juntas.

Constatou que Ingo visitava Miguel com uma frequência esclarecedora de que o sucessor de Moraes havia sido escolhido, e não era ele, com seu cabelo cor da asa da graúna, como na canção popular. Ingo e Miguel costumavam se reunir num boteco perto da rodoviária, um lugar apertado nada promissor. Mas Elvis pagaria a conta com enorme satisfação se pudesse ouvir o que conversavam. Também não era incomum ficarem trancados dentro do sobrado, como dois conspiradores.

Elvis presenciou Nádia entrar e sair da casa um sem-número de ocasiões, a qualquer dia da semana, em horários variados e imprevisíveis. Podia chegar logo de manhã ou no meio de uma tarde, e permanecer lá apenas uma ou duas horas, pouco mais que isso ou até pernoitar. Um fato que Elvis foi obrigado a admitir, com base nas muitas vezes em que a viu ali, é que, tanto ao chegar — alinhada, de banho recém-tomado, com um caminhar bamboleante — quanto ao partir — despenteada, algo desarrumada e ainda bamboleante —, Nádia parecia leve e feliz de um jeito que nunca tinha sido a seu lado.

Difícil apontar o que lhe doía mais.

Sim, houve ocasiões em que Elvis considerou, com bastante seriedade, pegar a pistola no porta-luvas do carro, invadir a casa e encher de bala quem encontrasse pela frente. O que o impediu? A curiosidade pelo que ele sentia existir de obscuro em Miguel, um mistério que cabia a ele desvendar se quisesse recuperar seu prestígio e seu posto na hierarquia da quadrilha.

A maior parte do tempo, ele permanecia inerte no banco reclinado do Chevette estacionado debaixo da árvore majestosa, ouvindo música e notícias no rádio. Sabia tudo que estava acontecendo no país e no mundo — ao menos as informações autorizadas a circular. Ao voltar para casa à noite, comentava com Odete os fatos importantes do dia e as maiores banalidades. Ela brincava, dizendo que ele podia se candidatar ao cargo de sujeito mais bem informado do Brasil. Devia estar na televisão.

Com exceção de Nádia e Ingo, Miguel recebia raríssimas visitas. E também quase não saía de casa. Sua vida social era inexistente, de acordo com o que Elvis apurou. Melhor sorte teve quando o seguiu em duas ocasiões em que ele se dignou a tirar o fusca da garagem. Elvis chegou a ponderar se não seria melhor, em vez de ir atrás dele, aproveitar para entrar no sobrado. Mas então se lembrou da cachorra. Tinha visto Miguel sair à rua com ela, uma vira-lata de aparência dócil, mas que poderia latir e fazer barulho, e denunciá-lo aos vizinhos.

Na primeira vez em que o seguiu, Miguel levou Elvis a um

edifício situado num bairro de classe média no extremo oposto da cidade. Viu-o entrar com o fusca direto na garagem do prédio, sem se anunciar, e ali permanecer por horas. Estacionado nas proximidades, Elvis teceu conjecturas sobre quem Miguel visitava no local. Fantasiou que ali morava a mãe dele, recebendo a visita semanal do filho. Jamais descobriu que o apartamento era a verdadeira residência de Miguel.

Elvis mantinha Odete diariamente atualizada sobre os passos de sua investigação, que ela ouvia como se fosse uma novela policial. Lógico que não ignorava que seu homem ainda arrastava um bonde pela ex. Portanto, se pudesse ajudar a infligir sofrimento e contrariedade à loira azeda, melhor. Esse era seu intuito. Sagaz, elogiava o empenho de Elvis, incentivando-o a prosseguir e dando palpites na investigação. Sem sua ajuda, ele não teria avançado.

Em outra ocasião, numa tarde ranzinza, nublada, Elvis cochilava no carro quando despertou no exato instante em que Miguel manobrava o fusca depois de tirá-lo da garagem. Elvis o acompanhou pelas ruas da cidade por mais de uma hora. Maltratado por uma cólica intestinal que o obrigara a usar o banheiro da padaria nas imediações do sobrado, a certa altura ele pensou em desistir e voltar para casa. Um impulso inexplicável, talvez artes do instinto, o fez persistir, e ele acabou recompensado por isso.

Miguel havia saído para sua visita periódica à casa do pai, no Boa Vontade. Enfim resolvera colocar à venda o imóvel, que se encontrava fechado desde a morte do velho. Era uma espécie de resolução de ano-novo.

Estacionado a uma distância segura, Elvis observou a cena através do binóculo. Viu Miguel abrir o cadeado de um portão alto e desaparecer no interior de uma das casas de uma ladeira estreita que desembocava, metros adiante, numa praça arborizada. Um subúrbio pacato da metrópole, cada vez mais raro. Sentadas no meio-fio, duas meninas brincavam com suas bonecas em frente à casa vizinha.

Elvis sintonizou o rádio num boletim de notícias, reclinou o banco do Chevette, cruzou os braços atrás da cabeça e se preparou para a espera. Uma pesquisa mostrava que, até o final daquele ano, os acidentes de trânsito iriam matar pelo menos onze mil brasileiros. No meio político, especulava-se o regresso ao país de um ex-presidente deposto, encerrando um exílio de quase uma década. Uma frente fria vinda da Argentina provocaria chuvas e a queda de temperatura nos próximos dias. Em algum momento, Elvis deixou de prestar atenção ao noticiário, absorvido pelo enigma ao redor do homem que investigava. A verdade é que, a despeito do enorme esforço despendido, não havia apurado quase nada. Miguel permanecia em estado de mistério.

Em contato com seus chegados do submundo, Elvis descobriu que nenhum deles conhecia Miguel nem tinha ideia de quem o conhecesse. A biografia dele começava num salão de bilhar do centro velho, onde Elvis encontrou gente que se lembrou de Miguel: ele tinha aparecido lá uma noite e se enturmado com os frequentadores. Antes desse registro, ele não existia. Um homem sem antecedentes. Uma coisa dessa não entrava na cabeça de Elvis.

No meio de sua averiguação, surgiu o nome de Sandro, um palhaço de roupas coloridas que circulava pelos antros, irmão de uma artista da TV. Um "orelha" que conhecia todo mundo e sempre sabia de tudo que estava acontecendo ou por acontecer. Um drogadito que devia dinheiro para meio mundo. Haviam se esbarrado em duas oportunidades e, na terceira, o cabeludo já lhe pediu algum emprestado. Elvis não confiava nele. Escutou, de mais de uma fonte, que Sandro e Miguel eram chegados.

Miguel reapareceu na frente da casa, Elvis endireitou o

banco e pegou o binóculo. Seu próximo passo seria adquirir uma boa câmera fotográfica, com um zoom potente. Pretendia fotografar seu alvo e mostrar a foto dele em suas andanças pelo bas-fond. Miguel regava o jardim com uma mangueira; as meninas que brincavam na calçada se aproximaram da grade para conversar com ele. Elvis ajustou a lente do binóculo no alcance máximo, colocou as duas em foco e se espantou: uma delas era bem mais velha, uma mulher adulta já, com cara de abobada e trejeitos de criança.

Mais um tempo de espera e Elvis viu Miguel deixar a casa, voltando a trancar o cadeado do portão. Despediu-se das meninas, que tinham retomado a brincadeira com as bonecas na calçada, entrou no fusca e se foi. Elvis pensou em partir de imediato em seu encalço, porém o instinto o mandou fazer outra coisa. E ele obedeceu. Guardou o binóculo no porta-luvas, fechou o Chevette e caminhou em direção à casa. A tarde seguia carrancuda e um vento morno anunciava uma chuva noturna.

Vista de fora, dava pinta de desabitada — o jardim malcuidado, a frente coberta de folhas mortas da árvore da calçada. Na garagem, um Corcel marrom se deteriorava, vestido com uma lona amarela. Elvis apertou a campainha, um toque longo, apenas para constar, e percebeu o interesse que despertou na mulher que brincava com a menina. Mãe e filha, deduziu.

Quem mora nessa casa?, ele perguntou à mulher.

Ela se levantou e se aproximou com a mão estendida e um esgar que fazia as vezes de um sorriso no rosto redondo.

Me dá um cigarro?

Eu não fumo, Elvis disse. Você sabe se mora alguém nessa casa?

O velho.

Que velho?

Os olhões verdes reviraram em resposta. Elvis notou um

homem parado no portão da casa vizinha. De short e camiseta sem mangas, parecia um italianão mais velho, e ainda em forma, como mostravam seus ombros largos, cobertos de pelos grisalhos, e os músculos salientes.

Amélia, pra dentro!, ele disse, apontando para um corredor lateral na frente da casa. Você também, ordenou à menina.

Sem reclamar, Amélia foi para junto da criança e a ajudou a recolher as bonecas. Depois as duas sumiram pelo corredor.

Boa tarde. Estou procurando uma casa pra comprar no bairro, Elvis improvisou. Você sabe se estão vendendo essa daqui?

Só sei que está fechada desde que o velho morreu.

E com quem eu poderia falar, você tem ideia?

O homem saiu à rua e se aproximou do portão para espiar o interior da casa.

O filho aparece de vez em quando. É com ele que você tem que conversar.

Elvis percebeu que estava sendo avaliado com interesse. Com interesse e desconfiança. O homem tentava adivinhar que classe de gente poderia ter como vizinho em um futuro próximo. Como não foi muito com a fachada de Elvis, disse, de maneira inopinada:

Mataram o velho aí dentro...

Não diga. O morador? Faz tempo?

Faz um ano, um ano e meio...

O homem modulou a fala para um tom de lamento:

Judiaram dele com um ferro elétrico. Queimaram os dois pés dele, você pode imaginar?

Por que fizeram isso com o coitado?

Ninguém sabe direito. Uns falam que foi vingança: o velho tinha matado dois moleques ali na praça. Ele era delegado. Aposentado.

Uma vertigem atingiu Elvis. Ele estremeceu. E por alguns

segundos perdeu a sintonia com a fala do homem. O que significava aquilo? Sentiu-se confuso. Atordoado. O outro se deu conta, supôs que fosse efeito da narrativa:

O que foi? Tá tudo bem?

Elvis disse que estava tudo bem e que voltaria outra hora. Afastou-se de repente, deixando o homem plantado na calçada, sem entender o que tinha acontecido.

Elvis voltou para o carro e pegou o caminho de sua casa, sentindo-se febril. Pressentia que estava no limiar de uma grande descoberta, embora ainda nublada pela falta de peças que o ajudassem a compreender o que tinha apurado.

Para sua decepção, Odete não viu nada de estranho na possibilidade de o pai de Miguel ter sido um policial. Ela conhecia diversas histórias em que filhos de autoridades acabaram enveredando pelo crime pelos mais variados motivos.

O seu próprio caso, Véio. Você não era polícia? E não virou ladrão?

Àquela altura da vida deles, a franqueza de Odete não o chocava mais, estava acostumado.

É diferente, Dedé — ele a chamava desse jeito quando as coisas estavam boas entre os dois.

Por acaso, bem naquele dia Odete dispunha de um exemplo para comprovar sua tese. Ela pegou o jornal em cima da mesa e revirou as páginas até encontrar o que procurava. Exibiu a reportagem para Elvis.

Olha aí: menino de boa família.

Sandro, o "orelha" que ele conhecia, estava desaparecido fazia mais de uma semana. O jornal abria espaço para Kaká Karamelo, a irmã famosa, lançar um apelo desesperado por informações sobre seu paradeiro. A matéria mencionava as ligações de Sandro com o submundo do crime e terminava indagando que necessidade tinha um rapaz bem-nascido de se envolver com aquele tipo de ambiente.

Até o momento, um pouco por conta de sua timidez, o adolescente Leandro se manteve à parte. Era filho de um grande amigo de Ingo que se achava recolhido a um presídio federal. A pedido do pai, ele dava abrigo ao rapaz em seu apartamento fazia uns meses. O baianinho, como se referia afetuosamente a Leandro.

O lado família de Ingo falou de maneira direta com as carências e necessidades do adolescente. A mãe dele era uma garota de programa que havia se matado ingerindo veneno de rato — ele tinha cinco anos na época. A partir daí, cresceu em diversas casas na periferia de Salvador, ora com aparentados distantes, ora com completos estranhos, de favor, vendo muito de vez em quando o pai, famoso assaltante de bancos que vivia fugindo da polícia.

O caloroso Ingo virou um paizão para Leandro. E o arranjo funcionou bem para os dois lados, já que, distante de casa a maior parte do ano, Ingo sentia muita falta dos filhos.

Como ocorre com alguma frequência, contra todas as adversidades, floresceu em Leandro um espírito refinado, com notável tendência para a música, em especial a prática do violão. Era um talento nato. Passava o dia no quarto tocando de ouvido num velho Giannini as canções que escutava no rádio. Tinha acabado de completar dezesseis anos, mas aparentava menos.

Percebendo aquilo, Ingo preferiu não envolvê-lo em qualquer atividade ilegal, ainda que a expectativa do pai ao encaminhá-lo tenha sido essa. E, num gesto generoso, Ingo resolveu bancar os estudos do garoto e o matriculou numa escola de música.

Vencida a timidez inicial, Leandro desabrochou: revelou-se

um rapaz brincalhão, sempre com uma observação irônica ou engraçada a respeito de tudo a seu redor. Fazia um sucesso incrível com as meninas — o telefone do apartamento não parava de tocar e quase nunca a ligação era para Ingo.

Leandro demonstrava por ele um respeito maior do que o destinado ao pai biológico, que, a rigor, nunca chegou a conhecer direito. E emocionou Ingo com um comentário:

Não tenho condição de pagar por tudo que você tá fazendo agora. Mas, no futuro, eu prometo, vou retribuir.

O mais curioso é que esse futuro não demorou para chegar e, no momento crucial, Leandro achou uma forma de cumprir sua promessa.

Após o encontro com Elvis no mercado, na véspera do Natal, Miguel voltou para casa e ocupou sua tarde na cozinha, cuidando da comida para a ceia. Descongelou o peru e pôs para assar, enquanto preparava os outros pratos do cardápio daquela noite. Nada muito sofisticado: farofa, maionese e arroz. Nádia ficara encarregada de trazer a sobremesa; ela havia se comprometido a passar antes em duas festas, na casa de amigas, e só chegaria à meia-noite.

Ainda que não fosse um exímio cozinheiro, Miguel fazia um esforço e o resultado costumava agradar. Ele baixou o fogo do arroz e sentou-se à mesa da cozinha para esperar, bebericando uma cerveja. Pegou a garrafa de vinho que iriam tomar e leu as informações do rótulo. O favorito de Nádia era importado da França e custava cinco vezes o preço de um vinho nacional.

O telefone tocou de novo na sala. Tocara com insistência ao longo da tarde, mas Miguel, entretido com os afazeres culinários, não deu bola. Resolveu, enfim, atender e atravessou o corredor para isso.

Do outro lado da linha falava Wilson, o assessor de Kaká Karamelo, com a voz embargada e uma notícia que não poderia soar pior numa data como aquela: tinham encontrado o corpo de Sandro numa pedreira abandonada, no extremo sul da cidade, já em decomposição. O velório seria a partir das cinco da tarde, Wilson informou, e Kaká pedia, em nome da amizade, que ele comparecesse.

Sem alternativa, Miguel apressou os preparativos da ceia, deixou a mesa arrumada com uma toalha nova e velas, e foi tomar banho. Às sete em ponto, vencido com impaciência um trânsito complicado, típico de fim de ano, chegou ao velório no cemitério. O tumulto que o esperava era enorme.

Seguranças controlavam o acesso à sala onde Sandro era velado, mantendo do lado de fora um amontoado de pessoas, entre elas fotógrafos, repórteres, curiosos e uma horda ruidosa de fãs da irmã do morto. Parentes e amigos da família precisavam se identificar antes de ser autorizados a entrar. Miguel aguardou numa fila confusa e numerosa, espremido por um grupo de adolescentes que, impedidas de passar, berravam ensandecidas, todas com fotos de Kaká Karamelo nas mãos. A apresentadora vivia o ápice de sua popularidade, e mesmo alguém alienado como Miguel, pouco afeito às coisas da televisão, não ignorava o fenômeno. Kaká havia acabado de recusar a oferta milionária de uma revista masculina para posar nua. Ele achou divertido imaginar quanto não valeria a foto que tinha em seu poder, ainda por cima autografada.

Aquela imagem, aliás, rendera assunto entre ele e Nádia.

Ela decidiu que o sobrado precisava de uma faxina geral e, num fim de semana, apareceu logo cedo acompanhada por um trio de faxineiras, as quais comandou com mão de ferro, cômodo por cômodo, numa rigorosa operação de limpeza. Miguel mal tinha sido consultado, mas recebeu bem a novidade — a casa necessitava mesmo de atenção. Ele resolveu entrar no espírito e aproveitou para dar um banho em Bibi. Estava no quintal, enxugando a cachorra na área de serviço, quando viu Nádia sair pela porta da cozinha com a foto de Kaká Karamelo vestida de normalista. Negligente, Miguel nem se lembrava direito onde havia deixado o envelope com a foto.

O que é isto, Miguel? Coleção privê? É aquela menina da televisão, não é?

Ele confirmou.

Fiz um favor pra ela e ganhei de presente.

Que favor? Tirou o cabaço dela?

É uma história comprida...

Quantos anos essa menina tem aqui? Doze?

Não sei, acho que uns quinze.

Tá com jeito de pornografia infantil. Não dá cadeia?

É uma foto artística, Nádia.

Ela olhou para a imagem e depois nos olhos dele.

Você comeu essa menina?

O pior é que não.

Nádia removeu por um instante a faixa que levava na cabeça e agitou o cabelo antes de recolocá-la. Ao fazer esse movimento, desvelou, infelizmente por poucos segundos, na opinião de Miguel, as axilas que ele tanto cobiçava. Ela dizia que não era de sentir ciúme. Mas sentia. Já viu alguma mulher admitir que é ciumenta? A própria Nádia falava isso, ele se lembrou. O verde do olho estava diferente, mais acentuado. Significava, ele aprendera na convivência com ela, alteração do estado emocional e da disposição física da dona daqueles olhos. O que poderia resultar daquilo? Impossível prever.

No caso, ele não teve que esperar muito para descobrir. À noite, ao entrar no quarto, entendeu a razão da saidinha de Nádia à tarde, assim que as faxineiras terminaram a limpeza no sobrado e foram embora. Ela se dera ao trabalho de ir a uma loja de fantasias no centro da cidade, e o esperava no quarto vestida de normalista. Tinha recriado, nos mínimos detalhes, a pose de Karina na foto: maria-chiquinha no cabelo, sentada ao contrário numa cadeira, uniforme de normalista, sapato e meia, e pernas escancaradas. A única diferença em relação à imagem original é que Nádia não estava usando calcinha.

Depois de permanecer mais de meia hora na fila, Miguel foi autorizado a passar à sala do velório de Sandro. Embora não fosse alguém famoso, os fotógrafos se garantiram batendo várias chapas dele, enquanto os seguranças lhe davam passagem. No interior da sala, mais tumulto, porém de outra natureza: amparada pelo marido e por duas mulheres, a mãe de Sandro implorava que abrissem o caixão, para que visse o filho pela última vez — a urna de zinco com o corpo do informante estava lacrada.

Sobre o caixão, uma foto emoldurada de Sandro, da época em que se conheceram na escola de teatro: o informante sorridente, de cabelo mais curto e já com os óculos fundo de garrafa.

Miguel ficou imaginando que Natal de merda iria passar aquela família. Procurou ao redor, mas não avistou Karina. Nesse movimento, percebeu que todos o olhavam com curiosidade e que, a rigor, não conhecia ninguém ali. Antes que seu incômodo aumentasse, Wilson materializou-se a seu lado.

A Karina quer te ver.

Ele conduziu Miguel a uma sala privada, nos fundos do velório, onde a apresentadora se abrigava em companhia de integrantes de sua equipe — rapazes e moças, jovens, cabeludos, coloridos, alguns de sexo indefinido. Sentada a uma mesa, Karina falava ao telefone e tomava notas num bloco quando ele entrou, e fez sinal para que aguardasse. Wilson providenciou uma cadeira, Miguel recusou, preferindo permanecer em pé. Também recusou água, café e refrigerante. Pela porta entreaberta de um banheiro, vinha o cheiro inconfundível de maconha. A maioria daqueles jovens ignorava que ele era um policial.

Karina encerrou a ligação e, depois de passar algumas instruções de trabalho a Wilson, olhou para Miguel e seu rosto sofreu uma transformação. Ela desabou e o agarrou num abraço apertado e trêmulo. Soluçava.

Viu que maldade fizeram com meu irmãozinho?

Depois de algum tempo abraçados, em que ele pôde desfrutar do aroma adocicado de xampu infantil no cabelo dela, sentaram-se lado a lado num sofá. Wilson trouxe uma caixa de lenços para Karina, mas ela não quis. Vestida de preto dos pés à cabeça e sem maquiagem, com os olhos vermelhos e inchados, parecia uma mulher adulta, a cuja beleza o sofrimento houvesse atribuído um toque trágico. Tinha envelhecido alguns meses naquele dia.

O Sandro me contou que vocês fizeram teatro juntos.

É, teve isso, Miguel admitiu. Vidas passadas.

Ele gostava muito de você.

Eu sei.

Ele só não podia dizer que a recíproca era verdadeira, seria canalhice de sua parte. Estimava o informante, cultivava-o, chegou até a lhe dar algum dinheiro, se interessava pela sorte dele — enquanto fosse útil. Se morria um, arranjava outro.

Apesar de tudo, meu irmão sempre me protegeu. Agora, quem vai cuidar de mim?

Você está bem assessorada, Miguel disse, indicando os integrantes da entourage dela na sala.

Não é disso que eu estou falando…

Ela voltou a chorar, apoiando o rosto no ombro dele, e as lágrimas molharam seu casaco. Desta vez Karina aceitou a caixa de lenços, que usou para enxugar os olhos e assoar o nariz. Sua voz saiu fanhosa:

Eu quero achar quem fez isso com o Sandro. Você pode me ajudar?

A polícia já não está investigando? Deixa eles cuidarem disso.

A polícia... Um investigador me falou que o Sandro era meio bandido e que eles não iam perder um minuto com essa história.

Karina segurava as mãos de Miguel e falava tão próximo de seu rosto que ele sentiu o hálito dela. Não tinha cheiro. Igual sorvete.

Esse investigador me pediu dinheiro para procurar o assassino, você acredita? Uma bolada. Acho que, por causa da televisão, todo mundo pensa que eu sou milionária...

Se quiser, você pode denunciar esse investigador, Karina.

Não, melhor não. O que eu quero é encontrar quem matou meu irmão. É gente ruim, mutilou o Sandro...

As mãos dela apertaram as dele.

E ainda mandou me entregar um pedaço do meu irmão numa caixa de sapato.

Eu não sabia disso.

Me diz: que tipo de pessoa é capaz de fazer uma maldade dessas com outra? Você vai me ajudar, não vai?

A verdade é que Miguel estava prestes a sair de cena por um período que não seria curto e que até poderia se tornar bem prolongado, dependendo dos resultados da megaoperação que se aproximava.

Não sei se vou poder, Karina. Me desculpe.

Por favor.

É que eu estou num momento complicado...

Eu te dou qualquer coisa que você quiser.

Ela estudou no rosto dele o efeito da frase, ainda apertando suas mãos. E de novo, a exemplo do que havia acontecido durante o primeiro encontro deles no café, Miguel teve a sensação de que emanava dela e o percorria, feito uma corrente elétrica, uma energia de natureza sexual. Apesar da circunstância e do local inapropriados, o impulso animal se impôs e ele sentiu o começo de uma ereção. Karina percebeu que o perturbara.

Meu irmão sempre me disse que eu poderia confiar em você.

Miguel refreou a vontade de contar que uma vez tinha sonhado com ela. Um sonho casto. Estavam saindo de uma cidade estrangeira a bordo de um conversível. Ele dirigia. Uma mulher mais jovem ia a seu lado, de lenço no cabelo e óculos escuros enormes, como uma daquelas divas da era de ouro do cinema italiano que na época ele andava vendo em um cineclube. No meio do sonho, daquele jeito mágico dos sonhos, ele sabia que a mulher era a irmã de seu informante.

O Sandro sabia que alguma coisa ia acontecer, ele disse. E não era coisa boa.

Karina contou que na última vez em que esteve com o irmão, um encontro solicitado por ele, como sempre para pedir dinheiro, achou que Sandro atravessava um surto agudo de paranoia, dizia que tinha gente perseguindo-o.

Ele não conseguia ficar longe da droga, vivia chapado, ela comentou. Meu pai queria internar o Sandro numa clínica. Ele estava surtando, imagina que me disse que o rei do rock estava atrás dele.

A informação desceu sobre Miguel com todo poder e clareza. Fazia sentido. Bastante sentido. Sentido até demais. Ele olhou para o rosto inchado de Karina.

Vou ver se consigo descobrir alguma coisa. Mas não prometo nada, o.k.?

Tenho certeza que você vai conseguir.

Miguel se levantou do sofá e, como não largava as mãos dele, Karina também teve de se erguer.

Me diga uma coisa, ele perguntou. Se eu encontrar o cara que fez isso com Sandro, o que você espera que eu faça?

Karina sorriu. Um sorriso que, para ele, inaugurava uma faceta que não conhecia nela. Um sorriso envenenado.

Encontre ele primeiro. Depois a gente conversa.

E deu um beijo rápido nos lábios de Miguel, tão rápido que, a rigor, ele nem poderia classificá-lo como um beijo de verdade, se resolvesse listar as melhores ocasiões em que foi beijado na vida. No entanto provocou nele um resultado muito mais efetivo do que alguns dos primeiros colocados de sua hipotética lista. A ereção se consolidou. E na certa foi percebida por Karina quando ela juntou seu corpo ao dele no abraço com que se despediram.

Vamos sair qualquer dia, ela disse. Não suma.

Só ao deixar o local do velório e receber no rosto uma lufada do ar sadio da noite, Miguel se deu conta do quanto o ambiente lá dentro estava abafado. Na entrada, o assédio de pessoas havia diminuído, restando apenas alguns curiosos e fotógrafos. Miguel avistou o investigador Oberdã parado na calçada, observando distraído o movimento dos carros que passavam na avenida. Os dois se cumprimentaram. De novo Oberdã o surpreendeu com um abraço inesperado e com tapas efusivos em suas costas, como se estivesse lhe dando pêsames.

O moleque era seu xis nove também?

Não, Miguel mentiu, sou amigo da irmã dele.

Sei, sei. A menina da TV.

É.

Oberdã sorriu cheio de malícia.

Com todo o respeito, que belo piço, hein?

O investigador estava de gorro e colete da polícia e com a arma à mostra na cintura. A viatura podia ser vista a poucos metros da entrada do velório, estacionada com duas das rodas sobre a calçada. Miguel não disse nada.

O que foi? Vai me dizer que você não vê o programa dela? Porra, a menina aparece quase pelada, você quer o quê?

Miguel estava se perguntando se não teria sido Oberdã quem tentara extorquir Karina. Não seria nenhuma novidade. Nisso, o investigador se lembrou de alguma coisa que o fez rir.

Toda manhã, eu ligo a televisão do distrito no programa da Kaká. A delegada, aquela coroa loira que você conheceu, quer morrer… Ahaha.

Vocês estão nesse caso do Sandro?

Não, é o pessoal do décimo nono, conhece? Só estou aqui porque ele era meu informante.

Oberdã tirou um cigarro do maço e ficou batendo com ele na caixa de fósforos. Disse:

O Sandro era boa gente, mas tinha um defeito grave: falava demais. E devia dinheiro pra traficante.

O que você acha que aconteceu?

Você não soube? Cortaram a língua dele e mandaram pra família. Tire suas conclusões.

Depois de consultar o belo relógio que levava no pulso, Oberdã recolocou o cigarro no maço.

Tô tentando parar de fumar diminuindo o número de cigarros. E ainda faltam uns minutos pro próximo.

Ele deu um sorriso triste.

Estou com enfisema.

Miguel estendeu a mão para se despedir. Já eram quase dez da noite e ele queria estar em casa na hora em que Nádia chegasse. Oberdã comentou:

Soube que mataram o cara que torturou seu pai…

Vi no jornal. Esquadrão, né?

Oberdã não fez questão de ocultar que quase exultava de prazer.

Eles estão fazendo a parte deles.

Para evitar aborrecimentos, Miguel encerrou a conversa e já estava se afastando quando escutou Oberdã gritar.

Ei. Espera aí.

O investigador se aproximou correndo.

Ia me esquecendo. Feliz Natal.

E deu outro abraço caloroso em Miguel, a quem só restou dizer:

Pra você também.

7.

Quando Miguel entrou no quarto, Nádia o esperava estendida na cama, molhando de saliva os dedos e manipulando os mamilos, vestida apenas com uma calcinha preta, que afastou para receber ali, na junção das coxas, os beijos dele, que começaram suaves — o roçar da asa de uma borboleta —, depois se intensificaram, se encresparam, se desesperaram; já nem era beijo esse encontro frenético de lábios untados de saliva e muco.

O avô de Miguel talvez os chamasse de um casal libidinoso. Mas o avô tinha ficado velho e sisudo com quinze anos, no dia em que se viu órfão de pai e mãe e a vida lhe arreganhou os dentes. No final da vida, bêbado, cometeu a proeza de morrer afogado numa poça d'água.

No futuro, a transa daquela tarde-noite seria lembrada não por sua intensidade, já que entre os dois sempre era intenso, mas por ser a última deles e porque, pela primeira vez, Miguel disse que a amava — sussurrou no ouvido dela no momento em que estava gozando.

Depois que acabou, o vulto dela se ergueu da cama e saiu

do quarto em silêncio, rumo ao banheiro. Ele permaneceu deitado na penumbra sobre o lençol úmido de suor e fluidos, sentindo o que sente alguém que está prestes a dar um salto no vazio e desconhece por completo a distância até o chão. Também se sentia um bocado covarde. E triste. E exausto.

Lá fora, dava para ver pela janela aberta, a escuridão se instaurava. Miguel tentou não pensar em nada, ouvidos entregues à música daquele começo de noite: uma cigarra cantava de um modo melancólico numa árvore; um jato cruzou num crescendo a extensão daquele pedaço de céu; Bibi latia no quintal e o cachorro do vizinho retrucava; seu coração batia ainda descompassado, um pouco pelo esforço físico despendido, outro tanto pela emoção do que viveria a seguir.

Nádia voltou do banheiro e acendeu a luz do quarto. Miguel recostou-se nos travesseiros e puxou o lençol até a cintura, cobrindo-se, num acesso repentino de pudor. Ela, ao contrário, se movia à vontade nua. O monte de pelos entre suas pernas era denso e avermelhado. Nos peitos volumosos e sólidos, que ela gostava de chamar de tetas, os mamilos, num tom suave de rosa, ainda se viam eriçados.

Sem tirar o olho dele nem por um segundo, ela pegou a calcinha e o sutiã na cama e se vestiu com movimentos lentos, como se estivesse se exibindo, para que ele não esquecesse nunca do que estava abrindo mão. Não que precisasse, Miguel sabia muito bem. Doeu ter a visão do amado corpo interditada pelo vestido, que, ao ocultá-lo, o tornava ainda mais desejável. Mas aguentou firme — afinal, ele não passava de um personagem chamado Miguel fingindo amizades e amores, e toda aquela conversa mole de representação. Na realidade, ele estava à beira de se ajoelhar aos pés que ela agora calçava num belo par de sapatos de salto, beijá-los e implorar que ficasse.

Por último, Nádia pegou sobre a cômoda a gargantilha com

que fora presenteada na noite de Natal e sentou-se por um instante na beira da cama, de costas para ele, para que a ajudasse com o fecho. Enquanto Miguel fazia isso, ela afastou o cabelo da nuca suada. O corpo dela inteiro exalava sexo, uma coisa que o tirava do sério.

Nádia se levantou e alisou o vestido olhando para Miguel como se mirasse um espelho, e viu ali aprovação. O rosto dela podia ser descrito como um ponto de interrogação. Um belo ponto de interrogação. Ele adorava aquela mulher.

Diziam adeus sem a miséria de uma palavra sequer. Mas quem sabia desse adeus era ele, apenas ele; Nádia não estava levando a sério a separação. Ela pegou a bolsa que tinha deixado na cadeira.

Bom, Miguel, você tem meu telefone e sabe onde me achar. Se mudar de ideia, me procure. Eu vou gostar.

Nenhum dos dois chorou nem disse tchau.

Ela saiu do quarto e da vida dele num princípio de noite calorento, ainda em dezembro. Os últimos sons que deixou de lembrança foram os do salto descendo a escada, da porta do sobrado se abrindo e fechando segundos depois, do portão rangendo como sempre — sons que já haviam sido a trilha sonora da felicidade dele sempre que anunciavam a chegada dela. Por fim, o ronco familiar do motor do Gordini arrancando. E foi tudo entre eles. Dizer que em sua boca ficou o sabor amargo da despedida seria um clichê insuportável; melhor a verdade: em sua boca ainda sentia o gosto da buceta de Nádia.

O bar dos tiras não passava de um corredor estreito com um piso encardido de cerâmica e meia dúzia de mesas espremidas contra a parede por um balcão antigo de fórmica vermelha, sobre o qual repousava uma estufa com a oferta de salgadinhos da casa.

O investigador Ciro Lemos, dublê de cronista de temas mundanos num jornal popular, gostava de repetir que boa parte daqueles salgadinhos deveria receber voz de prisão, preventivamente, por tentativa de homicídio. A verdade é que só um incauto pensaria em comer ali.

A maioria dos frequentadores aparecia nesse antro — Toca do Baiano, constava da placa na porta — com a intenção de beber, falar mal dos chefes e ficar por dentro das fofocas dos bastidores da polícia. Não lhe caía mal o nome Toca, assim como soava apropriado o apelido Bar dos Tiras — noventa por cento dos clientes tinham algum tipo de envolvimento com a lei, às vezes na condição de foragidos. Delegados, escrivães, investigadores, detetives, setoristas de jornal, advogados chicaneiros e um ou outro informante. Mulher só pisava ali por engano — ou por desengano amoroso.

A localização da Toca do Baiano explicava em boa medida seu público: ficava quase em frente a um dos mais movimentados distritos policiais da cidade, a uma quadra e meia do prédio ocupado pelo setor de Inteligência e a três quarteirões da delegacia de Narcóticos.

Baiano, o dono, se chamava Galdino e era um escrivão aposentado por invalidez que investira parte da indenização no negócio, usado para complementar sua renda e para prosseguir convivendo com os amigos. Não devia ser o mais lucrativo estabelecimento do centro da cidade, mas algum dinheiro ele devia tirar todos os meses, posto que vivia sorridente e prestativo. Se estava de boa com a mulher, ela se enfiava na cozinha minúscula e colaborava para elevar o padrão culinário da casa — em ocasiões excepcionais, preparava um sarapatel carregado na pimenta que desfrutava de grande estima dos tiras.

No dia seguinte ao Natal, uma quarta-feira, Miguel entrou logo cedo na Toca do Baiano. Ainda não havia clientes, as cadeiras permaneciam empilhadas sobre as mesas, um funcionário limpava os banheiros. Baiano fazia contas ao lado da registradora e o recepcionou com inesperada rispidez:

Não servimos álcool antes do meio-dia.

Só vim encontrar uma pessoa, Miguel disse.

Baiano ficou observando Miguel tirar as cadeiras de cima de uma mesa e sentar-se numa delas. Não o tinha reconhecido, o que Miguel considerou excelente sinal. Não era o mais assíduo dos fregueses, mas já estivera no bar um bom número de vezes. O cabelo e a barba compridos confundiam as pessoas.

A silhueta avantajada do delegado Olsen preencheu a moldura da porta e promoveu uma mudança na disposição do proprietário. Baiano saudou com alegria o recém-chegado, perguntou pelo Natal da família Olsen e pelos planos para o réveillon. O delegado foi lacônico; não estava feliz por precisar sair de casa naquele dia. Quando sentou-se de frente para Miguel, Baiano deixou o balcão para passar um pano na mesa.

Você tem algum uísque, Baiano?

Só Drury´s.

Porra, não tem outro?

Uísque tem pouca saída aqui, doutor.

Me vê uma dose então. Copo baixo, com bastante gelo.

Baiano olhou para Miguel.

E você, vai querer alguma coisa?

Uma água pra mim tá bom, ele respondeu. Sem gás.

Olsen esperou Baiano voltar para trás do balcão. Numa rara aparição sem paletó e gravata, vestia calça jeans, camiseta colorida e mocassim sem meia.

Você deu muita sorte, ele disse. Eu tive mesmo que passar na minha sala pra pegar um presente que comprei pra uma amiga.

Surgiu uma emergência, doutor.

Só estou aqui porque você garantiu que era questão de vida ou morte.

Ingo havia telefonado na noite anterior. Para desejar feliz Natal a Miguel e para avisar que atrasaria sua volta do Paraná em um ou dois dias. Existiam "questões familiares" para resolver. Não deu detalhes, Miguel não pediu, embora desconfiasse que tinha a ver com o professor que engravidara a filha dele. Talvez Ingo estivesse planejando matá-lo. Ou, no mínimo, dar-lhe uma boa prensa. Combinaram de se encontrar na véspera do Ano-Novo e beber uns drinques para celebrar a chegada de 1974.

Um trecho do interurbano, no entanto, Miguel julgou desnecessário compartilhar com seu chefe: Ingo contou que havia recebido um telefonema de Elvis comentando as investigações que andava fazendo sobre Miguel. Apesar de ainda não ter provas, estava convencido de que ele era um informante da polícia infiltrado no grupo, o que explicava as quedas em sequência dos receptadores. Ingo não levou a sério a denúncia, atribuiu tudo ao desejo frustrado de Elvis de recuperar prestígio e seu antigo posto na quadrilha — e mesmo a um ciúme tardio em relação a Nádia. De qualquer forma, recomendou que Miguel não se descuidasse — Elvis se mostrava obcecado com aquilo.

Como era de prever, Olsen ficou aborrecido com o adiamento da volta de Ingo — a megaoperação de captura dos integrantes da quadrilha estava marcada para acontecer na sexta-feira de manhã, dali a dois dias. Ele só não extravasou de imediato sua contrariedade porque Baiano se aproximava da mesa com as bebidas. Serviu primeiro a água de Miguel e, em seguida, mostrou a garrafa de uísque para o delegado antes de colocar, no copo cheio de gelo à sua frente, uma dose caprichada, acrescida de um choro copioso. Olsen provou o uísque enquanto Baiano se afastava e fez cara de quem tinha bebido um gole de lava quente.

Não vou adiar a operação, não posso. Não dá mais tempo de desmobilizar o pessoal, estamos a menos de quarenta e oito horas.

Não estou falando pra adiar, dr. Olsen. Só acho que a captura do Ingo merece um cuidado especial.

Você não fazia ideia, mas já temos uma coletiva de imprensa marcada na sexta-feira à tarde, para o anúncio oficial das prisões — já mandei até passar o meu terno.

O delegado bebeu outro gole do uísque, que desta vez caiu melhor: não houve nenhuma grande mudança na expressão contrariada de seu rosto.

Vão estar o secretário, o vice-governador... Já pensou? Meu cunhado come o meu rabo se eu falar em cancelamento. Que dia o Ingo vai chegar, afinal?

Talvez na própria sexta, mais tarde, Miguel disse. Ou no sábado.

Olsen pescou uma pedra de gelo do copo e a colocou na boca, triturando-a ruidosamente. Raciocinou em voz alta:

Eu podia pedir ajuda pra polícia do Paraná e prender ele por lá mesmo. Mas com certeza vão querer dividir os louros da operação, e não acho justo. A gente trabalhou pra caralho nesse caso, não foi?

Fiz o melhor que pude, Miguel disse sem o mínimo traço de sarcasmo.

Você trabalhou muito bem. Já te falei: vou recomendar um elogio no seu prontuário.

Miguel esboçou um sorriso. Estava tenso e cheio de presságios. Aproximava-se o momento crucial da infiltração depois de meses de um trabalho repleto de riscos, o que por si só justificaria a apreensão. Assombrava-o a sensação de que um muro de incógnitas se erguia à sua frente.

Em que cidade mora a família do Ingo?

Não sei, doutor.

O delegado se espantou.

Essa é boa. Ele nunca mencionou o nome?

Não é isso. O Ingo disse que é um lugarejo tão minúsculo que nem consta do mapa; só comentou que fica na região de Cascavel.

A explicação, Miguel notou, não convenceu Olsen. Havia desconfiança no modo como o delegado o olhava. E ironia ao dizer:

Talvez você possa perguntar pra irmãzinha dele entre uma transa e outra. O que me diz?

Não vejo nenhum problema.

Por falar nela, como é que ficou esse assunto?

Vou ter meu último encontro com ela amanhã à tarde...

Olsen riu. E ergueu o copo de uísque como se brindasse.

Claro, a última foda. A saideira.

O delegado se divertiu com o próprio chiste. Miguel não achou graça nenhuma. Olsen bebeu um gole largo e olhou admirado para o copo.

Sabe que não é tão ruim como eu pensava? Quer que eu peça uma dose pra você?

Não, não, doutor, não precisa.

Tem certeza?

Obrigado, bebi demais nos últimos dias. E uísque não é a minha praia.

A recusa não pareceu causar grande infelicidade ao delegado. Ele arrematou seu drinque, se voltou para o balcão e mostrou o copo vazio a Baiano, pedindo outra dose. Quando ela foi servida, veio acompanhada de um pratinho com queijo provolone cortado em cubos.

Gentileza da casa, Baiano informou com ar de satisfação.

Olsen aguardou que ele voltasse a seu posto atrás do balcão. Depois empurrou o pratinho na direção de Miguel, recitando:

Lácteos, não; lácteos me conduzem aos flatos.

Era um trecho do "Soneto alcoólico", de autoria incerta, que todo estudante de direito da Federal com alguma disposição para o ócio no diretório acadêmico, geração após geração, conhecia de cor. Caso de Miguel, que empurrou o queijo de volta para Olsen, enquanto punha na mesa o verso seguinte do poema:

Melhor os álcoois, que me conduzem ao êxtase.

Ambos riram, cúmplices. Um raro laivo de descontração entre eles. Logo Olsen tornou a ficar sério.

Você já devia estar escondido, sabia?

Vou fazer isso a partir de amanhã.

Não fique de bobeira por aí. Você sabe que é quase impossível controlar uma operação desse tamanho, com tanta gente envolvida. Acho difícil não ter algum vazamento.

Eu sei como é.

Não escapava a Olsen o nervosismo evidente na fala e nos gestos de Miguel. Existia algo mais ali. Ele conhecia bem o subordinado, fazia parte de sua equipe havia anos. Dava para ver que estava numa fossa danada. Padecia de tristeza, uma tristeza específica, o delegado conseguiu formular para si, uma tristeza raivosa.

É a mulher, não é?

A pergunta colocou Miguel de imediato na defensiva.

O que tem ela?

Eu avisei que podia dar confusão, não avisei?

Doutor, não vai ter confusão nenhuma. Amanhã acabo com essa história.

Se nem o próprio Miguel acreditava para valer na frase que acabara de proferir, o que dizer de um velho conhecedor do poder de persuasão feminino feito o delegado Olsen?

Entenda uma coisa, ele disse, eu só quero pôr o Ingo e o

bando dele na cadeia. O que vai acontecer entre você e a irmã dele depois disso não é da minha conta.

Ela vai me odiar pra sempre.

Será?

Olsen bebeu mais um gole de Drury's, enxugou os lábios no dorso da mão e assumiu um tom solene antes de evocar um personagem de grande relevo na memória do bar dos tiras — o investigador Ciro Lemos, morto no começo daquele ano num tiroteio com ladrões de banco.

Como é que o Figura falava? Sexo é foda. Já vi cada loucura, se você soubesse, não duvido de mais nada.

Miguel desviou do tema, que o deixava desconfortável.

Já resolveu o que fazer com o Ingo?

Por um segundo apenas, não mais que um segundo, cintilou entre os dois uma fagulha de suspeita. Ínfima e breve, é verdade, porém mais concreta do que os cubos de provolone intocados no prato no centro da mesa.

Eu vou pensar em alguma coisa até sexta, Olsen desconversou. Não se preocupe, ele não vai escapar.

Como se pressentisse que tomaria parte de algum evento importante naquela tarde de quinta-feira, Nádia chegou à casa de Miguel muito mais produzida do que de costume. Tinha ido ao cabeleireiro, estava maquiada, de unhas feitas, e estreava, por baixo do vestido curto, uma lingerie preta, a mais sexy que encontrara em sua loja. E pela primeira vez usava a gargantilha que ele lhe dera dois dias antes. Uma curiosidade desconcertante: ela possuía uma peça idêntica, comprada fazia um bom tempo de um amigo de Ingo por uma quantia extorsiva. Joia assinada. Nádia achou incrível a coincidência, que, em sua análise, servia para comprovar tanto o bom gosto de Miguel quanto a sintonia do casal. E decidiu que ele jamais saberia o verdadeiro motivo da expressão de surpresa que havia iluminado o rosto dela ao abrir a caixa de presente e se deparar com a gargantilha.

Ela estacionou o Gordini a poucos metros do sobrado e, antes de sair do carro, retocou o batom vermelho. Em seguida movimentou a cabeça para baixo e para os lados, a fim de que coubesse no espelho retrovisor o exame que fazia do corte repicado a que submetera o cabelo. Não ficou de todo satisfeita, como era de praxe — deveria ter diminuído mais no comprimento.

Um funcionário de capacete e jaleco da Light trabalhava no alto de um poste e interrompeu o serviço para espiar Nádia saindo do carro. Por sua posição abençoada, foi premiado com um relance das coxas bronzeadas e da calcinha preta que ela vestia. A curiosidade virou desejo, depois gula e, ao final, inveja. Por um momento, invejou o homem para quem aquela loira tinha se arrumado. Quando passou perto do poste e sentiu-se observada, Nádia levantou a cabeça e os dois se miraram. Talvez nem se ele recebesse uma descarga elétrica naquele instante o efeito seria tão vertiginoso.

Ela atravessou a rua no seu passo luminoso e se deteve diante do portão do sobradinho modesto, cujo jardim alvoroçado em breve poderia ser chamado de matagal. Nesse ponto, o funcionário da Light saiu de seu atordoamento, ajustou o cinto que o prendia ao poste e se desligou do destino daquela bela mulher.

Ao combinar aquele encontro com ela num telefonema na véspera, Miguel pareceu a Nádia um pouco ansioso, sem motivo que fosse do conhecimento dela, o que já botou sua cabecinha cheia de fantasias para funcionar. Ele disse apenas que precisavam conversar. Uma conversa séria. Nem ela saberia explicar por quê, mas chegou a imaginar que ele a pediria em casamento naquela tarde. Não um casamento formal, que nenhum dos dois tinha perfil para isso. Juntar os trapos — no caso dele, um enxoval bem exíguo; no dela, uma profusão de roupas de boa marca, com ênfase nos vestidos que a faziam parecer um sonho embalado para presente, e sapatos, muitos sapatos.

Isso dá uma ideia de quão brusca, inesperada e violenta iria soar uma ruptura. Desumana.

Nádia passou pelo jardim e encontrou a porta da sala apenas encostada. Miguel a esperava sentado no sofá. Pareceu menos caloroso do que de hábito, o que ela atribuiu a um nervosismo próprio da situação que idealizava. Viu, num canto da sala, caixas com livros, malas e sacolas. De quantas fantasias não é capaz um ser apaixonado: o que deveria alarmá-la serviu para nutrir expectativas — ele iria sugerir que morassem juntos e estava juntando a tralha, preparando uma mudança.

Ela achava que poderiam viver com todo o conforto na casa dela, espaçosa o suficiente para abrigar a cachorra e os livros de Miguel. Era um imóvel de bom padrão num bairro de classe média, único patrimônio de Nádia, além do Gordini e da participação societária na butique, que fazia grande sucesso entre as grã-finas que gostavam de andar na moda.

Você cortou o cabelo.

Ah. Gostou?

Nenhum homem reparava nesse tipo de coisa, ela pensou. Miguel fugia mesmo ao esperado.

Ficou com cara de menina.

De menina travessa, ele poderia ter acrescentado ao vê-la sorrir. Ainda que estivesse morrendo de vontade de convidá-lo a subir para o quarto sem mais demora, Nádia compreendeu que a ocasião pedia recato e sentou-se ao lado dele no sofá com os joelhos unidos e as mãos no colo, como a moça bem-comportada que às vezes também sabia ser. Ele olhou para ela. Parecia embaraçado.

Devia existir ao menos uma centena de maneiras de iniciar

aquele tipo de conversa, todas já usadas à exaustão na história dos rompimentos amorosos. E Miguel não conseguia escolher uma que lhe parecesse adequada.

Tinha dormido pouco na noite anterior, e bebido muito, desde que voltara para casa depois do encontro com o delegado Olsen no bar. Passou o resto do dia alternando cerveja e cachaça, enquanto encaixotava o que iria levar quando levantasse acampamento. Depois, perdeu o ânimo e sentou-se à mesa da cozinha para ouvir as canções mais tristes que encontrou no rádio. Às oito da noite, já bastante embriagado, sintonizou um programa que só tocava Roberto. Aí, se esbaldou. Quem não sofreu de amor ouvindo "Detalhes" não viveu a década de 1970.

Faltou-lhe coragem para simplesmente desaparecer, como havia planejado antes. Achou que seria indigno não dar, pessoalmente, um desfecho àquele romance vira-lata; Nádia merecia, ao menos, uma derradeira conversa. Só que não existia o que dizer. Ou fazer.

Não passava pela cabeça dele transar com ela. A tristeza inibia a libido.

Você vai me odiar pelo resto da vida...

Começou, enfim, a falar o script repetidas vezes ensaiado, bêbado, durante a noite anterior. Nádia riu. Não por achar engraçado, mas por considerar impossível odiá-lo.

Mas esta é a última vez que a gente está se vendo.

Mais impossível ainda, ela pensou. O que, no mundo, poderia impedi-la de vê-lo?

Eu não sou quem você pensa, ele disse, e suas mãos tremeram; um espasmo. Você não me conhece de fato, eu nem me chamo Miguel...

Ah, é? E qual o seu nome?

Ele hesitou por um segundo. Então revelou seu nome verdadeiro. A reação de Nádia foi franzir a testa e inclinar a cabeça, como alguém que tivesse topado entrar num jogo já iniciado, mas ainda tentando assimilar as regras. Ela riu de novo.

Não combina. Pra mim, você tem cara de Miguel.

Mas é a verdade, não posso fazer nada.

Naquele instante, ele ainda não tinha decidido o limite de suas revelações. A operação de captura seria deflagrada em menos de doze horas, mas Miguel nem por um segundo havia parado para pensar em sua segurança. Almejava o que sabia impossível: não perder a mulher que o olhava de frente, duas esmeraldas a mirá-lo. Via-se que ela represava o riso de quem não estava levando a sério a conversa.

Não fale mais nada, eu vou adivinhar o resto, Nádia o desafiou, ainda mantendo a coisa no reino da brincadeira. Agora você vai me contar que tem outra mulher, uma família e outra casa. E até uma cachorra com o mesmo nome da Bibi. Acertei?

Antes fosse. É bem mais complicado, Nádia. Tem coisa que é melhor você não saber.

Ah, pronto, agora vai bancar o misterioso. Bem que minhas amigas falaram.

O que é que elas falaram?

Que eu sou louca de me entregar desse jeito a um cara que não conheço direito.

E o que você respondeu pra elas?

Que conheço você o suficiente.

Aí é que está: elas estão certas, você não me conhece. Não faz nem ideia de quem eu sou de verdade.

E por que você não me conta?

As mãos dele voltaram a tremer. A voz perdeu o brilho, soou opaca. Ele baixou a cabeça.

Não posso.

Achei que a nossa relação era de confiança...

Desculpe. Não posso.

Nádia se mexeu no sofá, puxou o vestido, tentando cobrir as coxas. Nesta altura, ela se deu conta de que de brincadeira aquela conversa não tinha nada, porque Miguel estava chorando. Como ocorria sempre que passava por situações estressantes, ela começou a sentir uma vontade irresistível de urinar. Mas se controlou.

Sabe o que eu acho, Miguel? Que você se cansou de mim, enjoou.

Você tá errada.

Acontece, é normal. Fazer o quê?

Não é isso, Nádia. Juro.

Mas como não tem coragem de me dizer, fica aí inventando essas maluquices.

Eu estou falando a verdade.

Nádia carregou de desdém sua fala:

Outro nome... Nunca ouvi nada tão ridículo, Miguel. Você é capaz de inventar coisa melhor.

Não posso obrigar você a acreditar, mas juro que é a pura verdade: meu nome não é Miguel.

Tá, então me prova, mostra um documento.

Miguel se levantou do sofá e pegou sua carteira na estante. Sacou de lá um documento de identidade e o exibiu a Nádia.

Este documento é falso. Miguel Mendes Pereira não existe. É um personagem que eu criei.

Nádia também se ergueu do sofá.

Espera aí, assim você tá querendo me confundir... E qual o objetivo disso tudo?

Essa é a parte que eu não posso contar, e que é melhor você nem saber, pra sua própria segurança.

Ela ficou em silêncio, precisava organizar os pensamentos. Sentiu que o cérebro pedia para respirar. Olhou para o lado e seus olhos pousaram sobre o emaranhado de pinceladas no quadro da parede.

Você não tá metido nessas coisas de política, tá?

Não. Não tem nada a ver com política.

Nádia balançou a cabeça, ainda descrente. Uma amiga dela havia se envolvido com um doidão que afirmava ter acabado de chegar de outro planeta. Da Galáxia Sirius, ela lembrava da amiga contando, mortificada. Existia um pouco de tudo nas prateleiras do mercado sentimental.

Quer dizer que, a partir de hoje, eu não vou mais te ver?

Miguel confirmou com a cabeça. Estava pálido. E ainda emocionado, ela percebeu, o que a deixou mais confusa.

O que você vai fazer? Vai me proibir de vir aqui?

Nádia, eu não vou estar mais aqui. Esta casa é só fachada, eu não moro aqui de verdade.

E onde você mora?

Também não posso falar.

Aquilo começava a irritá-la. Olhou para as caixas de papelão no canto da sala transbordando de livros de bolso comprados em bancas de jornais. Naves espaciais, batalhas contra alienígenas, faroestes, policiais e, em grande quantidade, tramas de espionagem, a maior parte tendo mulheres como protagonistas. Elas apareciam seminuas, armadas e sensuais nas capas de cores hiper-realistas: Brigitte Montfort, a espiã Giselle, Monika, uma assassina tão fria quanto as estepes de onde tinha vindo. Nádia tentara ler um ou dois desses livrinhos, mas acabou desistindo — achou tudo muito fantasioso. Aquelas mulheres não eram de verdade. Nenhuma tinha menstruado na vida ou sentido uma necessidade tão urgente de urinar como a que a afligia naquele instante.

Nádia entrou no lavabo sob a escada e fechou a porta. Depois de se aliviar, deu a descarga e ficou se olhando no espelho, sem a mínima ideia do que fazer. Ainda não tinha chorado. Nem ia chorar. Pensava em um monte de coisas, e nenhuma fazia sentido.

Ao voltar à sala, encontrou Miguel sentado outra vez no sofá. Olhou para ele com raiva. Tinha se vestido para aquele filho da puta. Para ele despi-la.

Eu não sei aonde você quer chegar com essa papagaiada, Miguel, mas não vou forçar a barra, fique tranquilo. Se não quer me contar o que tá acontecendo, paciência.

Ela pegou a bolsa no braço do sofá, mas, em vez de ir embora, como Miguel achou que faria, começou a subir a escada.

Eu vou te esperar no quarto. Se você estiver a fim, é claro, eu gostaria de sair com uma boa lembrança desta casa.

Nádia subiu para o quarto, ele permaneceu imóvel no sofá. Não sentia nenhum tipo de dor ou desconforto. Não sentia nada. Estava anestesiado, sem forças, e precisou de um enorme empenho para executar algo simples como se levantar, fechar a porta da rua e subir a escada.

Quando Miguel entrou no quarto, Nádia o esperava estendida na cama, molhando de saliva os dedos e manipulando os mamilos, vestida apenas com uma calcinha preta, que afastou para receber ali, na junção das coxas, os beijos dele, que começaram suaves — o roçar da asa de uma borboleta —, depois se intensificaram, se encresparam, se desesperaram; já nem era beijo esse encontro frenético de lábios untados de saliva e muco.

Miguel não demorou para sacudir a capa de tristeza que ameaçou envolvê-lo quando Nádia se foi. Tomou banho, removeu do corpo o cheiro dela e, sem perda de tempo, deu início à mudança de casa. Ainda era cedo, porém ele sabia que naquela noite seriam necessárias no mínimo duas viagens com o fusca até seu apartamento, para transportar o que lhe interessava do sobrado. Muita coisa seria deixada ali, como acontecia nas casas de fachada. Nádia e aqueles meses incandescentes com ela eram do que mais sentiria falta.

Abarrotou o assento traseiro do carro de roupas, sapatos, caixas com objetos pessoais, um ventilador e uma pequena parte de seus livros. O banco da frente foi reservado para a pintura psicodélica, outros livros e dois rádios, um deles, o maior, um aparelho bem antigo. Bibi ficaria para a segunda baldeação — estava curioso pelo comportamento da cachorra no espaço reduzido do apartamento em que passaria a viver; não havia alternativa, ela teria que se habituar.

Miguel tirou o fusca sobrecarregado da garagem, reparando que a rua estava mais escura do que de costume — o poste, no qual um técnico passara a tarde trabalhando, continuava sem luz. De nada adiantara o banho: o cheiro de Nádia permanecia em seu corpo e, às vezes, chegava às suas narinas como uma lufada de sonho. Ele acendeu os faróis e partiu.

Se lhe fosse concedida a possibilidade de examinar o saldo da reserva de sorte com que, acreditava, toda criatura, inclusive animais, vinha ao mundo, Miguel ficaria surpreso com o tamanho do débito que seria feito em seu nome ainda naquela noite. Estava vinculado ao carro que estacionou nas imediações do sobrado apenas alguns minutos depois que ele saiu. Apesar da escuridão, o veículo entrou na rua com os faróis apagados, como se o motorista não desejasse ser notado.

Fazia calor. Era uma noite movimentada na cidade, com muitos carros circulando e gente lotando os bares, numa atmosfera de excitação que misturava o alívio com o ano que se encerrava e as expectativas depositadas no que iria começar. Miguel precisou de quarenta minutos para percorrer o trajeto até seu apartamento. Acomodou sua carga na sala, de maneira improvisada, sem se preocupar com a arrumação. Em seguida voltou a sair. Mas não regressou de imediato ao sobrado. Como sentiu fome, no caminho de volta fez escala numa padaria para comer. O lugar estava cheio e ruidoso e o atendimento acabou demorando, o que aumentou sua impaciência. Queria encerrar logo aquele dia, aquela noite, concluir o ciclo, acabar de vez com aquela história. E tudo ao redor conspirava contra.

Quando vagou um lugar no balcão, ele sentou-se e pediu um sanduíche de pernil e meia cerveja. O velho de boina à sua direita, que tomava uma sopa, virou-se com toda pinta de quem queria puxar prosa. Em geral, Miguel era receptivo a esse tipo de abordagem, apreciava jogar conversa fora com desconhecidos na rua. Não raro aprendia uma coisa ou outra. Um dia, descobriu sem querer um engenhoso esquema de anulação de multas de trânsito com base em uma conversa vadia de bar, travada com um homem que nem imaginou estar de papo com um policial.

Naquele momento, porém, ele não queria conversar e muito menos ouvir ninguém. Se pudesse, gostaria de nem precisar pensar. Estava doente de amor. Caíra, como um adolescente, na armadilha que ele próprio havia preparado. E agora, como um trintão adolescente, tentava imaginar algum modo de consertar o desastre.

Talvez o velho ao lado, com sua larga experiência de vida, tivesse lições importantes a lhe transmitir sobre contrariedades sentimentais. A despeito daquele rosto de fruta passada, dos olhos aquosos por trás dos óculos e do estilo de sorver sopa com um silvo prolongado, quem sabe, em outras eras, ele houvesse conhecido a tormenta das paixões desenganadas. Mas nada do que ele pudesse falar serviria de consolo naquela hora.

Era a primeira vez que Miguel passava pela experiência da paixão amorosa. Todas as suas relações anteriores não tinham ido além de uma curiosidade pelo outro, algumas não extrapolaram nem mesmo o campo sexual. Até seu casamento, se bem pensado, fora uma tentativa de prolongar uma intimidade construída na camaradagem e na amizade de bairro. Com Nádia, a coisa era bem diferente. Descontrolada. Um pouco assustadora. Ele sofria, e não estava gostando daquilo. Parecia que alguém tinha desinventado a alegria.

Depois de comer, pagou e saiu apressado da padaria. Havia desperdiçado mais tempo do que planejava naquele lugar. Sentia-se exausto física, mental e emocionalmente. Queria dormir. Esquecer. Naquele momento, jamais poderia adivinhar que o contratempo foi o melhor que poderia ter lhe acontecido. Poupou sua vida.

Miguel só descobriu isso ao chegar ao sobrado. Encontrou a porta da frente encostada, embora sem sinais de arrombamento, e ele estava convicto de que a trancara. Pela fresta, viu a luz da sala acesa. Também se lembrava de tê-la apagado ao sair e de, em seguida, ter acendido a lâmpada do pórtico. Ouviu um choro, o que o fez desistir de ir até o fusca na garagem pegar seu 38 e o levou a cometer a imprudência de avançar casa adentro desarmado. Pensou em Nádia.

Na verdade, todas as luzes da casa estavam acesas. E Miguel só não retrocedeu porque identificou o que tinha confundido com um choro: eram ganidos de Bibi, vindos do quintal. Ele nem parou para pensar na possibilidade de encontrar o invasor quando atravessou a cozinha; teria sido morto de imediato. Mas não havia ninguém ali.

A porta para o quintal se encontrava aberta e ele acendeu a luz. A cachorra gemia, deitada numa poça de sangue perto da casinha de madeira. Tentara se arrastar e se abrigar, mas não teve energia para tanto. E necessitou de um imenso esforço para abanar a cauda no instante em que o viu. Miguel se agachou e a tomou nos braços. Bibi tinha um ferimento no pescoço. Como se tivesse levado um tiro.

Ele a carregou até o fusca, acomodou-a no banco de trás e partiu em louca velocidade rumo à clínica veterinária que cuidava dela desde que a resgatara, magra e suja, meses antes. Miguel dirigia mantendo o braço direito no espaço entre os assentos, para acariciar Bibi. Tentava mantê-la viva. Ela estava fria, havia perdido bastante sangue, mas não ia morrer, ele tinha certeza disso. Era uma cachorra de sorte. De muita sorte. Talvez só não tivesse mais sorte do que ele.

8.

A sexta-feira amanheceu encoberta, com previsão de instabilidade durante o transcorrer do dia. Não havia clareado ainda quando os agentes convocados se apresentaram na sede da polícia, a maioria sem saber que tipo de missão iria desempenhar. O sigilo total era uma utopia, assim como a garantia de não haver vazamentos. Alguma coisa sempre escapava.

As equipes partiram para cumprir os mandados de prisão e de busca e apreensão em diversos pontos da cidade, enquanto operações simultâneas ocorriam em endereços no Rio e em Belo Horizonte e num sítio na região de Campinas, onde um militar reformado mantinha um verdadeiro centro de distribuição de produtos receptados. Iam pegar o grosso da bandidagem dormindo despreocupada.

Para o homem por trás de toda essa movimentação policial, a conclusão bem-sucedida do trabalho representava muito — o delegado Olsen tinha vários interesses em jogo. O mais ambicioso: seu cunhado estava para assumir, de forma interina, o cargo de governador — o titular seria submetido a uma cirurgia complicada no coração, talvez nem voltasse — e Olsen acreditava que as medidas de seu volumoso traseiro caberiam direitinho na cadeira do secretário de Segurança Pública.

Sua mulher dava como certa a nomeação, já havia mandado fazer um vestido para a posse e encomendado uma caixa de champanhe para o jantar que planejava dar quando Olsen fosse nomeado. Por sua trajetória, o delegado se via como candidato natural ao cargo, ainda que detratores o acusassem de ter a carreira favorecida por suas ligações políticas. A esses, Olsen dava uma solene banana e sugeria que consultassem os resultados nos anos em que estava à frente do departamento de Inteligência da polícia. O índice de sucesso das missões era altíssimo.

Para que sua promoção se concretizasse com louvor, bastava concluir mais aquele trabalho, se possível sem as pequenas, e nem por isso toleráveis, falhas que costumavam ocorrer em operações daquele porte. Seria uma despedida marcante do departamento de Inteligência e um cartão de visitas de impacto para sua ascensão. Olsen sonhava com voos mais altos. O cunhado vivia provocando-o para que ingressasse na arena da política — tinha presença e carisma, sabia mentir, faria sucesso.

O delegado pensou em Miguel.

Ele desempenhara bem seu papel, merecia uma menção no prontuário, ainda que na etapa final tivesse se mostrado vacilante. Fraquejou na hora de se afastar da mulher por quem andava enrabichado, o que não chegou a causar nenhuma surpresa a Olsen: ao ver Nádia naquelas gravações, previu que isso aconteceria. Por esse motivo, concedeu ao subordinado um voto de compreensão, ao mesmo tempo que o mantinha sob a luz da desconfiança. O delegado não estava convencido de que ele conseguiria se afastar da mulher como prometera.

No dia anterior, por precaução, tinha designado um agente para ficar de campana na frente do sobrado. O homem passara a tarde trepado num poste da rua, disfarçado de funcionário da Light, e o informe que encaminhou tranquilizou Olsen: havia acompanhado a chegada de Nádia e testemunhou, mais tarde, o momento em que ela saiu chorando do sobrado, muito abalada, e foi embora em seu carro.

Por volta das dez da manhã, começaram a aterrissar na mesa do delegado as primeiras informações sobre a operação em andamento. Os mandados vinham sendo cumpridos sem grandes incidentes, exceto num caso em que houvera reação à abordagem dos agentes e troca de tiros. O relatório não continha maiores detalhes da ocorrência, portanto ele teria de esperar se quisesse saber mais sobre o assunto.

Às onze, aprumou-se na cadeira e ajeitou a gravata para atender a uma ligação do vice-governador. O cunhado ficou satisfeito com o relato preliminar que ouviu sobre as capturas e elogiou Olsen mais de uma vez. Na conversa, o político avisou que, à tarde, na coletiva de imprensa, faria um pronunciamento importante. Evasivo, não quis antecipar mais nada, e Olsen achou que não precisava: ambos sabiam do que se tratava. Combinaram sair para jantar, em companhia das esposas, naquela noite. Um jantar de celebração.

Ao terminar a chamada, Olsen nem chegou a pousar o fone no gancho; ligou no ato para a namorada, como definia Mirela em sua vida, para extrema irritação da colombiana. Apesar do horário, ela ainda dormia e trouxe do mundo do sono um humor azedo e impaciente. Mostrou um entusiasmo pouco mais que protocolar diante da notícia que ele lhe transmitia em primeira mão — fora acordada pelo novo secretário de Segurança Pública do Estado.

Mirela não conseguia entender por que o delegado não se separava, já que não tinha filhos e tomava parte, fazia anos, na encenação de um casamento de fachada — a mulher dele tinha outras preferências. Olsen nem aceitava discutir as implicações políticas de uma separação; se rompesse com a mulher, podia dar por enterrada sua carreira. Esse o nó na corda que unia os dois naquele cabo de guerra.

A colombiana sondou se estaria entre os convidados da festa de posse e Olsen lamentou, disse que não seria possível, e estava emaranhado em uma justificativa tão verborrágica quanto inócua no instante em que Mirela bateu o telefone na cara dele, depois de rosnar:

Coño.

Um agente entrou na sala e entregou a Olsen um balanço provisório das prisões e apreensões efetuadas até o momento. Não havia como não ficar satisfeito — e um pouco vaidoso: o resultado beirava a perfeição: quase cem por cento dos mandados haviam sido cumpridos com êxito. Olsen esfregou as mãos, mas devia era esfregar aquelas páginas na fuça de quem o difamava, e ele sabia que isso acontecia até no departamento, entre os homens de sua equipe.

O documento continha também informações sobre incidentes ocorridos durante as prisões. Num deles, o homem que buscavam conseguira escapar minutos antes da chegada dos agentes — o lado dele na cama ainda estava quente, como se diz. Sua mulher contou que ele tinha recebido um telefonema e saído de casa ainda no escuro da madrugada, sem avisar aonde ia. Um clássico indício de vazamento, Olsen não via por que duvidar. Impossível de ser evitado.

O caso do tiroteio tinha sido mais complicado, e dizia respeito a um dos armeiros da quadrilha. Encarregado da manutenção das armas, o sujeito possuía um pequeno arsenal em sua casa, do qual lançou mão para resistir ao perceber a presença da polícia. Acabou cercado e, como atirava bem e dispunha de munição em quantidade, sustentou a troca de tiros a manhã inteira. Foi necessária a presença de reforços para desalojá-lo da casa crivada de balas.

Olsen abriu a gaveta da mesa e consultou o detalhado organograma da quadrilha elaborado por Miguel, até encontrar a referência a esse personagem. Achou engraçado o nome — Elvis — e mais engraçado o apelido — Véio. A foto que ilustrava o perfil mostrava um homem ainda jovem, de cabelo grisalho e traços bonitos e olhos duros, fazendo cara de mau. O delegado leu que se tratava de um policial expulso da corporação que, no passado, já havia caído com um lote de armas, ocasião em que se livrou por um triz de ser condenado à morte por um tribunal da quadrilha. Talvez por essa razão, pelo temor de reincidir, tenha esperneado tanto, mesmo quando ficou claro que a casa estava cercada e não teria chance de escapar dali. Em desespero, seu último lance foi fazer de refém a própria companheira, ferida na perna por estilhaços. Foi necessária muita negociação até ele concordar em libertá-la e se entregar. Abrigava em um dos quartos um lote de quinze armas, entre revólveres, pistolas e fuzis, além de duas granadas. E munição para vários dias.

Faltava apenas a cereja do bolo, Olsen estava consciente. Se não agarrassem o chefe do bando, todas aquelas ações bem-sucedidas perderiam boa parte de seu brilho e importância. Uma coisa dessas, porém, nem passava pela cabeça do delegado; ele aguardava para breve a prisão de Ingo. Entre aquele dia e, no mais tardar, o dia seguinte, Olsen havia garantido ao futuro governador que o chefe da quadrilha estaria preso. Quando voltasse de viagem, Ingo seria recebido pelos dois agentes que o esperavam instalados em seu apartamento.

O único problema foi que Ingo nunca voltou.

Miguel só acordou depois do meio-dia na sexta. Acordou é força de expressão, porque nem o banho frio conseguiu debelar por completo a sensação de atordoamento que o atingia. Estava de ressaca da vida. Ao seu redor, a realidade avançava amortecida, num ritmo diferente, mais lento. Uma ameaça iminente, ainda que imprecisa, o espreitava de cada canto do apartamento.

Não perdeu o 38 de vista nem mesmo durante o banho.

Havia permanecido até as quatro da manhã na clínica veterinária: Bibi fora submetida a uma cirurgia de emergência; tinha levado dois tiros, e não um, como ele pensou de início. Agora estava fora de perigo, mas ficaria internada, em observação.

A cachorra continuava com sua reserva de sorte em dia, assim como seu dono. Miguel compreendeu que, na noite anterior, se houvesse voltado para casa um pouco antes, teria cruzado com o atirador e poderia estar baleado junto com Bibi ou quem sabe morto.

Não precisava ser nenhum gênio da dedução para concluir que conhecia o nome, o apelido e a cor dos olhos do responsável pelo ataque. Àquela hora, quase uma da tarde, Elvis já deveria estar preso, junto com o restante do bando. A situação de Ingo ainda se mantinha uma incógnita. Miguel telefonou para o departamento, em busca de informações, porém não foi atendido em nenhum dos ramais que tentou. Quem não estava fora, envolvido em alguma operação, se encontrava em horário de almoço.

Ele ainda empunhava o fone e, pela primeira vez, o desejo de ligar para Nádia o espicaçou. Sentia necessidade de receber notícias dela, de saber como estava. A princípio, ela não seria molestada pela polícia, mas não existia nenhuma garantia de que, mais tarde, Olsen não a incluísse na acusação de lavagem de dinheiro do bando.

No instante em que se congratulava por não ter cedido à tentação de telefonar para ela e punha o fone no gancho, ele sentiu um arrepio ao pensar na possibilidade de que, na noite anterior, após passar pelo sobrado, Elvis tivesse ido atrás dela. Não era um disparate. Véio andava obcecado. Louco. Não tinha atirado num cachorro inofensivo? Era o álibi de que precisava: Miguel tornou a erguer o fone, começou a discar os números que sabia de cor e, enquanto fazia isso, assumiu o compromisso mental de desligar assim que ela dissesse alô. Só queria ouvir sua voz, sabê-la viva. Mas Nádia não atendeu.

No meio da tarde, ele saiu de casa para ir comer um picadinho num boteco e aproveitou para fazer compras numa mercearia, tudo a pé, nos arredores do apartamento. Depois, foi de carro para a clínica veterinária. A evolução do pós-operatório de Bibi seguia satisfatória, ela era uma cadela vigorosa e bem-cuidada, em breve poderia voltar para casa. Ele lamentou não ter sido autorizado a vê-la; o veterinário achou melhor evitar o contato, que poderia excitar o animal e comprometer a recuperação.

Durante o tempo em que circulou pelas ruas, Miguel mediu com redobrada atenção as pessoas e os carros a seu redor. A arma sempre ao alcance da mão. No momento mais delicado da operação, não queria ser surpreendido.

Ao sair, estava violando diversas normas do manual de procedimentos da polícia: não deveria pôr o pé para fora de casa nos primeiros dias, até que fossem analisados o alcance e as consequências das prisões, os eventuais vazamentos e os riscos de alguma vingança tresloucada.

No começo da noite, ele se postou diante da televisão e sintonizou num programa de assuntos policiais, cujo destaque era a coletiva de imprensa que Olsen tinha anunciado. Para sua surpresa, o anúncio da prisão da quadrilha foi relegado a segundo plano, ele nem conseguiu descobrir o nome de quem havia sido capturado. O vice-governador roubou a cena com o anúncio de que assumiria o governo de imediato, uma vez que o quadro médico do governador se agravara. O programa virou um palanque para ele anunciar uma série de medidas que iria implementar tão logo tomasse posse. Sentado ao lado do secretário de

Segurança Pública, com a cabeleira dura de brilhantina e envergando um terno de corte perfeito, o delegado Olsen ouvia de cabeça baixa o discurso de seu cunhado. Poderia ser descrito como o homem mais elegante da mesa, mas não como o mais feliz.

Quando a reportagem acabou, Miguel fez mais uma tentativa de contato com Nádia, de novo prometendo a si mesmo desligar assim que escutasse a voz dela. De novo, ninguém atendeu.

Já deitado na cama, ele se empenhava em ler um livro da série *Wild Daisy*, mas não conseguia se concentrar nas peripécias da mestiça esquimó. Sua cabeça fervilhava com um punhado de outras ideias, e a todo instante se via obrigado a retroceder a páginas já lidas, para recuperar o fio da narrativa.

Nesse momento, o telefone começou a tocar na sala.

No fim, Leandro talvez seja quem mais se beneficiou com a ausência de Ingo no período de Natal. Ele encheu uma mochila de roupas e, na prática, se mudou para a casa da mulher com quem estava de namoro, no outro extremo da cidade. Dalva, uma jovem mãe de dois filhos pequenos, separada, faxineira de uma igreja, e que só por essa bagagem já seria vista como mais velha e imprópria para ele, embora tivesse apenas vinte anos. Leandro não sabia qual seria a reação de Ingo diante da novidade.

Tinham se conhecido no culto, que o rapaz começou a frequentar apenas para poder encontrá-la. Com o tempo, passou a acompanhar ao violão o coral da congregação, do qual ela fazia parte; em seguida, ambos aderiram a um grupo de doutrinação juvenil. Estavam mais próximos do que nunca: Dalva o convidara a morar com ela, mas Leandro deixou claro que não poderia tomar uma decisão desse tamanho sem antes consultar Ingo. Devia esse gesto de respeito ao seu amoroso pai postiço.

Ele fazia planos de conseguir algum dinheiro dando aulas de violão até arranjar um emprego de verdade, o que mostra que, no íntimo, já estava decidido. Só faltava comunicar a Ingo.

Com esse objetivo, voltou para casa logo na manhã de sexta-feira, pois queria estar no apartamento antes que Ingo chegasse; não queria que Ingo notasse que ele vinha dormindo fora sem a permissão dele. Leandro também tinha sido convidado a passar o Natal no Paraná, mas preferiu não acompanhar Ingo, sob o argumento de que seria arriscado deixar o apartamento sem ninguém naquela época do ano.

Leandro sobressaltou-se ao ouvir vozes quando subia as escadas entre o segundo e o terceiro andar do predinho sem elevador. Freou o passo, imaginando que Ingo tinha chegado mais cedo e estava acompanhado. Leandro precisava de uma história que justificasse sua ausência. Uma boa história. Continuou subindo, devagar, e teve uma imensa surpresa quando alcançou o terceiro piso. No final do corredor, à esquerda, a porta do apartamento de Ingo se achava aberta, e de lá vinham as vozes. Um homem saiu do apartamento. Um homem quase calvo, de jaqueta jeans. Se existissem mais andares acima, Leandro teria continuado a subir, dissimulado, por puro instinto. Mas caminhou em direção ao apartamento. Antes de sair de todo para o corredor, o homem disse alguma coisa a alguém dentro do apartamento. Já muito perto da porta, Leandro viu um sujeito, sentado bem à vontade no sofá da sala. Leandro nunca tinha visto nenhum dos dois com Ingo, por isso pressentiu o perigo.

O homem que havia saído do apartamento trazia um distintivo da polícia pendurado do bolso da jaqueta e uma pistola presa ao cinto. Ele se interessou por Leandro.

Vai aonde, garoto?

O tipo de vida que levou na Bahia, desde o dia em que nasceu até completar quinze anos; o meio em que circulou depois, no qual polícia e bandido se diferenciavam apenas porque, em geral, um lado vestia uniforme; o adestramento diário na trincheira da luta pela sobrevivência; e, sobretudo, uma inata rapidez mental. Tudo isso permitiu a Leandro encarar sem temor o homem, olhando-o nos olhos, e embarcar num improviso em que acentuou seu sotaque de origem:

O seu Ingo está em casa?

Não, ele saiu um pouco. O que você quer com ele?

Eu emprestei um violão pra ele, e agora tô precisando pegar de volta.

O policial o examinou para fins de catalogação humana: adolescentão, cabelo curtinho, calça de tergal e camisa social de manga curta. Todo jeitão de crente.

Eu já morei aqui no prédio...

Ele tinha visto o violão, Leandro apostava, sem medo de errar, encostado na parede num canto da sala. Um Giannini com muita estrada, que já passara por inúmeras mãos. O homem mordeu a isca.

Vamos lá pegar.

Ele abriu a porta e Leandro entrou no apartamento. Estava calmo, no controle absoluto de seus nervos. Nunca teve medo da polícia na vida; apenas raiva. O segundo policial continuava sentado no sofá, assistia a uma retrospectiva do ano na televisão, e o observou sem muito interesse.

Veio buscar um violão, o homem da porta informou.

Leandro passou na frente do sofá e pegou o instrumento junto à parede. Enquanto fazia isso, viu, em cima de um móvel da sala, seu boné do Esporte Clube Bahia, seu time do coração. Tinha aquele boné fazia anos, era de estimação, quase um amuleto da sorte. Ao lado dele, havia um coldre com uma pistola, provavelmente do homem no sofá. Leandro sentiu o coração encolher: seria obrigado a deixar o boné ali, não havia opção. Seu querido boné.

O homem que o abordara no corredor acompanhava com atenção seus movimentos pela sala. Era um policial experiente, bruto, mas atento, e a hesitação de Leandro, ainda que mínima, não lhe passou despercebida.

O que foi, alguma coisa errada?

Não, tudo certo.

Na televisão, um intervalo comercial interrompeu a retrospectiva. O policial do sofá desgrudou os olhos da tela e os pousou sobre Leandro. Bateu com a mão no lugar ao seu lado.

Não quer esperar com a gente? Senta aqui.

Leandro agradeceu, explicou que estava com um pouco de pressa e que só tinha passado mesmo para pegar o violão. Depois falaria com Ingo. E se voltou para a porta, agora tenso por saber que dois pares de olhos acompanhavam, sem piscar, cada passo que ele dava naquela direção — nunca havia reparado como era imensa a distância até a porta.

Assim que se viu fora do prédio, Leandro procurou um orelhão e telefonou para o número que Ingo havia deixado para casos de emergência. Ficou sabendo que Ingo tinha embarcado de volta num ônibus naquela manhã, devendo chegar logo depois do almoço.

Era cedo ainda. Leandro pegou um ônibus e foi até o terminal rodoviário, na zona central da cidade. Fez hora por lá, e estava de plantão na plataforma de desembarque no momento em que Ingo desceu do ônibus no começo da tarde. Esperava-o de violão nas costas, feito um menestrel portador de más notícias.

9.

Fazia mais de um ano que ele não punha os pés no departamento — o tempo que durou a operação —, obedecendo a uma das regras de segurança das ações de infiltração. Como parte das providências para deixar de vez o personagem Miguel, tinha raspado a barba e a cabeça, e remoçado uns bons anos. Por não o reconhecerem de pronto, os colegas, nos corredores, hesitavam antes de cumprimentá-lo. Houve quem nem o identificou. Além disso, existiam alguns quadros novos no setor, gente que só o conhecia por sua fama, nem sempre boa.

Ele tinha sido convocado para depor numa sindicância interna que apurava responsabilidades por falhas ocorridas na operação de captura dos ladrões de carga. Em particular, buscava-se uma boa explicação para a fuga de Ingo. Buscavam-se culpados. Ele estava sob investigação, sabia disso, por mais que os membros da comissão de sindicância tivessem insistido em chamar o interrogatório de "entrevista".

Começaram elogiando seu desempenho, elogios consignados em ata. Questionado se ainda mantinha algum tipo de contato com o foragido ou com a irmã dele, disse a verdade. Ingo tinha evaporado no trajeto de volta do Paraná. Quanto a Nádia, não recebia qualquer notícia dela fazia já algum tempo — desde o rompimento, vinte e três dias antes; ele saberia definir com exatidão esse tempo até em horas, se fosse necessário, porque sofrera com a falta dela em cada minuto dessas horas.

Não contou para a comissão sobre as diversas vezes que se arriscou a telefonar para a casa dela, em horários alternados, e nunca foi atendido. Deduziu que ela trocara de número. Tentou contatá-la ligando para a butique, mas a funcionária, precavida, não foi além de informar que Nádia estava de licença, sem previsão de volta. Ele preferiu não se identificar nem deixar recado. Numa única ocasião, passou com o fusca pela rua em que ela morava. Não chegou a parar: havia uma placa de "Vende-se" espetada no jardim, e um corretor de imóveis aguardava interessados sentado na varanda da casa vazia.

Encerrado o depoimento, que durou pouco mais de quarenta minutos, ele tomou um café requentado na copa e, em seguida, se dirigiu à sala do chefe. Olsen, em geral criatura de bons modos, até para justificar o arbusto nobre da árvore genealógica, o surpreendeu ao recusar-lhe um aperto de mão, deixando claro, de saída, qual seria o tom do encontro. Ele sentou-se diante do delegado e se preparou para o esporro.

Como foi?

Normal. Fizeram perguntas, respondi o que eu sabia.

Conseguiu explicar como o Ingo escapou?

Eles sabem que eu não fiz nada de errado, doutor.

Então por que o Ingo não tá preso?

Não sei, aconteceu alguma coisa...

Talvez um vazamento?

É uma possibilidade.

Ou talvez uma falha do agente infiltrado, uma falha bem grosseira? Uma negligência?

Não estou entendendo, doutor.

Olsen era dessas pessoas que represam as emoções ao limite. Pessoas perigosas, que, quando menos se espera, explodem. Como aconteceu ali, com o ruidoso tapa que ele deu na mesa.

Seu filho da puta. Por que você nunca mencionou que tinha um menino morando com o Ingo? Vai me dizer que não sabia?

Achei que não era importante, ele deveria ter dito com sinceridade. Errei, poderia acrescentar com humildade. Mas não disse nada. Estava impactado com o tapa na mesa. Olhava a jugular pulsando em relevo no pescoço do delegado.

Por sua culpa e irresponsabilidade, uma criança fez dois policiais experientes de bobos.

Ele não é *tão* criança assim.

O comentário irritou ainda mais o delegado. Ele usou o indicador como um gancho para afrouxar o colarinho engravatado. Estava à beira de uma ocorrência coronariana.

Quer dizer que você viu o menino...

Vi uma ou duas vezes.

E por que ele não aparece em nenhum dos seus malditos relatórios?

Na realidade, ele não tinha uma boa explicação para dar, então apenas balançou a cabeça, como se lamentasse o fato.

Quer que eu responda? Porque você estava com a cabeça enfiada debaixo da saia daquela mulher, e não viu mais nada.

Olsen tinha razão, não cabia contestar, ele admitiu, e o pior é que morria de saudade daquele tempo. O delegado abriu a gaveta e selecionou uma folha no interior de uma pasta. Segurou-a com cuidado, como se ali estivesse escrita uma profecia. Ou uma fórmula secreta.

Detesto fazer isto, mas não vejo saída: você vai ficar suspenso até que tudo esteja esclarecido.

Ele pegou o papel da mão do chefe e leu de passagem seu conteúdo. Pôs de volta sobre a mesa e riu. Um riso retórico.

Não é justo: a sindicância nem acabou e eu já estou sendo condenado.

A irritação de Olsen ainda não se dissipara.

Leia direito a porra da portaria. Você está sendo afastado por negligência. É uma medida disciplinar. Por enquanto é culpado apenas disso.

Ele pegou o documento de novo e, desta vez, tomou ciência de seu teor. Descobriu que, além do afastamento de suas funções por tempo indeterminado, a portaria mencionava a suspensão de seus vencimentos e também a entrega de armas, algemas e distintivo.

Continuo achando injusto, doutor.

Contrariado, o chefe correu os dedos pelo cabelo comprido. O subordinado teve a impressão de que a cabeleira estava mais grisalha do que na última vez em que se encontraram. O caso ali é que os dois se gostavam muito, se admiravam, se respeitavam. Ambos sofriam com a situação.

Espero que você entenda, o delegado disse, eu estou sendo pressionado.

A maré não andava boa para o lado dele naquele início de 1974. Olsen vinha colecionando dissabores desde a malfadada coletiva de imprensa do governo no final do ano anterior. Naquela tarde soube que não seria nomeado secretário de Segurança. O cunhado explicou que precisava costurar alguns acordos em busca de apoio político, e o posto seria oferecido a um aliado de outro partido. Na virada do ano, Olsen poderia ter brindado com o champanhe Fracasso.

A fuga de Ingo, se não invalidara a operação, a transformara numa fonte de questionamentos e piadas no âmbito interno da polícia. No departamento, velho pântano de fofocas, circulava o boato de que Olsen só resistira no cargo por interferência direta do cunhado, agora mais poderoso do que nunca, empoleirado na cadeira de governador.

E as contrariedades pareciam não ter fim.

Tinha rompido com Mirela, estavam de mal desde que ela fora passar o réveillon numa ilha do Caribe em companhia de um cabeludo que cantava cúmbias, tão jovem e colombiano quanto ela. Num momento em que o delegado não estava em sua sala, algum filho de chocadeira tinha se aproveitado para deixar uma revista de fofocas de televisão em sua mesa. Mirela era vista na capa, mais exuberante do que nunca, toda de branco, feito uma nossa senhora. Posava ao lado do cabeludo no convés de um iate, e a reportagem interna insinuava que a confraternização entre os dois tinha prosseguido após a festa.

Olsen observou o subordinado se levantar da cadeira, tirar do cinto o coldre com o revólver e colocá-lo na mesa. Depois, meteu a mão no bolso traseiro da calça, retirou sua carteira e dela o distintivo policial. O delegado empurrou o 38 de volta.

Fique com a arma. Você pode precisar.

Ele pegou o revólver, mas não o recolocou no cinto. Olsen lhe ofereceu uma caneta para que assinasse a portaria, declarando estar ciente da suspensão.

O que você foi aprontar...

Eu não fiz nada de errado, doutor. A sindicância vai provar isso.

Foi o que ele disse, antes de sair da sala, embora estivesse doido de vontade de comentar que seu único erro naquela operação foi não ter ficado com Nádia.

A ilusão do formigueiro.

O sujeito precisa sumir por uma temporada ou duas e, ao invés de se recolher a uma vida sigilosa, de monge trapista, aposta no movimento contrário e submerge no oceano do anonimato, em meio aos milhões de pessoas que circulam todos os dias pelas ruas de uma cidade daquele tamanho.

A maior parte do tempo, ele viverá tranquilo, sem grandes sobressaltos. Há chance de ser encontrado? Sempre há, nada é cem por cento infalível. Vai depender da equação sorte versus acaso. Vai depender também do apetite de quem o procura.

Valia para ele. Valia para Ingo.

Uma única vez reencontrou alguém que havia prendido. Um traficante. Tinha parado de improviso num mercadinho, porque lembrou que precisava comprar comida para Bibi, e deu de cara com o sujeito, mais gordo, mais velho, ao lado de uma mulher grávida, escolhendo maçãs no setor de frutas. Ele o identificou na hora. Não se deixou ver, que era o melhor a fazer para alguém com pressa e que precisava apenas de um pouco de ração.

Nas primeiras semanas, evitou se afastar do bairro e passou longos períodos dentro de casa, acompanhando a recuperação de Bibi e sua adaptação à vida no apartamento. Andava armado e atento, sem se descuidar. Aos poucos, voltou a frequentar bares e lugares de outra época de sua vida, reencontrou amigos — quer dizer, amizades de balcão de bar, que, no fundo, são as mais fiéis; em muitos casos, é quem aparece na hora derradeira, para segurar a alça do caixão. Tentou sair com mulheres, mas a coisa não funcionou tão bem — achou-as, todas, desinteressantes. Esteve a um passo de recorrer a prostitutas, depois desistiu. Naquele momento ele não era uma boa companhia. O desinteressante era ele.

Com frequência se enfiava às dez da manhã na sessão dupla

— ou tripla! — de um cinema poeira do centro, sem nem verificar antes a programação, e ali dissipava parte do seu dia anestesiado por tramas sobre cangaceiras com pouca roupa e muita disposição para o sexo ou sobre pistoleiros que se vingavam de todos os inimigos e seduziam lindas mulheres, sem nunca sofrer por nenhuma delas.

Sonhava com Nádia com frequência, ela sempre linda e feliz. Numa noite, foi tão real que ele acordou de repente, sentou na cama e estendeu o braço para tocá-la na escuridão do quarto, o coração disparado, a cueca úmida da polução. Morreu muito nessas noites.

O ápice da crise aconteceu numa tarde de domingo, na avenida Justino Moreira, quando um Corcel novo em folha mudou de faixa sem aviso e abalroou a lateral do seu fusca. Ele freou, conseguiu controlar o carro, e nada sofreu exceto o susto. Quando desceu para avaliar o estrago, o motorista do Corcel foi para cima dele, valentão, perguntando se ele era cego. Só bem depois, numa delegacia, ele admitiu a si mesmo que havia exagerado. Na hora da discussão, pareceu-lhe natural meter o 38 na cara do sujeito e dizer aos gritos que o cego era ele. Tudo testemunhado por motoristas obrigados a parar na avenida e, no interior do Corcel, pela mulher e os dois filhos pequenos do homem para quem ele apontava a arma.

Um dia, derrotado pelo tédio, telefonou para o pintor Romildo Jr., dono de uma galeria de arte na zona boêmia da cidade, que uma vez lhe oferecera trabalho, um bico. Tinham se conhecido num vernissage em que ele acompanhava Nádia. Ela e o pintor eram amigos da época da Escola de Propaganda, onde ele deu aulas de estética e história da arte. Sessentão, Romildo Jr. exercitava nas telas sua crença fervorosa num certo realismo sujo.

Ao procurar o pintor amigo de Nádia, ele, de forma não tão inconsciente, tentava provocar um encontro não tão acidental com ela. De fato isso acabou ocorrendo, mas de um jeito que ele jamais poderia imaginar.

A convite de Romildo Jr., ele trabalhou como segurança do bar chique que funcionava nos fundos da galeria, frequentado por jornalistas, intelectuais, artistas e desocupados ricos em geral. Pegava no batente às seis da tarde, envergando um traje escuro, e saía junto com o último cliente, não raro com o sol raiando. Foi orientado a ser tolerante com o uso de drogas e com manifestações amorosas heterodoxas. Nunca presenciou qualquer confusão nem precisou intervir em nenhuma briga. Na sua avaliação, os clientes eram afetados demais para brigar. De quebra, recebeu ótimas gorjetas manobrando carros para os grã-finos.

Havia um detalhe ao qual ele procurava se manter atento: para Romildo Jr., seu nome ainda era Miguel e sua ocupação profissional indefinida. E, como se houvesse um acordo tácito entre os dois, nunca falavam de Nádia. Era como se ela ainda não tivesse vindo ao mundo.

As mulheres que circulavam pelo bar olhavam para ele com curiosidade, interesse ou enfado. Um mulherio exótico, ao qual, até então, ele nunca tivera acesso. A maioria era nervosa demais para o seu gosto. Ou magra demais. Ou se drogava demais. Ou ria demais. A verdade é que ele permanecia de luto.

Até que Romildo Jr. o converteu numa espécie de guarda-costas, para poder executar um projeto num dos lugares mais inóspitos da cidade, a Vila Urutu, um amontoado de casebres pendurados numa encosta no extremo norte da cidade, onde o pintor havia nascido e passado a adolescência. Agora desejava retratar o local numa série de obras, mas tinha recebido um recado de que a presença de estranhos punha nervoso o chefe do crime na área.

Durante duas semanas, antes de clarear o dia, para assim fugirem do horário de trânsito mais pesado, ele pegava Romildo Jr.

em casa e o levava à periferia. Mesmo sem tráfego, gastavam no trajeto mais de uma hora, o que dava ideia da distância social que o pintor percorrera desde seu lugar de nascimento até a área nobre onde agora morava, na companhia de quatro enormes cães de raça, numa casa ampla de dois andares, com piscina, sauna, churrasqueira e um ateliê imenso nos fundos. Só nessa dependência poderiam se abrigar, com total conforto, de três a cinco das famílias numerosas que se espremiam nos casebres que ele pretendia reproduzir em suas pinturas.

Quando chegavam à Vila Urutu, Romildo Jr. escolhia a cena que queria retratar, o ângulo, montava o cavalete, instalava a tela e, sentado num banquinho, se punha a trabalhar concentrado, alheio aos moradores que passavam a caminho do trabalho ou da vadiagem e olhavam com uma curiosidade sem espanto para sua figura extravagante. Além das roupas coloridas que gostava de vestir, o artista usava um chapéu de aba larga a fim de se proteger do sol. Um sombrero.

Cabia a ele ficar por perto, atento a qualquer manifestação de desapreço ao filho pródigo velho e famoso que queria homenagear suas raízes. Às duas da tarde, em geral, Romildo Jr. encerrava seu trabalho, ele o ajudava a recolocar a tralha toda no fusca e os dois "voltavam para a civilização", nas palavras do pintor.

Nos primeiros dias, ninguém os importunou. Alguns meninos venceram a timidez e se aproximaram do artista, que resolveu incluí-los na cena que pintava — e pagou bem para posarem. Na manhã seguinte, uma fila de moradores se formou assim que chegaram, se oferecendo para aparecer nas pinturas. Deu trabalho explicar que não se tratava de uma ação social do governo.

Ele pedira ajuda a um amigo da Inteligência para levantar a ficha do mandachuva do pedaço. Era um ruivão prognata chamado Lourival, descrito como um traficante cruel e violento.

Carregava duas acusações de homicídio no currículo. Conselho do amigo: fique longe, ele odeia policiais.

Aconteceu no penúltimo dia que passaram na Vila Urutu, batizada mais tarde pela prefeitura de Jardim Everaldo Marques da Silva, em homenagem ao jogador de futebol tricampeão da Copa de 70, morto num acidente. Romildo Jr. estava posicionado no alto de uma ravina, ainda rascunhando a carvão o casario visto de cima que pretendia retratar, quando dois rapazes emergiram da mata ao redor, de arma na cintura. Não disseram uma palavra, apenas se deixaram ficar por ali como se nada quisessem. Observavam, fascinados, o recorte dos telhados surgindo aos poucos na tela à frente do pintor, como se assistissem a um número de mágica.

Ele estava sentado numa pedra, entretido com um livrinho que narrava a ascensão e queda de Tônio Olivares, e ficou de olho nos dois, que era tudo que podia fazer. Romildo Jr. continuou trabalhando sem se alterar, como se estivesse num transe, ignorando por completo a presença dos rapazes.

Eles atuavam como batedores, isso ficou evidente no instante em que o patrão entrou em cena, também vindo da mata, caminhando despreocupado pela trilha, à frente de meia dúzia de asseclas. Todo mundo armado, alguns com armas longas.

Os dois que haviam chegado antes se afastaram, abrindo espaço, respeitosos, assim que Lourival se aproximou de Romildo Jr. Por um tempo, o traficante se manteve de braços cruzados — as mãos escondidas sob as axilas —, acompanhando o trabalho do pintor, que concluíra o esboço na tela e preparava a paleta de tintas. Lourival se voltou para um comparsa:

Não é mais fácil tirar uma foto?

Todos riram, menos o pintor e seu guarda-costas, que permanecia sentado na pedra, um bocado tenso, mas fingindo estar relaxado. Eles agora formavam um semicírculo ao redor de Romildo Jr., os canos dos fuzis emergindo do grupo, e olhavam para Lourival, como se aguardassem pelas palavras de um guia de museu.

Vai aparecer na televisão?

Romildo Jr. interrompeu o trabalho e tirou o chapelão para enxugar o suor da testa com um lenço manchado de tinta. Explicou com boa vontade que seu plano era fazer uma exposição com as pinturas e que talvez a tevê se interessasse pelo assunto.

Vai ter festa?

O pintor disse que, no dia da abertura da exposição, pretendia dar uma grande festa e perguntou se Lourival gostaria de ser convidado. Um murmúrio, seguido de risos, divertiu os asseclas. Antes de responder, o traficante olhou para os telhados abaixo da vegetação esturricada de sol.

Pra mim, não dá. Eu saio pouco do morro, só me sinto bem aqui em cima. Deve ser a qualidade do ar.

Tinha os braços tatuados com desenhos toscos, amadores, espasmos de letras. O cabelo crespo era bem ruivo, quase vermelho, da mesma cor da barbicha que despontava no queixo pronunciado. A pele inteirinha coberta por sardas.

Se você precisar de alguma coisa, pede pra falar comigo. Lourival. O Loro. Que sou eu.

Romildo Jr. agradeceu e o traficante e sua guarda pessoal se retiraram pela trilha, de volta para a mata. O pintor olhou para ele e balançou a cabeça, divertido. Em seguida, ajeitou o sombrero na cabeça e deu início às pinceladas na tela.

A aventura resultou numa série de vinte e três pinturas intitulada "Urutu", que caiu nas graças da crítica e encheu Romildo Jr. de prestígio e de muito mais dinheiro — no caso dele, inexistia a figura do marchand; o próprio artista negociava suas obras com os interessados.

Por ter acompanhado o processo de maneira tão íntima, ele

teve a veleidade de possuir uma daquelas pinturas, a menor delas — um ângulo de telhados precários —, mas foi desencorajado pelo preço: dava para comprar um fusca novo.

No último dia de trabalho na Vila Urutu, quando foi levar Romildo Jr. em casa, o pintor o convidou para um drinque. E foi nesse dia que ele reviu Nádia.

Entraram no casarão, mas, antes de passarem ao ateliê, nos fundos, ele teve que esperar na sala enquanto Romildo Jr. recolhia os cachorros a um cercado. Eram bichos ferozes, descomunais, incumbidos de defender o vasto terreno ocupado pela casa.

Ele circulou pela sala ampla, decorada com bom gosto e móveis sóbrios, pisando em tapetes macios. Em um canto, havia um aparelho de televisão gigante, o maior que ele vira na vida. Enfeitava as paredes, valorizada por luzes direcionais, a coleção particular de Romildo Jr., formada em boa parte por obras assinadas por ele.

Um menino descalço recortado pela luz do incêndio que devorava um barraco na favela. A estrutura corroída pela ferrugem de um pontilhão de trem em desuso. Três mulheres de roupa curta e cores berrantes na porta de uma boate em algum lugar perdido do interior brasileiro. Um velho sentado ao sol na calçada, com uma caneca de esmolas na mão e um cachorro estirado a seus pés.

Num canto distante da sala, meio oculta, feito um prêmio oferecido a quem se aventurasse até ali, estava ela, retratada numa pintura retangular, mais ou menos do tamanho de um jornal desdobrado. Posara recostada numa cadeira belle époque, com cortinas de veludo ao fundo, de óculos escuros e com o cabelo, que ele nunca tinha visto tão comprido, quase cobrindo os seios à mostra. Um nu.

Soube na hora que era ela, embora mais jovem. Os óculos atrapalhavam, mas ele achava que conhecia cada poro daquele corpo. E a fidelidade do pintor à modelo foi tamanha, que lá estavam reproduzidas as duas pintas que Nádia tinha na face interna da coxa esquerda.

Um sofá encostado à parede sob a pintura o obrigou a inclinar o corpo para decifrar, na parte inferior direita do quadro, abaixo das iniciais da assinatura *RJ*, a data da obra: 1962. Fez cálculos rápidos e concluiu que na ocasião Nádia tinha por volta de vinte anos. Sentiu uma pontada de ciúme, mesmo sabendo que nenhum tribunal do mundo lhe daria ganho de causa.

Linda, né?

Estava tão imerso no quadro que não percebeu Romildo Jr. se aproximar; os tapetes ajudaram amortecer o som dos passos do pintor. Só lhe restou concordar.

Linda.

O pintor lhe entregou uma das taças de vinho que trazia. Brindaram num silêncio carregado de eloquência, como se brindassem ao instante irrevogável capturado na tela. As mãos de Nádia em repouso sobre as coxas deixavam ver do púbis apenas um indício de pelos.

Ela era minha aluna na época. A mais deslumbrante.

O comentário deu margem a mil e um pensamentos, todos incômodos. Ele, porém, se fez de blasé e tentou se comportar com a fleuma que seria mais apropriada a um dos frequentadores do bar da galeria. A pose não durou nem meio segundo: sentiu o veneno correndo nas veias, mais veloz que o sangue.

O pintor era conhecido pelas festas de arromba que promovia naquela mansão, e doeu nele imaginar quantos pares de olhos já haviam devassado a nudez daquele corpo, reproduzido com mais verdade do que numa fotografia.

Está à venda?

Não, faz parte do meu acervo pessoal. Tanto que eu nunca expus na galeria.

Ele bebeu um gole de vinho, tentando se apoderar do maior número de detalhes expostos na pintura. Teria que se contentar em reter apenas na memória aquela Nádia que não existia mais. Em pouco mais de uma década, as formas do corpo dela tinham se avolumado, a mulher cumprindo plenamente todas as promessas feitas pela jovem da pintura. Era ela que ele preferia e de quem sentia falta.

Você podia fazer uma cópia e me vender.

A proposta fez o pintor sorrir, benevolente.

Não funciona assim.

Romildo Jr. pousou a taça de vinho em um móvel e mexeu na fonte de luz fixada abaixo da pintura. A luminosidade percorreu a pele de Nádia, desvelando a textura da tela e o relevo das pinceladas, sem, contudo, desfazer a magia. Depois que ficou satisfeito com a posição da luz, o pintor se afastou e contemplou a obra cheio de orgulho e solenidade.

É o momento. A luz. É único, nada disso vai se repetir. Está imortalizado.

Romildo Jr. recuperou sua taça de vinho e bebeu.

Não sei se você entende, Miguel: se eu fizesse, não seria uma cópia, seria uma falsificação.

Logo cedo numa segunda-feira ligaram do departamento — ele estava afastado fazia mais de um mês. Mas o assunto não era a sindicância. O verdadeiro proprietário do sobrado, um amigo do delegado Olsen, que emprestara o imóvel para a operação, ia colocá-lo à venda. Pediam que ele fosse até lá retirar seus pertences que ainda estavam no local. Livros, muitos livros, além de algumas roupas e de um punhado de objetos pessoais que não conseguira transportar na noite em que Bibi foi baleada. Ele não se incomodaria em deixar muitos daqueles objetos para trás, mas foi pelos livros que voltou.

Por precaução, antes de estacionar, passou devagar pela rua, atento a qualquer movimentação suspeita. Não havia, a segunda--feira parecia normal naquela parte do bairro. Pôs o fusca na garagem e, no momento em que fechava o portão, um vizinho acenou para ele. Era um velhote branco, de sandália, bermuda e camisa de botão, com toda pinta de militar reformado. Durante o período em que habitou o sobrado, tinha visto esse homem não muito mais do que um par de vezes, e o contato nunca fora além de um cumprimento ou de um comentário sobre o clima. Nem sequer sabia seu nome.

Tá esperando sair uma onça dessa selva?

A pergunta fez com que ele atentasse para a situação do jardim, que àquela altura, estimulado pela temporada generosa de chuvas, já camuflava boa parte da fachada; o tomateiro vergava sob o peso dos frutos.

Eu me mudei, não moro mais aqui. Só vim recolher umas coisas. O dono vai vender.

O velho deu um tapa na testa.

Poxa, então andei dando informação errada.

Impaciente, só pensando em terminar logo o que viera fazer ali e cair fora, ele se viu obrigado, por polidez, a se aproximar do portão e esperar que o vizinho desenvolvesse a história no seu ritmo.

Falei pros seus amigos que você estava viajando.

Meus amigos?

É. Bom, pelo menos eles disseram que eram seus amigos. Três homens.

Ele resolveu baralhar com o velho:

Eu não tenho tanto amigo assim.

O vizinho parou para pensar no que aquilo significava no

plano metafísico. Não encontrando uma resposta satisfatória, baixou de volta ao mundo real.

Desculpe, mas ô pessoal mal-encarado, hein? Saí na porta por acaso, eles estavam insistindo aí na sua campainha.

O que eles queriam?

Me perguntaram se eu sabia por onde você andava. Falei que devia estar viajando, que fazia um tempão que eu não te via. Fiz mal?

Não, tudo certo.

Dando a conversa por encerrada, ele pediu licença e tentou se safar do vizinho, mas o homem o surpreendeu:

E aquela sua amiga, a loira, ela tá bem?

Quem diria que até aquele velhote bisbilhoteiro, ele constatou, havia sucumbido aos encantos de Nádia. Decidiu improvisar um enredo:

Ela me deixou. Fugiu com um magnata árabe, sabe esses ricaços do petróleo?

O vizinho não caiu na lorota. Sua reação foi acercar-se mais, como se fosse revelar um segredo:

Ela vinha todo dia te procurar. Ficava parada aqui na frente da sua casa, dentro do carro. Um Gordini branco, né?

Aquilo o desarmou. Ele olhou para a rua, como se Nádia ainda pudesse estar ali. Imaginá-la à sua espera, numa espera estéril, o entristeceu. E o que o velho acrescentou só serviu para piorar sua disposição.

Dava pena de ver, o tempo inteiro parada aqui nesse solzão... Uma vez, tomei a iniciativa de trazer um copo de água gelada pra ela. Coitada, não sabia como me agradecer...

Ele pediu licença de novo e, de forma abrupta, deixou o velho falando sozinho e começou a se afastar em direção à porta do sobrado. Estava no limite. Não queria ser visto chorando.

No interior da casa, era como se o tempo estivesse congelado no dia do rompimento, e ele entrou com a sensação de que por pouco não conseguiria escutar o eco da voz de Nádia naquela sala. Avançou pelo corredor e, na cozinha, flagrou uma barata flanando pela pia, mas ela logo bateu em retirada. No quintal, debaixo do abacateiro, uma extensa mancha escura e ressecada no cimento mostrava o quanto Bibi tinha sangrado. Era uma cachorra de muita sorte, nas palavras do veterinário que a operara. Disso ele já sabia.

Subiu ao quarto. E no ambiente da última vez em que estiveram juntos, intocado como a cena de um crime — as roupas de cama ainda reviradas, um travesseiro caído no chão —, cedeu às recordações.

Sentou-se na beira do colchão e alisou uma ruga no lençol. Neste instante, estremeceu ao captar o cheiro dela. Muito mais a lembrança do cheiro que o próprio cheiro. Um flash. Com força suficiente para fazê-lo enfiar a cara nas roupas de cama em busca de mais. Tudo que conseguiu encontrar, no entanto, foi um aroma longínquo de sabão em pó.

Permaneceu deitado na penumbra, esmagado pela saudade e sem ânimo para sair dali. Quando criou coragem e se ergueu, algo deslizou do lençol para o chão. Tateou com a mão aberta até encontrar. Um brinco.

Uma pequena argola, talvez de ouro, enfeitada com uma pedrinha vermelha. Ele nada entendia de brincos, mas imaginou que se tratava de um artigo caro — Nádia não era de usar bijuterias. Tinha na palma da mão um excelente pretexto para procurá-la, o que o alentou por alguns minutos. Embarcou na fantasia e chegou a imaginar o reencontro e o que cada um diria. Terminavam reconciliados um nos braços do outro, claro.

Guardou o brinco no bolso da calça e desceu para a sala. Estava agachado, absorto, acomodando os livros nas caixas de papelão, quando a porta da rua se abriu de repente. Perturbado pela conversa com o vizinho, a deixara destrancada, e sua reação foi levantar-se.

Viu Nádia entrar.

Estava de preto, mais magra, abatida. Sem viço. Ficou parada no meio da sala olhando para ele sem dizer uma palavra, com cara de quem não acreditava no que via. Pareceu nem o reconhecer, e ele se lembrou de que ela ainda não o tinha visto com o cabelo curto e sem a barba. Não conseguia antecipar o que iria acontecer, mas sentia-se preparado para tudo; mesmo se ela tirasse uma arma da bolsa, ele não reagiria.

Mas Nádia deixou cair a bolsa no chão, juntou as mãos na frente da boca, tremendo e balbuciando o nome dele. Seu nome falso. Nesse instante, a urina começou a escorrer pelas pernas dela.

Ele avançou e a acolheu num abraço. Ela se agarrou a ele feito náufraga se afogando. E só então chorou. Chorou de soluçar, enquanto batia no peito dele.

Nunca mais faça isso comigo.

Ele se manteve abraçado a ela, apertando-a com toda a força que possuía nos braços, o rosto mergulhado em seu cabelo, sentindo o calor que subia dali. Houve um momento em que levantou os olhos e viu, pela porta que continuava aberta, na luz declinante da tarde, o vizinho se afastando de seu portão. Entendeu no ato que ele havia telefonado para Nádia.

10.

Eles não tinham um plano. Viviam um dia de cada vez, atentos, sem nunca improvisar. Não é tão simples quanto parece; uma hora as pessoas cansam, relaxam, baixam a guarda. Não os dois: cumpriam rotinas rígidas e protocolos inegociáveis, como se a cidade padecesse de uma peste contagiosa e precisassem se resguardar.

E foram felizes, se não para sempre, ao menos por uns quatro ou cinco anos, tempo em que aconteceram as coisas mais importantes na vida dos dois.

No começo, por questão de segurança, dividiram o apartamento dele com Bibi. Era a única coisa provisória na vida do casal. Dos três, Nádia era quem mais sofria, habituada aos espaços amplos, abertos e arejados da casa onde havia passado os últimos anos. E tinha o cheiro do rio. E o barulho rasante dos aviões. A cachorra se acostumou mais rápido do que ela ao apartamento. Ele caçoava.

Nádia o chamou de Miguel pelo resto dos seus dias e algumas vezes, ao recolher a correspondência dele, estranhava o nome do destinatário e se lembrava de reprimir o gesto automático de devolvê-la ao carteiro.

Ele a levou ao estande da polícia e a ensinou a atirar, coisa que muito irritou o delegado Olsen, afinal, a suspensão continuava em vigor. Presenteou-a com uma pistola 22, que ela passou a carregar na bolsa. Tinha o dom: atirava melhor do que muita gente com quem ele havia trabalhado.

Viver uma vida quase secreta, em constante perigo e sob o peso de uma ameaça real carregou ainda mais de potência o lance entre os dois. Se iam a um restaurante num sábado à noite, desfrutavam de cada momento, desde que, vigilantes, deixavam o prédio, até a escolha do cardápio que iriam partilhar — podia ser a última refeição. Durante o período em que esteve afastado da polícia, ele saía bem pouco do apartamento e das imediações, e se ela se atrasava no trânsito ao voltar para casa, já se punha inquieto. Um cotidiano feito de cuidados mútuos que não se confundiam com práticas invasivas; eram, antes, manifestações de afeto e atenção extremos. Se não estavam juntos, falavam-se várias vezes por telefone.

Por amor, Nádia fizera uma escolha radical, abdicando da vida livre que levava. Agora, tudo exigia planejamento e precauções maníacas. Mas ela estava feliz. De um modo que nunca tinha sido. Sabia que Miguel a amava — do jeito dele. Ela brincava dizendo que ele havia aprendido a amar num curso por correspondência do Instituto Universal Brasileiro. Ele retrucava que havia aprendido no cinema, em particular com os filmes franceses. E com aquelas mulheres de plástico dos livrinhos de espionagem, Nádia acrescentava.

Ela continuava sócia na butique, porém aparecia bem menos na loja, e em horários imprevistos. Ainda saía com as amigas, uma confraria feminina da época da faculdade, mas dava preferência a ambientes fechados e a reuniões caseiras. Nunca recebeu nenhuma delas enquanto morou no apartamento nem fornecia a ninguém seu endereço — sua correspondência pessoal era enviada para a loja. As amigas brincavam que ela estava vivendo com um agente secreto — mal sabiam quanta razão tinham.

Nádia sentia falta de ir à praia, e provocava Miguel com a ideia de irem morar em uma casa numa comunidade de pescadores no litoral da Bahia, que ela conhecera numa viagem de férias. Mas ele dizia que ainda lhe restava um período para viver como policial, uma espécie de carma, depois que fosse inocentado pela sindicância. Nádia percebia como ele andava ansioso pelo relatório final da investigação, prestes a ser apresentado. O telefone do apartamento tocava pouco, mas cada vez que acontecia provocava um sobressalto nele. Até Bibi parecia nervosa.

Nem tudo era negativo, no entanto. Impelida pela necessidade, Nádia, que antes não fritava nem um ovo, comprou livros de culinária e aprendeu a cozinhar, ao menos o básico, e ele se aprimorou muito no fogão.

E na maior parte do tempo restante, eles transavam — quase nunca na cama. Bastava se roçarem no corredor ou a caminho do banheiro, e nisso o apartamento apertado ajudava. Uma energia libidinosa pairava o tempo todo sobre os dois.

Ela se comunicava com frequência com a mãe, no interior do Paraná. No começo, mentindo, atribuiu a falta de visitas ao momento profissional tumultuado que atravessava. A mulher morria de forma lenta de um câncer, assistida por uma equipe de enfermeiros e médicos custeada por Ingo. Pela mãe, Nádia ficou sabendo que o irmão estava escondido numa cidadezinha próxima de Brasília. E foi também por ela que recebeu um recado dele: sabia que a irmã estava vivendo com o homem que o traíra e só recomendava que não estivesse por perto no dia em que os dois se encontrassem. Nádia preferiu não comentar nada com Miguel.

Finalmente um dia ele foi chamado ao departamento para tomar ciência da conclusão da sindicância. A investigação o inocentou de todas as suspeitas e acusações, inclusive a de negligência na missão. Seus salários suspensos durante o afastamento seriam ressarcidos. A comissão julgou inadmissível que dois agentes com larga experiência não tivessem revistado o apartamento de Ingo assim que o invadiram. Teriam, no mínimo, encontrado as roupas e os pertences do rapaz e saberiam que Ingo não morava sozinho. Além disso, a coletiva de imprensa que divulgou a operação de capturas no próprio dia de sua realização foi questionada, tachada de prematura, eleitoreira e irresponsável. O relatório finalizava com a recomendação de uma advertência ao delegado Olsen, por não ter impedido que acontecesse.

Isso ajuda a entender por que, no processo de reintegração do agente, Olsen o tenha designado para a "Sibéria", apelido do setor de correspondência. Um castigo, mas também uma vingança pessoal. Não era um bom momento para requisitar a compreensão ou a amizade do delegado, pois a vida continuava a fustigá-lo. Mirela tinha anunciado que estava grávida e que não interessava quem era o pai; ela falava em produção independente. O circo em torno do tema arruinava o humor de Olsen todos os dias. E um funcionário do departamento, ou mais de um, quem sabe, continuava fazendo questão de mantê-lo atualizado ao deixar sobre sua mesa jornais e revistas com reportagens sobre a gravidez. O delegado chegou a considerar a instalação de câmeras na sala. Se pegasse o responsável, era capaz de dar um tiro no filho da puta.

Quando Miguel voltou a trabalhar, Nádia entendeu que uma dose de normalidade seria possível na vida dos dois. Ela começou a ir à butique com mais frequência e a levar uma rotina um pouco menos reclusa. Até saiu com ele para dançar, quer dizer, levou-o para vê-la dançar, coisa que, ela sabia, o agradava.

Planejava visitar a mãe no Paraná, mas a viagem seria uma verdadeira operação de guerra. Já tinham discutido o assunto, e os opunha uma divergência fundamental: Nádia não se via como alvo de uma possível retaliação e achava seguro se locomover sem maiores problemas; ele sabia que podiam tentar fazer mal a ela para atingi-lo ou, no mínimo, segui-la para chegar a ele. Viviam esse impasse.

Um dia, um colega do departamento desceu ao quartinho insalubre das correspondências para comentar com ele que tinham matado Ingo no Paraguai. A notícia ainda carecia de confirmação, mas dava conta de um confronto entre a polícia e contrabandistas na fronteira. Fazia sentido imaginar que Ingo tivesse retomado a atividade em que se iniciou no mundo do crime, ele pensou.

À noite, ao chegar em casa, Nádia o esperava para o jantar na sala à meia-luz, deitada no sofá, assistindo a um filme na televisão. Ele a beijou e sentou-se ao lado dela. Pela cara dele, ela entendeu que havia algo errado e bloqueou o som da tevê no controle remoto.

O que foi?

Ele segurou a mão dela.

É uma notícia ruim: parece que mataram o Ingo no Paraguai. Eu soube hoje à tarde.

Ela não disse nada. Ele sentiu a mão dela esfriando dentro da sua. Lágrimas deslizaram pelo rosto dela na penumbra. Ele a abraçou com força.

Uma hora ia acontecer, Nádia murmurou.

É uma notícia que ainda precisa ser confirmada, viu? Achei que eu ainda nem devia te contar.

Nádia fungou e limpou o rosto.

É ele, sim. Sonhei com o Ingo tem umas duas noites. Ele queria me dizer alguma coisa e não conseguia. Eu acordei angustiada com isso.

O que você vai fazer? Vai contar pra sua mãe?

Não, Miguel, nem pensar. Pra que fazer ela passar por mais esse desgosto? A minha mãe ainda nem se recuperou direito da morte do Lico.

Ficaram um tempo calados, olhando para a tela do televisor sem som, onde Richard Burton se movia nas sombras de uma cidade cinzenta e ameaçadora. Era um filme de espionagem, que ele se lembrou vagamente de ter visto uns anos antes. Falava de um agente duplo como ele. Um desertor. Nádia suspirou e apertou a mão dele.

Sempre tive medo que uma hora vocês se encontrassem...

As lágrimas voltaram a correr pelo rosto dela.

Mas se eu tivesse que escolher, ia preferir você vivo.

Neste momento, um avião passou voando baixo sobre o prédio — a imagem na televisão tremeu, virou um chuvisco, demorou a voltar ao normal. Nádia limpou as lágrimas e se levantou do sofá.

Não se falou mais de Ingo naquela noite. Jantaram em silêncio. Quando foram para a cama, permaneceram abraçados, cada um entregue ao seu mundo interior. Por fim ele percebeu que Nádia tinha adormecido em seus braços.

Um dia, regressando do horário de almoço para o trabalho, ele estava no fusca, parado num farol, acompanhando com olhos distraídos a algazarra de um grupo de colegiais que cruzava a faixa de pedestres à frente. De repente, na calçada, os trejeitos de um mendigo que fuçava no latão de lixo de uma lanchonete captaram sua atenção. Estava descalço e usava roupas ensebadas. Apesar do rosto deformado pelo inchaço, achou que conhecia a figura, em particular o cabelão arrepiado. Era Moraes.

Uma buzinada estridente o trouxe de volta ao volante do

fusca na avenida, debaixo da luz verde do semáforo. Ele foi obrigado a avançar, ouvindo um impropério do motorista impaciente, que o ultrapassou com seu carrão de luxo, um Aero Willys. Demorou para encontrar uma vaga onde deixar o carro. De volta à lanchonete, Moraes tinha sumido.

Tinha sumido, mas deixado no ar um rastro pestilento, quase sólido, que ele seguiu sem muita dificuldade. E lá estava o mendigo no canteiro central da avenida, debaixo de uma árvore, ao lado de um abrigo improvisado com plásticos. Ele atravessou a avenida e se aproximou com alguma cautela, o que se mostrou acertado. Assim que o viu, Moraes pegou um pedaço de pau do interior do abrigo e se posicionou na defensiva, com ele à frente do corpo.

Moraes? Não tá me reconhecendo? Sou eu, o Miguel.

A resposta foi um riso insano, que revelou a ausência dos dentões dianteiros. Perdera também o olho esquerdo, só restando a pálpebra murcha no lugar. E uma cicatriz alarmante nascia na lateral do rosto e avançava para o pescoço. E como fedia.

Calma, Moraes, eu só quero conversar. Sou seu amigo...

Ele teve a impressão de que algum tipo de conexão quase se processou no cérebro do outro. Faltou pouco. Logo Moraes tornou a ameaçá-lo agitando o pedaço de pau. Ele se afastou, erguendo os braços.

Eu só quero te ajudar.

Moraes grunhiu, de olhos arregalados, como se tivesse perdido o dom da fala. Depois, soltou mais um riso desatinado. Estava em outra sintonia. Ele atravessou a avenida de novo, voltou à lanchonete, comprou um sanduíche e um refrigerante e deixou perto do abrigo. Enquanto voltava para o carro, olhou para trás e viu Moraes rastejar do seu abrigo em direção à comida. Então foi para o departamento, satisfeito por ter realizado essa boa ação.

Supersticioso, achou que estava recebendo uma retribuição

do cosmos quando, à tarde, Dirceu Sai da Frente passou pela oficina do armeiro, chamou-o de lado e lhe confidenciou que o delegado Olsen iria designá-lo para uma missão, encerrando uma pinimba que lhe custara meses de aborrecimento.

Voltou outras vezes ao trecho da avenida em que Moraes estava vivendo. Levava comida, roupas, levou um dia um par de sapatos. Sempre deixava tudo a certa distância do abrigo, igual a um indigenista tentando fazer contato com uma tribo arredia.

Nunca conseguiu se comunicar com Moraes. Numa das ocasiões em que esteve no local, ouviu sons vindos do interior do abrigo — parecia que o mendigo chorava. Aproximou-se com cuidado, venceu o asco ao mau cheiro e espiou: deitado sobre um cobertor encardido, Moraes ofegava, se masturbando de um jeito frenético.

Até a tarde em que não o encontrou: sob a árvore restavam apenas vestígios de sua presença. Perguntou na lanchonete e ficou sabendo que alguém tinha visto o mendigo ser recolhido por desconhecidos e colocado à força num carro. A partir desse dia, nunca mais soube dele.

Nádia andava desconfiada de que Ingo continuava vivo. E tinha motivo para isso: embora ele nunca mais tivesse feito contato com a mãe, Nádia teve um sobressalto ao descobrir que as despesas com a equipe médica que cuidava dela continuavam sendo pagas todos os meses, sem falta. Só não conseguiu apurar por quem, já que o valor era depositado na conta da mãe em dinheiro, na boca do caixa. Ela prosseguia investigando, e resolveu não comentar nada com Miguel enquanto não descobrisse algo concreto.

Na noite em que ele chegou em casa ainda perturbado por ter cruzado com Ingo na rua, e contou isso a Nádia, ela não ficou nem um pouco surpresa. Depois disso, voltaram a tomar os cuidados com a segurança que haviam afrouxado desde a notícia — nunca confirmada — da morte de Ingo.

Atravessavam uma fase que podia ser chamada de idílica: tinham acabado de se mudar para uma casa no meio do mato, na verdade uma chácara, a uma hora da cidade. Miguel fora reintegrado às suas funções no departamento e voltara às boas com o delegado Olsen. Nádia reduzira sua carga de trabalho e só dava as caras na butique uma ou duas vezes por semana. Ficava em casa cuidando das plantas e flores de um imenso jardim em progresso, tendo Bibi por companhia.

Estavam até falando de filhos.

O tempo passou. Um dia, no departamento, o telefone tocou em sua mesa e, assim que atendeu, ele soube com quem estava falando.

Viu como não é difícil te achar, Miguel?

Ingo?

Ah, já não uso esse nome.

E que nome você tá usando?

Sujismundo.

Ele riu da menção ao personagem de uma recente campanha de higiene pública do governo. Ingo também riu. Como nos velhos tempos.

Tenho um recado pra Nádia.

Estou ouvindo, ele disse.

Na verdade, também estava gravando — tinha acionado o dispositivo acoplado ao telefone no minuto em que identificou seu interlocutor.

Ela precisa visitar a mãe. Urgente. Antes que seja tarde. A velha tá morrendo.

Sinto muito, ele disse com sinceridade.

Alguém que ouvisse aquela conversa pensaria que escutava dois velhos amigos, o que, no fundo, eles nunca deixaram de ser.

Sou eu que estou impedindo a Nádia de viajar, não acho seguro.

Não vai acontecer nada com a minha irmã, eu garanto. Só não quero falar com ela. Meu assunto é com você.

Quando quiser resolver, você sabe onde me encontrar.

A gente ainda vai se cruzar, você vai ver, Ingo disse. Aliás, já se cruzou.

Daí, riu. E desligou.

Quinze dias depois, Nádia embarcou num ônibus noturno rumo ao Paraná. Ele foi levá-la à rodoviária e, ao passar pela banca de revistas que funcionava no local, em busca dos livros de bolso nos quais era viciado, por puro capricho do destino, esteve pela última vez com Ingo. Quem proporcionou o encontro foi o atendente da banca, que, notando seu interesse por histórias de ação e espionagem, mostrou-lhe um volume grosso, cuja capa, em cores berrantes, copiava sem nenhum pudor o pôster do filme *O poderoso chefão*.

Já leu esse?

Ele aceitou a indicação e incluiu o livro em suas compras sem nem examiná-lo direito. Só fez isso bem mais tarde, em casa. Chamava-se *Mau caminho* e trazia um subtítulo: *Memórias de uma vida no crime*. Era uma edição amadora, de autoria anônima, com o depoimento de um ladrão, que contava suas peripécias no submundo.

Ele começou a ler de imediato, e levou um choque logo nas primeiras páginas. Ainda que os episódios fossem narrados em tom fantasioso, quase épico, ele descobriu, fascinado, que conhecia a maioria deles e que de alguns até havia tomado parte. Se lhe restava alguma dúvida, ela desapareceu quando, a certa altura da história, entrou em cena um personagem chamado Miguel.

Sozinho em casa, ele mergulhou na leitura, febril, até de madrugada. Recordou aventuras do tempo em que Ingo começava no contrabando, que já ouvira de viva voz e em detalhes nas intermináveis conversas que tiveram.

Era um bom livro, cheio daquela vitalidade que a experiência vivida costuma conferir às narrativas. No fundo, não importava o que era real e o que era ficção — ela também existia, é inegável, e em boa quantidade naquelas páginas. Mas não se podia negar que Ingo tinha uma grande aventura humana para comunicar. Isso, afinal, é o que se espera de qualquer livro. Talvez, se publicado por uma boa editora, *Mau caminho* poderia se converter num sucesso de público.

O trecho reservado a Miguel se estendia por várias páginas, com Ingo resgatando desde o dia em que os dois se conheceram num bilhar, o apadrinhamento no bando, a afeição que se criou entre eles, até o golpe inesperado da traição de Miguel. Era possível afirmar que ter sido enganado de forma tão inapelável tinha mexido mais com ele do que o desmantelamento da quadrilha pela polícia.

Não havia uma única palavra sobre Nádia, tampouco menção ao assassinato do agente da Receita Federal.

Nas últimas páginas do livro, não se sabe se numa espécie de licença poética, num arroubo premonitório ou se apenas com a intenção de satisfazer os leitores do gênero, que em geral não apreciam muito finais em aberto, Ingo propunha um desfecho para sua história com Miguel. Os dois se reencontravam num estacionamento numa noite chuvosa.

SANGUE

1.

O acaso é o jeito que Deus encontrou para escrever seus poemas.

2.

Fim de tarde de inverno, tinha escurecido mais cedo naquela quinta-feira, um chuvisco enjoado borrava a paisagem. A caminho de casa, ele se lembrou de Nádia ter pedido que comprasse leite e pão para o café da manhã. Parou nos fundos do estacionamento de uma padaria, entrou, pediu pão, leite, queijo e presunto. Na televisão, Sonia Braga dançava ao som das Frenéticas, anunciando o capítulo da novela.

Ele se sentia relaxado, relaxamento que não havia experimentado muito ao longo dos seus quarenta anos, que completava naquele dia. Estava distraído enquanto aguardava que o funcionário terminasse de fatiar o queijo, e não olhou uma única vez para os três homens que bebiam cerveja na ponta do balcão. A presença dele, ao contrário, despertou bastante interesse nos três. Se tivesse olhado apenas por um segundo na direção dos homens, bom fisionomista que era, na certa teria reconhecido um deles. Aquele que o viu primeiro.

Com a surpresa de vê-lo ali, o homem teve um sobressalto que o fez se agitar no banco que ocupava junto ao balcão. Nunca acreditou nessa conversa de sorte ou azar, e o que estava acontecendo naquele exato instante, bem debaixo do seu belo nariz, mostrava que talvez ele estivesse enganado.

Ele atendia pelo nome de Xavier, mas já tivera outros nomes e outras vidas, tudo relacionado com o crime. Tinha fugido de uma penitenciária não fazia muito tempo, andara escondido e agora estava voltando depois de mais uma troca de pele. Suas feições poderiam ser consideradas severas, não fossem atenuadas pelo bigode e pelo cabelo pintado numa cor postiça, que esboçavam em seu rosto um inesperado aspecto cômico.

Dele se dizia uma porção de coisas, a começar que exagerava na atenção à aparência. Circulavam insinuações maliciosas no meio em que Xavier atuava, algumas eram apenas brincadeiras, outras nem tanto. Ele não se constrangia. Apenas gostava de se cuidar. Não tinha culpa se os outros não passavam de animais que fediam a suor e a perfume vagabundo. Como os dois que bebiam a seu lado no balcão.

Marujo e Celião.

Começava pela maneira como se vestiam, ambos de camiseta, casaco de couro falso e calça jeans ensebada. Um uniforme. Celião piorava tudo com o boné de uma cooperativa na cabeça e Marujo, com seu tênis colorido em vez de sapato. Celião e Marujo não davam a mínima para esse tipo de assunto. Tudo frescura, na opinião dos dois. Eram feios, sujos e malvados por natureza, o que combinava com as atividades que desempenhavam. Carregavam na pele manchas, tatuagens e cicatrizes. Eram machos e ponto-final.

Marujo tinha vindo de Pernambuco bem jovem e servido uns anos na Marinha, daí o apelido. Era grande, forte, belicoso. Podia perder o controle de repente e por qualquer besteira. Gostava de um baralho, porém, como não sabia perder, a maioria evitava jogar quando ele estava na mesa. Marujo tinha que estar sob constante comando.

Xavier desconfiava que o boxe, praticado com entusiasmo desde a juventude por Celião, além de deformar seu rosto — um dos olhos se mantinha semicerrado e o nariz parecia uma batata amassada —, causara danos mais severos por dentro da cabeça. Nos últimos meses, cada vez com mais frequência vinha acontecendo uma coisa que punha Xavier nervoso: se estivesse falando, Celião interrompia a frase no meio, entrando numa espécie de mundo paralelo que o fazia dar uma risadinha sinistra de esguelha e balançar a cabeça como se tentasse reconectar algo no cérebro. Ao sair do transe, não se lembrava mais do que estava dizendo e se irritava. Também Celião precisava de controle. Talvez até mais do que Marujo.

Para Xavier, faltava aos dois um princípio básico, inteligência, por isso ele estava no comando, tomava as decisões, emitia as ordens. Ele era o chefe. Cabia a Marujo e Celião obedecer sem questionar, como bons subordinados. Verdade que ambos eram leais acima de qualquer vacilo, e isso contava muito no ambiente onde operavam.

Em comum, a dupla já preenchera a ficha de entrada em presídios de várias regiões do país. Marujo também havia ficado preso alguns meses no Paraguai, numa sucursal do inferno chamada Villa María.

Na realidade, os três podiam ser considerados uma patota barra-pesada: andavam armados, não perdoavam traições ou hesitações e estavam sempre ocupados com negócios ilícitos. Naquele começo de noite, bebiam cerveja na padaria para gastar o tempo antes de uma visita que fariam mais tarde. Um cliente tinha encomendado um ônibus. Xavier não sabia com que finalidade; na certa, não era para levar crianças à escola. E o que importava? O cliente queria um ônibus? Estava pagando? Seria atendido sem questionamentos. Eles iam invadir a garagem de uma empresa e roubar um.

Xavier sorriu para Celião e Marujo, que se olharam sem entender. Ele indicou a fila do caixa com um movimento de cabeça. Os dois demoraram para localizar o que ele queria que vissem. No começo, pensaram que era a morena com capa de chuva vermelha, que aguardava sua vez de pagar. Xavier se impacientou, só faltou apontar o dedo para o alvo de seu interesse: o homem na fila que equilibrava suas compras nos braços.

Quem é, Xavier?, quis saber Marujo.

Em resposta, Xavier puxou a carteira do bolso interno do casaco e colocou sobre o balcão algumas notas de dinheiro. Saltou do banco.

Paguem a conta. Espero vocês lá fora no estacionamento. Não demorem.

Ainda sem entenderem muito bem o que se passava, Marujo e Celião viram Xavier caminhar em direção à porta da padaria. Ali um segurança barrou sua saída, queria ver o recibo do caixa e não houve meio de convencê-lo de que seus companheiros se encarregariam da conta. O sujeito se mostrou inflexível. Discutiram e Xavier falou uma porção de palavras ásperas para o homem. Pouco adiantou: teve que voltar e recolher o dinheiro que havia deixado no balcão.

Vamos.

Celião bebeu num gole a cerveja que restava em seu copo e, já em pé, enfiou na boca as fatias de salaminho que sobravam no prato e limpou a mão na calça. Marujo apeou do banco num giro e suspendeu o cinto acima da barriga.

Preciso mijar, Xavier.

Então vai logo, porra.

A fila do caixa andava devagar, Xavier não queria correr o risco de perder o homem de vista.

O alvo em questão pagou suas compras em dinheiro, elas foram acondicionadas em sacolas e ele saiu da padaria para descobrir que o chuvisco tinha cessado, mas não o frio, que o obrigou a fechar o zíper do casaco e a puxar o capuz sobre a cabeça.

Xavier e Celião deixaram a padaria e esperaram sob a marquise Marujo voltar do banheiro. A temperatura continuava caindo, estava previsto que faria nove graus de madrugada. Xavier bateu seu sapato de cromo no piso, espantando a friagem.

Celião ajustou o boné na cabeça e depois ficou esfregando as mãos na frente da boca, aquecendo-as com seu bafo fumacento. Ele não se sentia cem por cento naquela quinta-feira, desde cedo acordou "pressagiado", como dizia; por ele, nem teria saído de casa. Mas então Xavier telefonou com a história do ônibus e ele não teve como tirar o corpo fora. Agora penava com o frio daquela noite de merda, e ainda por cima com um pressentimento que não conseguia decifrar. Só sabia que era coisa ruim. Algo terrível estava para acontecer.

Na hora do almoço, Celião tinha ligado para Pai Moronga, tentou falar sobre a sensação que o oprimia, mas não logrou encontrar as palavras certas. Não era bom nisso. O pai de santo comentou que por telefone ficava difícil e sugeriu que Celião desse uma passada no restaurante. Pai Moronga era um homem ocupado: durante o dia, tocava um restaurante-dancing à beira de uma represa e à noite comandava a gira num terreiro da Baixada.

Impossível, Celião gemeu.

A saída foi amarrar a fé nas recomendações do religioso: nada de sexo a dinheiro por um período; alimentos como carne suína e abóbora deviam ser evitados a qualquer custo. E o mais importante: distância total da cor vermelha. *Èèwò*, o pai de santo advertiu, antes de desligar.

Celião tocou a guia que levava no pescoço e se benzeu. Arrotou, o que lhe trouxe à boca, em refluxo, a lembrança do salame. Carne de porco. Que estúpido, reprovou-se, tinha esquecido da restrição. Coçou o olho que a pálpebra recobria e se virou para acompanhar Marujo voltando do banheiro. E só então reparou: não é que o puto vestia uma camiseta vermelha por baixo do casaco?

Xavier se mantinha atento ao homem que vigiava. Sua concentração era tamanha que nem percebeu Marujo postar-se atrás dele com um cigarro apagado pendurado nos lábios. Xavier observou seu alvo se aproximar de uma fileira de carros no fundo do estacionamento e se deter por um instante para dar passagem a um casal que acabava de chegar. Xavier apostou que o carro dele só podia ser o Opala com um anúncio de "Vende-se" colado num dos vidros. Foi quando ouviu atrás de si o clique do Zippo e se virou, surpreso.

Você não vai fumar agora, vai?

Num gesto brusco, arrancou o cigarro da boca de Marujo e jogou no chão molhado. Marujo ficou chocado com aquilo, precisou fazer um esforço enorme para se controlar. Xavier o encarava sem imaginar o tamanho desse esforço. A veia estufou no pescoço, a respiração se alterou, Marujo chegou a tremer. Por fim conseguiu dominar a onda de energia maligna que percorria seu corpo e congestionava seu rosto. Baixou a cabeça, humilde, curvando-se à disciplina.

Desculpe, Xavier, você tá certo.

Xavier olhava sério para Marujo, esfregando na cara dele um silêncio pior do que qualquer acusação feita de palavras. Bateu com o indicador na fronte.

Foco, Marujo, foco. O cara que a gente vai pescar é perigoso. E tá armado.

Marujo continuou de cabeça baixa, sentindo a raiva refluir, lenta, mas controlada. Podia voltar a qualquer momento, bastava ser atiçada. Seria bom Xavier acabar de uma vez com aquele sermão. Marujo odiava ser repreendido na frente dos outros, em especial de Celião, de quem não gostava.

Como se tivesse lido os pensamentos dele, Xavier encerrou o puxão de orelha e pegou no braço de Celião, que já havia voado para o "Planeta Celião" e olhava para o alto, hipnotizado pela luz de um poste. Xavier assumiu um tom conciliatório com os dois, como um chefe deve proceder depois de um esporro.

Dependo de vocês dois, somos uma equipe.

E, com meia dúzia de frases, resumiu a estratégia que iriam utilizar. Coisa simples, rápida, eficiente. Marujo e Celião atuariam em dupla, na cobertura, cabendo a ele a abordagem inicial. Era fundamental que o elemento surpresa fosse deles. Celião tinha uma dúvida:

É pra chegar derrubando?

Xavier não soube o que responder de pronto. Se pudesse escolher, gostaria de pegar o homem vivo, óbvio, e, ao imaginar essa possibilidade, trespassou-o uma vertigem de pura perversão, quase um estímulo de ordem sexual. Mas não acreditava nessa hipótese, sabia que não seria possível capturá-lo vivo. Na verdade, se o sujeito estivesse usando um colete à prova de balas por baixo do casaco, tudo podia se complicar. Teria a chance de levar um ou, quem sabe, dois com ele. Xavier preferiu não debater essa possibilidade com seus comparsas e ofereceu a Celião uma resposta vaga:

É pra fazer o que for preciso.

Foi a vez de Marujo se manifestar. Por ser o motorista mais hábil do trio, era quem dirigia, portanto precisava se preocupar com os detalhes da rota de fuga. Ele apontou para a avenida entupida de carros e sob uma saraivada de buzinas.

Xavier, por que a gente não deixa o cara sair e pega ele fora daqui? Numa rua mais...

Xavier o interrompeu, rechaçando a proposta com um gesto

impaciente. Estavam vacilando, perdendo um tempo precioso. Marujo insistiu:

Posso bater no carro dele, simular um acidente...

Xavier suspirou.

Já chega, Marujo. Vai ser do jeito que eu falei e pronto.

Isso serviu para calar Marujo, não para convencê-lo. A estratégia estava errada, ele achava. Se houvesse um tiroteio, teriam problemas para fugir com rapidez do estacionamento. Mesmo se conseguissem, o carro ainda ficaria retido naquele mar de luzes vermelhas irritadas. Não tinha como dar certo.

Xavier foi o primeiro a agir. Depois de cruzar com o casal que chegava à marquise, caminhou resoluto em direção aos fundos do estacionamento. Tirou do coldre a pistola nova em folha. Sentiu seu peso e seu poder. Dezenove tiros. Ia estrear aquela belezinha. Não poderia haver ocasião melhor do que a noite de um acerto de contas muito esperado. Sentia-se como um anjo vingador desses que aparecem em ilustração de livro religioso. No lugar da espada flamejante, levava a sua PT 380 na mão.

Não demorou e Marujo e Celião também deixaram a marquise rumo ao estacionamento. O som de uma sirene fez os dois se voltarem para a avenida — uma patrulha policial tentava abrir caminho em meio aos carros.

Celião baixou a aba do boné e apertou o passo. A tensão fazia seu coração pulsar nas têmporas e lhe embrulhava o estômago. Estava enjoado, talvez precisasse vomitar em algum momento daquela noite — acontecia sempre que ele passava por alguma contrariedade mais forte. Evitou pensar no salame, tentou se concentrar em coisas positivas, só que não havia nenhuma. Nada de bom acontecia na sua vida fazia um bocado de tempo.

A mãe tinha morrido fazia um mês depois de uma agonia prolongada, deixando uma dívida impagável num hospital. No dia anterior, Elisa, uma capixaba bem jovem que batia ponto num inferninho do centro e com quem ele saía uma ou duas vezes por semana, sem compromisso, tinha avisado que Celião iria ser pai. Ele, que nunca pensara em filhos, agora, à beira dos cinquenta anos, se defrontava com uma novidade com a qual não estava sabendo lidar. Elisa queria o filho, queria morar junto, ter cachorro, viajar. Celião não estava sequer convencido de que era o pai. Afinal, ela saía com outros homens, profissionalmente, e ele nunca a importunou. O bebê podia ser de outro, não podia? Celião achava que podia. Contudo a simples menção a essa possibilidade bastou para deixar Elisa bastante chateada.

Existia ainda entre os dois outra pendência que afetava Celião de um jeito particular — e envolvia Marujo. Ele tinha saído com Elisa algumas vezes. Apareceu uma noite no inferninho, pagou para que ela o acompanhasse a um hotel. Voltou ao inferninho em outras ocasiões. Numa delas, Elisa estava fora, numa festa de embalo com executivos italianos, e Marujo não quis saber de outra mulher. Foi embora depois de tomar um Campari.

Nunca ficou esclarecido se ele sabia que Elisa era a garota de Celião.

Num domingo os três se encontraram, por acaso, numa churrascaria da cidade e decidiram compartilhar uma mesa. Pediram vinho argentino, demoraram-se comendo, tomaram café, grappa, e de sobremesa Elisa quis torta de maçã e sorvete. Celião notou que, de um modo sutil, a presença de Marujo a perturbava.

Marujo foi apresentado por Celião como um colega de trabalho, sem outra informação adicional — não que Elisa estivesse interessada. Na cabeça dela, Celião ganhava a vida como vendedor de carros usados.

Depois do almoço, quando voltavam de carro para o apartamento dela, Celião perguntou o que Elisa tinha achado de Marujo. Ela se virou e olhou bem para ele. E, como de hábito, foi franca, que com ela o papo era reto.

Eu já conhecia esse cara. Lá do clube.

Celião aproveitou a luz vermelha do semáforo para frear e encarar Elisa. A mulher mais bacana com quem ele tinha cruzado na vida, e a que cheirava melhor — mesmo de manhã, ao acordarem. Era louco por ela. Mataria por sua causa, se fosse necessário.

Com outro nome, Elisa continuou. Valdo.

Celião já não pagava para ir para a cama com ela. Trocavam presentinhos no Dia dos Namorados e em outras datas. Ele possuía uma cópia da chave do apartamento de um quarto em que ela morava, na zona onde se concentravam as repúblicas dos estudantes da universidade. No vigésimo aniversário dela, a presenteou com uma scooter usada. Vermelha, como Elisa queria. Agora ele olhava para aquele rosto, onde sempre encontrava um sorriso à sua espera, sabendo, de antemão, que iria sofrer. Mesmo assim, esboçou a pergunta que lhe cabia:

E vocês…

Elisa fez o inesperado — riu. Mas logo se recompôs, ficou séria. O vestido expunha seu colo bronzeado e sardento e, entre os seios, no decote ousado, o detalhe de uma tatuagem — o tentáculo de um polvo.

Você quer mesmo saber, Célio?

Ele ficou em silêncio com sua cara amarrotada de boxeador e seu olho triste reduzido a meia pálpebra.

Saí com ele umas duas, sei lá, três vezes.

Celião desviou o olhar. Pousou-o, atrás de Elisa, além do vidro da janela, na fachada do museu de arte de vanguarda, sob cuja marquise se amontoavam duas dezenas e meia de mendigos. O irmão mais velho de Celião havia se perdido nas drogas, virou morador de rua, podia estar no meio daquela escória. Celião tentou resgatá-lo duas vezes, sem sucesso. O que pensaria a mãe deles disso? Esse tipo de coisa o aborrecia. Da mesma forma que saber que Elisa tinha ido para a cama com Marujo.

No semáforo, acendeu o verde. Celião demorou a reagir. Foi preciso que Elisa tocasse seu braço com sua mão pequena e macia e seu coração feroz com uma pergunta sincera acima de tudo.

É um problema pra você?

Ele olhou para a frente e arrancou, abrupto, com um solavanco, cantando pneus. Essa foi a resposta, Elisa entendeu.

Celião vinha sonhando com Marujo, uns sonhos bem esquisitos, que o deixavam perturbado. Num deles, os dois jogavam baralho com outros homens e Marujo, que estava perdendo muito dinheiro e reclamando de trapaça, se erguia de repente da mesa para pegar alguma coisa no paletó. Todos os jogadores se levantavam, pensando em armas, mas Marujo voltava para a mesa com um baralho novo, fechado no plástico, e dizia:

Agora, a gente vai jogar com as minhas cartas. Quero ver se vocês vão roubar.

Abria o baralho na mesa, e todas as cartas eram iguais. Todas traziam uma foto de Elisa nua.

Por tudo isso, Celião andava com uns pensamentos bem ruins na cabeça, e não conseguia afastá-los, por mais que se esforçasse.

Também não se pode dizer que Marujo era o homem mais feliz do hemisfério sul naquela noite. Muita coisa o incomodava, a começar pelo frio: ele tinha fechado o zíper do casaco para se esquentar, sem grandes resultados. Xavier o humilhara de novo, isso estava virando rotina. A história do cigarro jogado no chão ainda o fazia tremer de raiva.

Agora Xavier o obrigava a agir de improviso, a fazer uma coisa que não havia sido combinada, a correr riscos por um sujeito que gostava de menosprezá-lo. Odiava isso. Talvez tivesse até que matar um homem que ele nem conhecia, e na certa Celião e ele não iriam receber um centavo a mais por aquilo. Bronca pessoal de Xavier, ele que resolvesse. Marujo estava ali na condição de motorista; se consultado, teria dito que preferia esperar no carro.

No entanto, lá estava ele numa noite gelada, num estacionamento deserto, sofrendo com a baixa temperatura e a umidade. Justo ele, que nunca se habituara ao clima da cidade. Ao contornarem a fileira de carros, ele puxou a arma do cinto. Um Colt. Percebeu que Celião o imitou.

Marujo pensou em Elisa. O que uma garota como ela tinha visto num tipo como o Celião? Ele jamais entenderia. Marujo saiu com ela na primeira vez e gostou, a ponto de virar cliente preferencial. Então ela passou a evitá-lo.

Depois do encontro dos três na churrascaria, Marujo a procurou no inferninho e Elisa não aceitou ir para a cama com ele. Disse que não se sentiria à vontade sabendo, agora, que ele era amigo de Celião. Marujo a corrigiu:

Amigo, não. Colega de trabalho.

Mesmo assim, Valdo. Eu não ia me sentir bem.

Eu pago o dobro.

Desculpe, não é questão de dinheiro.

Elisa, que bebia um coquetel no balcão, estava deslumbrante nessa noite. Marujo olhava para o tentáculo do polvo e não se conformava.

Na primeira vez em que estiveram juntos, num momento em que Elisa foi ao banheiro, ele aproveitara para vasculhar a bolsa que ela deixou no quarto. Suspeitava que era menor de idade — não que fosse um impedimento; ele apenas não queria encrencas com a lei. Estava na condicional.

Elisa usava seu nome verdadeiro, havia acabado de completar dezenove anos e tinha nascido em Jales, no interior paulista.

Encontrou na carteira uma foto em que ela aparecia na praia ao lado de um brutamontes de olho arruinado que ele conhecia bem. A partir desse dia, um fator adicional o estimulou para procurá-la no inferninho.

Xavier alcançou os fundos do estacionamento. Seu alvo estava parado a menos de cinquenta metros à sua frente, com o capuz do casaco na cabeça, diante da porta do Opala. Mexia no bolso, à procura das chaves. Xavier destravou a pistola e gritou.

Ei.

Ele teve a impressão de ter ouvido alguma coisa, mas como ficou em dúvida demorou um pouco para se virar. Foi necessário que Xavier, que continuava avançando, agora a passos mais lentos, gritasse outra vez.

Miguel!

A iluminação, que não era grande coisa naquele trecho do estacionamento, o impediu de identificar o homem de imediato. Porém viu a arma na mão dele. E reconheceu a voz, tantos anos depois, quando ele falou.

Boa noite, Miguel.

Era uma voz do passado, nunca achou que fosse ouvi-la de novo, ainda mais naquela circunstância. Ele se manteve imóvel, segurando as sacolas de compras, assimilando a surpresa, pensando numa saída. Precisava ganhar tempo e optou pela estratégia mais óbvia:

Você está me confundindo com outra pessoa. Meu nome não é Miguel.

Não é? Pois eu acho que é.

Xavier enfumaçou o ar com seu riso. Depois deu um passo para o lado, a fim de que o clarão de uma luminária expusesse seu rosto.

E agora, tá me reconhecendo?

Não, não sei quem é você.

Xavier ergueu a pistola e gesticulou com ela.

Tira o capuz.

Ele se abaixou com extremo cuidado, para depositar as sacolas no chão. Levava o 38 preso ao tornozelo, como de costume. Calculava que chances teria de alcançar a arma, no instante em que dois homens surgiram caminhando pelo lado oposto da fileira de carros.

A expectativa de que fossem clientes da padaria, cuja presença inesperada pudesse interferir na situação, durou só até ele perceber que ambos também vinham de armas em punho. Estava encurralado. Celião gritou:

Quem é ele, Xavier?

É um polícia filho da puta.

Ele removeu o capuz, sentindo o ar frio nas orelhas, e abriu os braços.

Vocês estão cometendo um erro...

Marujo parou, baixou o Colt, incomodado. Ninguém havia perguntado nada para ele, mas, se perguntassem, teria falado que não gostaria de se envolver de graça na morte de um policial. Ele colocou a arma de volta no cinto. Celião notou.

O que foi, Marujo?

Não vou participar disso aí.

Caralho, que papo é esse?

Tô fora, Celião. Não vou matar polícia.

Marujo virou as costas e começou a se afastar. Celião apontou a arma para ele.

Para aí, Marujo. Você não vai sair daqui assim.

Neste momento ele percebeu que teria alguma chance, talvez mínima, mas era melhor que nada. Encheu os pulmões com o ar frio e se preparou.

Xavier demorou um pouco para se dar conta do impasse entre seus subordinados. Via, sem entender, que Celião apontava a arma para Marujo. Gritou:

O que tá acontecendo?

Esse *corno* do Marujo tá querendo sair fora.

Marujo riu. Voltou-se e olhou para o rosto disforme de Celião debaixo do boné da cooperativa.

Eu é que sou o corno? Pensa na Elisa, Celião: quem é o corno aqui?

Existem diversas maneiras de descrever um fato, mas apenas uma será fiel. Em geral, a menos verossímil. Os quatro homens estavam encobertos pelas fileiras de carros estacionados, e também não havia nenhuma testemunha no local. Só eles se envolveram no episódio, e apenas eles poderiam relatar o que aconteceu, e ainda assim os quatro talvez apresentassem versões diferentes. Nem todos, porém, sobreviveriam para contar.

De repente, Celião atirou no peito de Marujo. Quase à queima-roupa. O casaco de couro de Marujo cuspiu um jato do forro no ar, ele deu um grito curto e caiu.

Xavier estreou mal sua PT 380. Seu alvo já estava em movimento, e o primeiro e o segundo disparo que fez acertaram apenas a porta do Opala. Miguel havia se jogado no chão e tentava pegar seu revólver no coldre do tornozelo. Para impedi-lo, Xavier passou a atirar de cima para baixo.

Depois de balear Marujo, Celião se virou e também abriu fogo na direção do homem que ele nunca tinha visto até aquela noite, que rolava pelo chão molhado do estacionamento, numa tentativa de escapar para baixo de uma perua Rural Willys.

Miguel tinha conseguido puxar o revólver do coldre, mas foi atingido na canela direita. A dor veio imediata e intensa, mas não o impediu de tentar rastejar para baixo da perua. Foi quando dois outros tiros o acertaram, ambos nas costas.

Xavier se movimentava sem tirar o dedo do gatilho. Saía música da PT 380 que fervia em sua mão. Suas balas alvejaram a lataria e esvaziaram o pneu dianteiro da perua sob a qual seu alvo buscava se proteger. Mesmo ferido, sem poder enxergar direito os inimigos, Miguel respondeu ao fogo, meio a esmo. Seus tiros só estilhaçaram os vidros do Opala, mas serviram para fazer Xavier recuar e interromper os disparos por um instante.

Celião percebeu que a munição de seu revólver tinha acabado, meteu a mão no bolso da calça para pegar mais projéteis e, na agitação, deixou cair alguns no chão. Ao se agachar para recuperá-los, sentiu um coice entre as costelas. Olhou para o lado e viu que Marujo permanecia vivo, escorado num carro, e o havia atingido pelas costas. Celião olhou para a munição no piso molhado, pensando que seria necessário recarregar o revólver, o que, naquela circunstância, lhe pareceu uma tarefa além de suas forças. Estava enjoado, sentia um pouco de tontura e curvou-se para a frente para liberar um espasmo de vômito. Marujo, então, disparou seu Colt, acertando em cheio o rosto de Celião, que primeiro caiu de joelhos e em seguida tombou morto.

Xavier suspendeu o fogo e esperou que Miguel, que se encostara na perua, descarregasse às cegas seu 38; a maioria das balas perfurou carros ao redor. Logo que teve certeza de que Miguel não tinha mais munição, Xavier levantou a pistola e se aproximou dele para o tiro de misericórdia a curta distância.

Miguel continuava apertando o gatilho de seu revólver sem munição. Um dos tiros tinha atingido o pulmão, ele não estava conseguindo respirar direito e começou a se debater porque sentia se afogar no próprio sangue. Xavier ficou de cócoras para olhar Miguel nos olhos.

Filho de mil putas. Não falei que um dia eu te pegava?

Miguel estendeu a mão no vazio, olhos esbugalhados, em desesperada busca por oxigênio — não conseguia respirar. Xavier achou divertido e riu. Levantou, apontando a PT 380 para a cabeça dele, quase chateado de lhe abreviar a agonia.

Vá pro inferno.

Meio segundo antes de puxar o gatilho, Xavier sofreu o impacto de um tiro que varou seu abdômen. Ele perdeu o equilíbrio e, ao cair, a pistola escapou da mão, deslizando para baixo de uma Kombi. Enquanto tentava se levantar, Xavier percebeu que Marujo, que o havia baleado, se aproximava para completar o serviço. Vinha sorrindo com o Colt à frente do corpo.

E só não o executou porque não deu tempo. Alertada por alguém que ouvira o tiroteio, uma patrulha da polícia entrava no estacionamento da padaria com a sirene uivando. Marujo preferiu sair dali; passou por Xavier e foi andando num passo incerto até desaparecer entre os carros estacionados. Mantinha a mão no peito, onde Celião o atingira, mas não sentia dor; tinha a ver com a adrenalina. Não ia demorar para começar a doer. Com o casaco fechado, ele nem fazia ideia do quanto estava sangrando.

Mal a viatura freou, Xavier se ergueu e, iluminado pelos faróis, foi ao encontro dos policiais que desembarcavam, clamando por socorro, com uma das mãos levantada e a outra segurando o abdômen baleado. Um capitão usando boina e sobretudo o amparou.

Estou ferido, oficial. Levei um tiro.

O que aconteceu aqui?

Não sei, Xavier disse. Eu estava saindo da padaria, apareceram esses malucos atirando e eu levei a pior.

Você conhece algum deles?

Não! Nunca vi na vida.

Xavier olhou a mancha de sangue em seu casaco caro, como se perguntasse, decepcionado: eu tenho cara de quem se mistura com esse tipo de gente?

Quantos eram?

Não sei, não deu pra ver. Foi muito rápido.

Um policial auxiliou Xavier a sentar-se no meio-fio, e avisou que iria chamar uma ambulância pelo rádio da viatura. O capitão avançou para perto da cena do tiroteio, tentando entendê-la. Pode-se dizer que a fumaça dos disparos ainda não havia se dissipado por completo. Ao lado de um Opala, ele viu sacolas de compras no chão e, a pouca distância, encontrou o primeiro morto.

Estava caído meio de lado, a cabeça apoiada no estribo da Rural, e tinha morrido segurando um 38. O oficial se abaixou para recolher a arma e, ao fazer isso, encontrou súbita resistência, percebendo que o homem ainda vivia. Ele agarrou a manga do sobretudo do policial e a puxou, como se quisesse dizer algo. Mas tudo que conseguiu foi expelir uma golfada de sangue pela boca. Agonizava. O capitão se ergueu e gritou para outro policial.

Tem mais um ferido aqui!

O capitão reparou que outra viatura policial chegava ao estacionamento da padaria. Ligou uma lanterna e se aproximou do segundo homem caído. Este estava mortinho da silva e encerrado, constatou: uma bala de grosso calibre tinha arrancado parte de seu rosto. Ele se agachou, pegou o revólver e os projéteis que Celião não teve a chance de usar.

Havia muito sangue no chão molhado, o facho de luz mostrou, e o capitão logo compreendeu que faltava alguém naquela cena. Alguém ferido, que deixara um rastro que ele seguiu com a lanterna até uma fileira de carros. Estava escuro, ele hesitou em prosseguir. Ouviu uma sirene ao longe; a ambulância teria problemas para chegar ali. Afinal, criou coragem, pegou sua arma e entrou no espaço entre os carros, seguindo com a lanterna a trilha de sangue respingado.

Um grande número de curiosos dava trabalho para os policiais preservarem a cena do tiroteio, e clientes da padaria impedidos de ter acesso imediato a seus carros contribuíam para aumentar o caos no local.

Xavier continuava sentado no meio-fio e mentia pela terceira vez, agora para um policial recém-chegado, sobre o que havia acontecido. O sangramento no abdômen estava contido, ao que parecia, e a dor aumentava a cada instante. Foi com alívio que ele viu a ambulância estacionando. Olhou na direção da Kombi, para baixo da qual sua pistola havia deslizado, e lamentou deixar para trás uma arma nova. Um paramédico surgiu para ajudá-lo a se levantar e o apoiou na caminhada para a ambulância. Um policial os interceptou:

Um momento.

Sem dizer mais nada nem pedir licença, abriu o casaco ensanguentado de Xavier e o submeteu a uma revista. Encontrou o coldre da PT 380.

Cadê a arma?

Xavier se fez de desentendido. O policial puxou as algemas.

Este homem está preso. Ele está envolvido no tiroteio.

O senhor está enganado, eu sou a vítima aqui. Quase me mataram.

O policial ignorou os protestos e o algemou. Só então Xavier viu o segurança da padaria, com quem havia discutido, olhando para ele com uma luz de satisfação no rosto. Antes que fosse conduzido à ambulância, um cabo grisalho, já em final de carreira, se interessou por ele.

Espera um pouco, eu conheço esse cara.

Xavier se manteve de cabeça baixa. O policial se aproximou.

É um ex-policial. Você não é o Véio?

Xavier retrucou com humildade:

O senhor está enganado. Eu posso provar que...

O cabo tocou em seu queixo, fez com que levantasse a cabeça.

Tá todo diferentão, cabelo pintado, mas é o Véio, sim.

O cabo se voltou para o policial que revistara Xavier.

Eu prendi esse ladrão uma vez, faz anos já. Uma parada com umas armas, a mulher é que entregou ele.

O cabo bateu no ombro de Xavier com inesperada intimidade.

Sabe por que eu lembro? Fui eu que te algemei naquele dia.

Xavier não se deu por vencido.

Senhor, eu estou ferido, preciso ir para um hospital. Depois eu esclareço essas divergências.

Os dois policiais riram. Aquele que o havia reconhecido recomendou ao paramédico:

Pode levar. Mas já sabe: soro num braço e algema no outro.

Marujo conseguiu se afastar da padaria e cruzar a avenida, andando no meio dos carros parados. Desceu uma ribanceira coberta de grama do outro lado, atravessou uma praça e alcançou uma rua menos movimentada. A dor no peito estava se tornando insuportável, ele precisava ser atendido por um médico com urgência. Viu um táxi com o luminoso aceso, acenou, foi ignorado. Puxou o zíper do casaco: a frente de sua camiseta estava empapada. Ele sentia o cheiro do próprio sangue, e isso o deixava enjoado.

Nesse instante, olhou para trás e viu que um policial o seguia. Marujo riu da sua desdita, só faltava essa, um maldito gambé querendo bancar o herói. Ele se virou de novo e atirou duas vezes, sem fazer mira. As balas repicaram no calçamento. O policial, que vinha pelo meio da rua, deu um salto para o lado, livrando o rabo de um acerto de contas precoce com o Criador.

Um fusca surgiu, vindo na direção contrária. Marujo acenou com a pistola levantada e quase foi atropelado. Tentou atirar no carro, mas descobriu que a munição havia se esgotado. Encostou-se na mureta de uma casa e trocou o pente da pistola. Precisou se agachar, tentando controlar a respiração. Apesar do frio, suava em bicas, sentindo um atordoamento que só aumentava. Tinha sangue até dentro dos tênis.

Ouviu o ruído de estática de um radiocomunicador. Observou a rua deserta: o policial se resguardava atrás de uma daquelas árvores, Marujo não sabia dizer qual. Com esforço, tentou se levantar apoiando-se na mureta, mas não conseguiu; o corpo pesava toneladas. Estava zonzo. Havia algo em brasa cravado em seu peito.

De repente começou a chorar e a ganir feito um cão. Lembrou-se da juventude, ainda em Pernambuco, vieram à mente as proezas da época em que viveu embarcado, só as melhores lembranças. Pensou nos amigos, que sempre torceram por ele e apostaram que chegaria longe. Bom, lá estava ele, o velho homem do mar, cagado de dor numa rua desconhecida, sentindo calor quando deveria sentir frio. E confuso, muito confuso. Não tinha certeza nem de em que parte da cidade se encontrava.

Teve a impressão de que o policial que o perseguia cruzava a rua. Chegou a erguer a pistola, mas não atirou. Um cansaço imenso se apoderava dele. De súbito, perdeu o equilíbrio e desabou sobre a calçada. A custo, conseguiu endireitar o corpo e ficar sentado outra vez, encostado na mureta, respirando forte pelo esforço. Deixou cair a pistola. Veio, num lampejo, a percepção de que seu tempo no mundo estava esgotado. A escuridão aumentou ao seu redor. E o engoliu.

Ele não sentia dor. Nem frio. E nenhum desejo de se mexer. Havia encontrado uma posição menos desconfortável para o corpo, a cabeça apoiada no estribo da perua, o que lhe permitia continuar respirando, ainda que com extrema dificuldade por conta do sangue que se acumulava na garganta. Tinha apenas uma vaga ideia do que se passava ao redor.

Algo escorria dele, algo quente, e se acumulava debaixo de seu corpo no chão molhado. Sabia que estava ferido com gravidade. E consciente de que dificilmente sairia com vida daquele estacionamento.

Percebeu a aproximação de um policial, o oficial o olhou com uma expressão desolada, depois se abaixou para tirar o 38 de sua mão. Nessa hora agarrou a manga do sobretudo do policial, tentou falar que também era da polícia, que tinha documentos no bolso da calça que comprovavam isso, mas de sua boca só saiu uma golfada de sangue, nenhuma palavra.

Estava morrendo.

Na noite gelada, despedia-se de um mundo no qual, feitas as contas, tinha sido mais feliz do que infeliz, onde amou e foi amado com intensidade e onde havia suado mais de prazer do que por qualquer outro motivo, inclusive trabalho. Um mundo em que odiou e foi odiado com a mesma força e perdoou bem mais do que o perdoaram; onde, como qualquer outro semelhante, teve alegrias e dores, mais alegrias do que dores. Um lugar do qual, no fim, iria sentir falta.

Não acreditava em nenhuma forma de pós-vida. Era um sujeito supersticioso e sem fé.

Tinha perdido a noção das horas, mas calculava que já era bem tarde. Pensou em Nádia. Ela devia estar à sua espera com o jantar pronto, e talvez tivesse até preparado um prato especial, afinal era aniversário dele. Àquela altura, estaria preocupada com seu atraso. Podia vê-la saindo à varanda, de olho na estrada de terra que conduzia ao portão da chácara. Ela e Bibi.

As duas ficariam decepcionadas: ele não iria chegar a tempo em lugar nenhum.

* * *

Nádia, de fato, o esperava para jantar, e tinha feito a comida favorita dele, estrogonofe, que vira e mexe ele pedia que ela preparasse. Desta vez, se arriscara a assar um bolo, cujo resultado não a agradara completamente, mas que serviria para comemorarem o aniversário dele com as velas que ela havia comprado.

Ela sentou na cadeira de balanço na varanda, enrolada num casacão de lã para se proteger da friagem. A visão dos canteiros de flores na lateral da casa a encheu de satisfação. As azáleas tinham florescido mais cedo naquele ano e reinavam, altivas, sobre as outras flores ainda impúberes.

Nádia escutou os latidos de Bibi.

Nem precisou se levantar para vê-la: no vértice da cerca, ao lado do poço, a cadela latia retesada nas patas traseiras. Um tatu acuado. Ou talvez o lagarto com quem ela mantinha um duelo particular que já durava semanas. Nádia gritou seu nome.

Bibi parou de latir e se voltou, o rabo espanando o ar, mas não desistiu do cerco. Ela passava os dias inspecionando as fendas e reentrâncias do terreno, colecionando carrapatos e derrotas em seus embates com a fauna local. Não fazia um mês um ouriço encurralado numa toca tinha transformado seu focinho num agulheiro.

Nádia tornou a chamá-la.

Só então Bibi obedeceu e contornou o poço. Depois de se deter por um instante entre as árvores do pomar, farejando a esmo, surgiu trotando. Subiu a escada da varanda e se deitou no tapete aos pés de Nádia.

Ela consultou o relógio no pulso: Miguel já deveria ter chegado. Se ainda não havia motivo para preocupação — o trânsito do começo de noite no trajeto da cidade até ali piorava a cada dia —, o atraso dele, porém, a deixava ainda mais ansiosa.

O presente com que Nádia iria celebrar os quarenta anos de Miguel o aguardava na mesa de jantar, ao lado do bolo com as velas, no interior do envelope de uma clínica médica. Era o resultado de um exame de sangue que confirmava uma gravidez de quatro semanas.

Um anjo que não cheirava muito bem. Cabelão desgrenhado, cheio de lêndeas e piolhos, dentes amarelados e um par de asas um tanto malcuidadas, como se necessitassem de manutenção. Ainda assim um anjo, que lhe sussurrou a mensagem com um hálito que bem podia ter vindo do inferno:

Ainda não acabou.

É tão real que, quando desperta, ele tenta se levantar num arranque, mas é contido por um paramédico. Descobre que está deitado na maca no interior de uma ambulância, cuja sirene distorcida que chega aos seus ouvidos não consegue abrir passagem no engarrafamento.

Está ligado a tubos e, pela primeira vez, sente as dores. Fortíssimas. Vindas de vários lugares do corpo, em especial na perna direita, onde lateja uma dor lancinante. Se debate, arrependido de ter voltado de onde quer que estivesse. Tenta gritar, porém a máscara com o oxigênio impede. Ele segura a mão do paramédico, aperta-a com força. Há outro homem a bordo, mas não consegue vê-lo, apenas ouve sua voz. Tíbia, trauma, fratura exposta, morfina. Palavras soltas que demoram a se agrupar num sentido lógico.

Por fim, acolhe-o uma sensação de paz e bem-estar. E por algum tempo ele desfruta dessa sensação, enquanto continua vendo as luzes da rua passarem, lentas, no vidro da janela. De repente, não está mais ali.

Agradecimentos

Agradeço a Alex Carvalho Faria, Alexandre Vidal Porto, Beto Brant, Claudio Seto (1944-2008), Cris Paiva, Fernando Bonassi, Guel Arraes, Lourdes Hernández Fuentes, Marcio Baraldi, Rodrigo Fonseca, Roniwalter Jatobá, Vera Egito, Zilda Raggio e ao Agente sem Nome, que me ajudaram, cada um e cada uma à sua generosa maneira, a contar esta história.

São Paulo, inverno de 2020.

1ª EDIÇÃO [2021] 1 reimpressão

ESTA OBRA FOI COMPOSTA EM ELECTRA PELO ESTÚDIO O.L.M./ FLAVIO PERALTA
E IMPRESSA EM OFSETE PELA LIS GRÁFICA SOBRE PAPEL PÓLEN SOFT
DA SUZANO S.A. PARA A EDITORA SCHWARCZ EM MAIO DE 2021